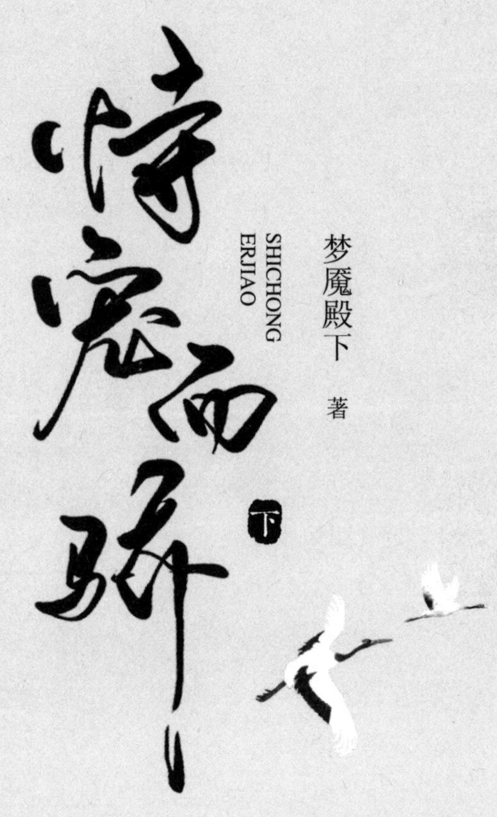

SHICHONG ERJIAO

下

梦魇殿下 著

中国華僑出版社

目录

第十章 人生如梦亦如幻 · 001

第三卷 脸谱话本

第十一章 桃花源记终成空 · 042

第十二章 鹿死谁手尚未知 · 051

第十三章 一张脸谱美如仙 · 067

第十四章 花落尘埃碾作泥 · 108

第十五章 似鹄飞来自入笼 · 120

第十六章 不速之客夜里来 · 151

第十七章 鸳鸯帐里寝何人 · 164

第十八章 三张脸谱笑朝臣 · 195

第十九章 以情动人换脸谱 · 209

第二十章 寻他灯火阑珊处 · 227

第二十一章 孤帆远影碧空尽 · 238

第二十二章 没入荷花人不见 · 243

番外 百年石桥 · 249

恃宠而骄

第十章 人生如梦亦如幻

刚刚下过一场鹅毛大雪，将整个京城覆上一层洁白。

外头冷，很多人躲在家里，围在暖炉边不肯动弹，但也有人跑出家门，开开心心地打雪仗，堆雪人。

唐娇也是其中一员，堆完眼前的雪人，她的鼻子和手指都被冻得通红，一边将手拢在嘴边哈气，一边转身问身后的熊孩子："怎么样？像不像天机哥？"

几个裹成粽子样的熊孩子或站或蹲，一起朝她摇头："不像！"

唐娇怒道："哪儿不像了？"

"哪都不像。"一个小男孩吸溜了一下鼻水，指着她身旁的雪人道，"这明明是只猪妖啊。"

唐娇转头看着自己的心血之作，他不说还好，一说……还真有点像猪妖。这鼻子她是怎么捏出来的？她为什么还追求写实，特地挖了两个

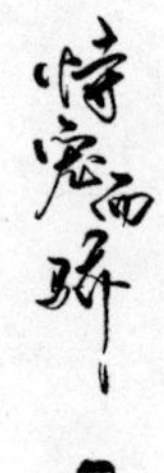

逼真的鼻孔？这鼻孔怎么还向上翻，以为在拱白菜啊？

唐娇忍无可忍，一拳打在猪妖身上，把它重新变回原材料。

熊孩子们跟看见卖艺人一样，很赏脸地给她鼓掌喝彩。

“你们等着，我重新堆一个！”唐娇化悲愤为动力，重新堆了个雪人出来，抬手擦了擦额头上的汗水，她回头问，“现在呢？像不像天机哥？”

正在玩鞭炮、堆雪人的熊孩子们一起看过去，又一起摇摇头：“不像。”

“又不像？”唐娇大怒。

还是刚刚那流鼻水的小男孩，童言无忌，伤人于无形，指着雪人喊：“这哪是天机，明明是只田鸡啊！”

“是啊，真的是只田鸡啊！”其他孩子一起笑起来。

唐娇愤怒回头，不得不承认，他们说得对……眼前的雪人鼻子是正常了，可嘴不正常了，她是怎么捏出这张嘴的？这嘴尖得能当匕首用了吧？杀鱼的时候如果找不到刀，用这下巴一戳，也能把鱼给戳死啊……

唐娇又一拳过去，把雪人给打碎成渣，在熊孩子们的掌声中，开始第三次奋斗。

身后忽然传来一个含笑的声音：“唐姑娘，要我帮忙吗？”

唐娇转头看着那人，哈哈一笑，伸手招了招：“来，搭把手！”

暮蟾宫笑着走过去，帮她堆起雪人来。

“找我有事？”唐娇一边奋力堆雪人，一边问。

“没什么。”暮蟾宫轻描淡写道，“只是想来看看你。”

最近的烦心事实在太多了，压在他肩上的责任太重了，他忍不住想见唐娇，来了以后，远远站在树下看她，随着她的一举一动、一颦一笑，他心里的烦闷居然冰雪消融。

唐娇奇怪地看了他一眼，忽然问：“对了，暮少爷，你的丹青之技如何？”

“略懂。”暮蟾宫回答得很是谦逊。

“那就交给你了，”唐娇交给他一根树枝，严肃嘱咐，“帮我画张人脸吧！”

画谁？暮蟾宫没有问，他笑着挥动树枝，或扫或画，写意风流。

远处停了辆马车，修长的手指拨开一点帘子，一双眼睛透过帘子看他，然后摇摇头，觉得他简直病入膏肓，冰天雪地跑出门，痴痴看了对方许久，然后跟对方说了三句话，三句话之后，就开始帮对方堆雪人，堆出另外一个男人。

“好了。”暮蟾宫收回树枝。

雪人不是冰雕，自然不可能栩栩如生，能有个形状就差不多了。但在暮蟾宫的妙笔丹青之下，竟愣是描出了天机的七八分神韵。

他静静地与眼前的雪人对视。

目光穿过它，似与天机对视。

“画得真像啊，暮少爷果然是丹青妙手啊，佩服佩服。”唐娇赞叹不已，看似赞叹，却用一种别样的方式拒绝了他。

暮蟾宫突然觉得有些心冷了。

他这么关心她，但她并不领情。他已经警告过她，但她还是全无保留地信任着天机，或许在她心里，天机的雪人像都要比他重要些。

再坚持下去，就有些自取其辱了。

骄傲如暮蟾宫，并不是个死缠滥打的人，他哂然一笑，清朗如月，将树枝还给她道：“不客气。”

之后他转身离去，再不停留。

唐娇看着他，觉得他今天的背影有些不同，可哪里不同，却又一时说不上来。

她转头继续欣赏天机的雪人像，琢磨着是不是想办法把它扛回家里，却没发觉，身后一辆马车静静驶来。

马蹄踩过雪地，留下一串串蹄印。

车子停在她身后，车门缓缓打开，里面走下一个白衣男子。

风雪之中，他撑开一柄红色油纸伞，一步步朝唐娇走来，长长的袖

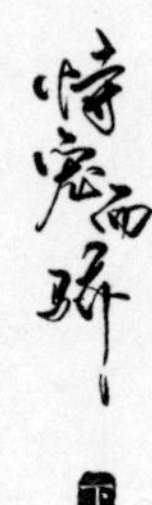

摆扫过地上的新雪，留下蜿蜒痕迹，犹如毛笔在地上书写的狂草。

唐娇似有所觉，回过头来。

人海之中，四目相对。

王渊之如遭雷击，愣在原地。

行人风雪，消失殆尽，天地之间，就只有眼前这少女，单手叉着腰，回眸看他，白花的小袄，洒金线的海棠裙，刚出过汗，鬓发湿漉漉地黏在一边的脸颊上，尾端如蛇，蜿蜿蜒蜒地滑进襟内，流过锁骨。其貌之美，其骨之艳，犹如敦煌飞天，一种人间难寻的色调描出她的五官与神韵，令观者色授魂与，难以自持。

王渊之站在她面前，眼不能动，嘴不能动，身不能动，唯有心动。

仿佛阿难尊者见了心爱女子，于是化身石桥，受五百年风吹、五百年日晒、五百年雨打，只求她从桥上走过。

"公子？"她唤道，眼神中带着点戒备，带着点疑惑。

王渊之这才回过神来，行人和风雪重新回到他眼里，他看见了她身后的雪人。

虽然只有七八分相似，但他还是叫出了那个名字："……天机？"

"咦？"她眼中多了点好奇，"你们认识？"

"你是他什么人？"他几乎是条件反射地问道。

这个问题似乎把她难住了，她歪着脑袋陷入沉思。

王渊之也被自己的问题难住了，亲人、情人、朋友、下属……若她这么回答，他该怎么对付她？

最后唐娇笑着回答："家人。"

他忍不住眼神游移，避开她的视线，她的笑容让他的思考变得有些迟钝，想了很久，也想不出下一步该怎么做。

唐娇渐渐有些不自在起来，风雪渐大，旁边的人都看着，他却一直一言不发，她终于忍不住开口道："公子，还有什么事吗？"

王渊之轻轻摇摇头。

唐娇如释重负："那我走了，公子再见。"

将放在地上的青色油纸伞打开，撑在头顶，她转身离开，走到一半，回头看了一眼，见他还在看着她，便礼貌地笑笑。

王渊之忘记了回礼，他站在原地，看着她离开的背影，只觉那海棠红的裙子扫过的地方，似乎要吐出新芽，开出鲜艳花朵。而当她的背影消失，满地的绿芽鲜花又立刻枯萎消失，重又留下苍白雪地与呼啸冷风。

"公子？"侍从的声音在他身后响起。

王渊之长长吐了口气，轻轻道："人生如雾亦如梦，缘生缘灭还自在。"

转身离去，何处来，何处归，他回到宰相府，却并不回温暖的屋内，将枫红色油纸伞丢在地上，他慢慢走在院中，庭院内没有太多的花花草草，只种了许多的竹子，在这下雪天里，更显得曲径通幽，清寒入骨。

他站在竹林深处，大雪当中，闭上眼睛，让自己冷静下来。

人活于世，总要有个寄托，他是为家族活着的，他的一举一动都是为了延续王家的荣光。所以先帝在时，他与三公主定亲；后来家族决定扶持唐棣，他便立刻抛弃了这桩姻亲，决然地送先帝一家上了西天；祖父身体不好，他便勤勤恳恳帮着打理家中事务；小一辈都是扶不起的烂泥巴，醉心玩乐，无心政治，他便从支脉里提拔出暮蟾宫，照顾他，拉拢他，指点他，希望他早点成为自己的左臂右膀，同自己一起为王家效力。

他一生当中，所做的每个决定，都无关感情，只关利益，只关家族。

风吹过，竹子摇了摇，摇下落叶白雪，染白了他的眉发。

王渊之缓缓睁开眼，他想，他现在知道自己该怎么做了。

"来人。"他唤道，两名侍从跪在他身后，他回头，眼神如雪地看着他们，嘱咐道，"去抓一个人。"

一场变故即将发生，但唐娇却不知情，若知道，她也许会将自己堆雪人的手给剁掉。

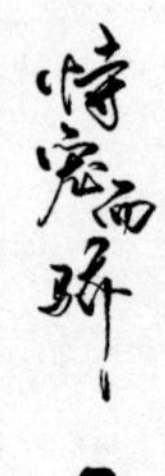

晚来天欲雪，她从家里出来，拉着天机跑到早上堆的雪人前，指着雪人，得意地对他笑：“怎么样？”

天机静静看着雪人的脸，过了一会儿，伸手将雪人的头摘下来，捧在手里，对她平静道：“带回去做个纪念。”

唐娇愕然看他，然后再看看旁边那无头雪人。

且不提这天晚上，打更人路过此地，险些被这无头雪人吓得尿裤子，却说他们回去以后，天机将那雪人脑袋安在窗台上，想了想，又在上面贴了个红色“福”字。

温良辰进屋时愣了，拿白玉烟枪指着那雪人头道：“你打算用这玩意祈福辟邪，还是吓死晚上路过的小偷？”

天机：“……”

他沉默地提着雪人头出去，唐娇好奇张望，见他蹲在院子里，静静堆起个雪团，似乎想给雪人头造个身体。

唐娇嘻嘻一笑，走过去陪他一起堆。

温良辰慢悠悠晃荡出来，靠在门上，端着白玉烟枪，饶有兴致地看着这一幕。

在他眼里，就像大狗陪着小猫，一个惯于沉默，一个总是喵喵叫，两双爪子一块刨着雪，画面极是有趣。

最后雪人堆成了，天机将雪人头安在上面。

唐娇顺手把之前那红色“福”字贴上去，然后双手合十参拜道：“这个冬天就全靠你了，消灾来福，顺便赶走小偷啊。”

温良辰哈哈笑起来：“好了，雪人堆完了，可以开饭了吗？”

“我去厨房看看好了没。”唐娇蹦跳着往厨房去了。

天机也要跟着去，却被温良辰伸出白玉烟枪挡住，目送唐娇离开之后，他将烟嘴递到唇边，吸了一口，吐着白烟道：“左统领已经同意做我们的内应。”

“御林营呢？”天机顿住脚步，转头看他。

“都是些迂腐之辈、胆小之徒，只想得好处，不想付出。”温良辰摇摇头，“要说服他们，恐怕要下血本。”

“那就不要再管他们了。”天机皱皱眉，又很快舒展开，平静道，“让左统领把他们杀了，能策反御林营就策反，不能也要让他们群龙无首。”

“行，这事交给我吧。”温良辰点点头，“粮草已备，人马已齐，为免夜长梦多，什么时候动手？”

天机沉默了一会儿，看向厨房的方向，炊烟渐起，家常便饭的味道飘出来，他开口道：“过完这个年吧。”

鸡汤已经炖好了，唐娇布好菜，跑出来，惊讶道：“人呢，走了？”

天机“嗯”了一声，忽道：“转过头来。”

唐娇转过头，一只手伸到她面前，说：“新年快乐。”

古铜色的掌心内放着一只景泰蓝胭脂盒，上面一朵珐琅蝴蝶，被灯火一照，极是光华流转，夺人目光。

唐娇按捺不住心中喜悦，未语先笑，伸手接过，打开盒子，里面一层红红胭脂，润泽鲜艳，她抬头对天机笑道：“你等等啊，我涂给你看看。”

说完，她用尾指勾了一点胭脂，点在唇上。

“颜色怎么样？”她眼尾上挑，猫一样地望着他，“好看吗？”

已经入夜了，照在她身上的光，是屋内烛火的昏黄，将她的轮廓镀得柔和而又暧昧，像一朵蜜做的花，好看也好吃。

天机盯着她唇上那点胭脂，“嗯”了一声：“好看。”

唐娇勾唇一笑，缓缓伸手，抓住他的手，放在自己唇上：“那你帮我抹开。”

“……我不会。”天机低声道。

唐娇没说话，捧着他的右手，一根根掰开，最后握住他的尾指，放在自己唇上，然后低垂眉眼，嘴唇轻轻在他尾指下滑动，胭脂沿着她的动作晕开，染红她的嘴唇，染红他的尾指。

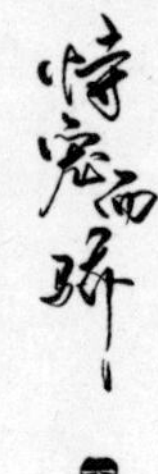

那红色极美，极艳，像心口的朱砂痣。

“新年快乐。”最后，她抬头，踮起脚，将刚刚涂上胭脂的、香甜可口的唇凑过去，亲了亲他冰冷的唇。

天机迅速眨了眨眼睛。

“恭喜发财。”她又啄了啄他。

“红包拿来。”她再啄一下，然后为自己的孩子气发笑起来。

他没笑，含住她的嘴唇吸了一口，换她眼睛眨个不停。

他们并不是第一次接吻了，但每次都是她主动，他被动或者说被迫接受，这是第一次……他主动吻她。

唇分，唐娇傻傻问：“这是红包吗？”

天机笑了，又吻了吻她，然后抱着她问：“问你一件很严肃的事。”

“什么事？”唐娇脸颊发烫，窝在他怀里问。

“你是认真的吗？”天机问，“无论我是什么身份，无论我过去做了什么，你都喜欢我？”

“是啊。”唐娇急忙回答。

“……即使我做的不是好事？”他摸摸唐娇的脸颊，低头看着她，眼神晦暗不明，“即使我曾经欺骗了你？”

总算脑子没被烧坏，唐娇看了他一会儿：“具体什么事？你得先跟我坦白。”

“我会的。”天机轻轻摸着她的脸颊，郑重其事道，“过完这个年，我把一切告诉你，然后你来抉择，是留下我还是丢掉我，好吗？”

“是不是要发生什么事了？”唐娇警觉起来，“你打算去做什么？”

“一件我必须去做的事。”天机道。

一个男人露出这种神色，显然心意已决，再难阻止。

“……那你自己小心。”唐娇也摸摸他的脸，“千万别受伤，一定要回来，我在家等你，你有什么想说的话，回头说给我听。”

顿了顿，她又说：“不过我想……无论你做过什么，我都会原谅你的。”

天机吐了口气，伸手捏住她的下巴，低下头，额头抵着额头，闭上眼睛。

“这句话……”他慢慢笑起来，“是我收到过的，最好的新年礼物了。”

今天是除夕，鞭炮响了一夜，第二天就是大年初一，民间宫里，百姓官吏，都开始吃喝玩乐，共庆新春，而小孩子则走门串户，收走一个又一个红包。

唐娇没有红包可拿，也没有亲戚朋友可以走访，可她并不觉得寂寞。

对天机而言，这是最好的一年，对她而言，又何尝不是如此呢？

坐在院子里，身边的石桌上放着只莲花果盘，八瓣莲花内放着八种点心蜜饯，她抱着琵琶，偶尔弹两下，哼几声调子，偶尔捡块点心放嘴里，自得其乐，悠然自得，用一种农民伯伯等待秋收的心态，等着过完年，等着天机跟她坦白心意的那天。

不容易啊，没脸没皮地纠缠了他这么久，就差霸王硬上弓了，现在可算是守得云开见月明，她就知道，哪怕是块石头，焐怀里焐久了，也能变热的。

“唐姐姐……”邻居家的孩子蹿进来，“新年快乐！”

“嗯，来来。”唐娇心情顶好，招呼他过来，“姐姐给你红包。”

她封了个红包给他，还顺手抓了把栗子糖塞给他。

小孩子高高兴兴收下红包和吃食，回头就跑，跑了一半道：“对了，唐姐姐，你家外面有两个人，看起来像黄鼠狼似的，他们是不是也来给你拜年啊？”

唐娇条件反射：“啊呸！”

这孩子一定不知道有个歇后语叫作黄鼠狼给鸡拜年！

她把琵琶放桌上，走门口瞧了瞧，外面果然站了两个男人，俱是陌生面孔，衙役打扮，见门打开，齐齐看了过来。

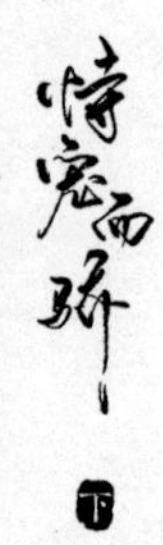

唐娇默默将门又关上了，背靠在门上，心却静不下来。

家门口蹲俩衙役，跟蹲俩小偷的效果是一样的，都能让人担心害怕。

对方是来找她的，还是来找天机的？

唐娇深吸一口气，快步走进屋里，将宣纸在桌上铺开，飞快在上面写下：“衙役上门……”

写到这儿，外面已经传来脚步声，她便急忙将纸折好，压在镇纸下面。

身后的门被人推开，两名衙役以及一名黑衣佩刀的男子一边走来，一边问：“平安县唐娇？”

“是我。”唐娇飞快转身，挡着身后的桌子上的镇纸，“你们有什么事？”

“跟我们走一趟。”黑衣男子一声令下，两名衙役一左一右夹上来，抓住唐娇的胳膊。

大理寺监狱。

锈迹斑斑的栏杆，四面灰色的墙壁，将唐娇圈在当中。

天寒地冻的，没椅子没凳子，她只能坐在地上，虽然地上还铺着一层稻草，但仍然冷得直咳嗽。

“喂！”她忍不住爬到栏杆旁边喊道，“来人啊！我犯了什么罪，你们总得审一审、问一问啊！别一来就把人丢监狱里啊！”

她喊了半天，没人理她，最后喊渴了喊累了，只好缩了回去，靠在栏杆边上，抱着膝盖，蜷成一团，不一会儿，居然迷迷糊糊地睡了过去。

也不知睡了多久，她被冻僵了，直挺挺地往旁边倒了下去，磕在地上，醒了过来，眼睛透过对面的栏杆，看见了一双黑色官靴。

唐娇顺着靴子一路往上看去，先是笔直的官服下摆，然后是坠在腰间的金鱼袋，之后是搭在肩上的昂贵白狐裘，最后是一张清冷如雪的面孔，一个身穿官服的男子逆光而立，透过栏杆，居高临下地俯视着她。

“……是你。”她认出了对方，是前天堆雪人时，遇上的那个陌生男子，“你是大理寺的人？”

王渊之低头看着她，她刚刚脸先着地，一边脸沾满了灰。他不由自主地蹲下身，手臂伸过栏杆，想要替她擦擦脸上的灰。

唐娇立刻朝后缩了缩，避开他的手，极警觉地盯着他：“为什么要抓我？”

伸出的手顿在空中，然后被他轻描淡写地收回去，王渊之平静道：“你放心，我不会伤害你，我只是想见见天机。”

唐娇突然很后悔，早知道天机在京城还有这么个敌人，她一定不会在大庭广众之下堆那个雪人！难怪天机之后要把雪人头给摘走，想必也是因为这点！

说完这话，王渊之便直起身，离开了此地。

但不久，有人送了床被子，还有食物过来。

都是些粗茶淡饭，大过年地吃这些，未免有些凄惨，但唐娇已经饿了一天，端起碗，筷子迅速扒拉扒拉，没两下就把饭菜吃光了，意犹未尽地放下碗筷，将被子往肩膀上一披，开始积存体力，等天机来救她，又或者温良辰打通关节，保她出去。

因为总疑心天机会来劫狱，所以她一晚上没睡好，总是睡到一半忽然睁开眼，见眼前空无一人，又失望地闭上眼睛。

第二天，她睁开眼，栏杆对面，又出现了那双黑色官靴。

“看来是我弄错了。”王渊之负手而立，站在栏杆外，“你对他而言，似乎没那么重要。”

唐娇说不出自己心里是庆幸还是遗憾，面上却笑道：“既然我没那么重要，能不能放我走？”

“不能。”王渊之毫不犹豫地拒绝了她，“我想，我们应该再给他一次机会。”

他再次离开，而这天晚上，监狱依然风平浪静，让唐娇忍不住有些疑惑，天机是不是没看见桌上的纸条，他是不是压根就不知道她已经被

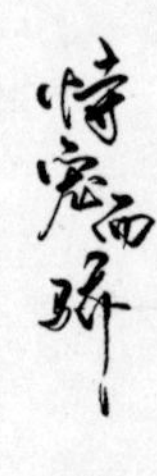

收监了。

第三天，王渊之照常出现。

“你留的那封信已经被摊开了，放在桌上。”他道，“只要他回去了，就一定能看到。”

唐娇瞅着他：“你一定要对我使用读心术吗？”

“我只是跟你一样遗憾。”王渊之淡淡道，“你曾经跟我说，你是他的家人，不过现在看来，他似乎没把你当成家人。”

唐娇心里冷笑，挑拨离间！这么明显的挑拨离间，她会看不出来？

“啊……原来如此。”脸上却装出一副痛心疾首的模样，她唉声叹气、捶胸顿足道，“看来我是被骗了，我娘常说，越好看的男人越会说谎，娶妻娶贤，嫁夫嫁丑！娘亲诚不欺我也！我决定出去以后就跟他划清界限，大人，能给个重新做人的机会吗？”

“可以。”王渊之爽快道，“他在哪里？谁在帮他？告诉我，我就放你走。”

唐娇沉默了一下，回答道：“抱歉，我不知道。”

她没什么用，但至少不能拖他的后腿。

“不要对我说谎。”王渊之一眼看穿她，“我这辈子都在跟骗子打交道。”

“是真的。”唐娇笑道，“你看，我压根就不是什么重要人物，你把我抓来当诱饵，他根本就不理！你把我关在这里，不但浪费人力、物力，还要浪费饭！”

“没事，饭管够。”王渊之淡淡道，“你想吃多少吃多少，吃到你腻为止。”

说完，他又走了。

留下唐娇干瞪眼，过了不久，狱卒照旧给她送饭来，白米饭和青菜，寡淡无味，饭和菜都像在白水里煮过，一点味道都没有，能吃饱，但绝不好吃。

唐娇狠狠夹了一筷子送进嘴里，一边咀嚼一边道：“就当是养生了！”

只是吃着吃着，忍不住愁上眉间，她咬着筷子，痴痴看着栏杆外面的走廊，看着大门的方向。

“真的不管我了吗？”唐娇轻轻问道，问完，自失一笑，“这怎么可能！”

谁都可能背叛她，但天机不会。

如今将她放在牢里不管，一定是因为他有更好的办法救她出去，又或者说他现在正在做一件至关重要的事情，暂时无暇他顾，等事情了结，就会立刻来救她。

“在你来救我之前……”她轻轻道，“我只能为你做一件事，保持沉默。”

第四天，王渊之准时出现。

他是个非常自律的男人，每天都在同一时间出现，不会早，也不会晚，身上的官服永远干干净净的，头发丝根根梳向脑后，用一顶玉冠束起。

“第四天了。”他负手而立，俯视唐娇，“有话想对我说吗？”

唐娇靠在角落，低头不语。

“不想回家过年了吗？”王渊之又问，“以你的年纪，父母兄弟应该都还在世吧，你舍得让他们为你担心流泪？就为了这么个不值得的男人？”

唐娇依然头也不抬，看着自己的手指。

一股无声的敌意仿佛盾牌般阻挡在两人中间，王渊之细细打量着她，目光从她的头发到眼睛，从眼睛到嘴唇，从嘴唇到手指，忽然道：“审讯者最怕一种人——什么都不说的人。”

唐娇猛然抬眼看他。

“看来天机是这么对你说的。”他淡淡道，“但你知道他为什么要跟你这么说吗？”

唐娇看着他，但没开口。

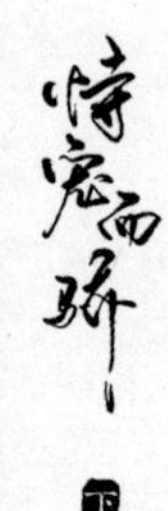

“在一直找不到主犯的情况下，官府有时候会让从犯变成主犯，背上所有罪名。”王渊之冷酷道，“你觉得沉默无罪，但官府会说你是默认，然后送你上法场，到了那时候，你就算想忏悔也来不及了。”

说着，他略略倾身向前，影子穿过栏杆落在她的脸上。

“你只是他送给我的顶罪工具。”他的声音冰冷如蛇，“现在，你还打算包庇他吗？”

唐娇平静地看着他。

但也只是看似平静。

透过她游移不定的眼神，透过她吞口水的动作，透过她双手环抱自己的姿势，王渊之已经解读出她心中的恐惧。

像掉进陷阱的小鹿，他想。

她煎熬痛苦，但其实他也一样。

他知道自己应该怎么做，趁着对方动摇，他应该步步紧逼，恐吓她，讥讽她，逼迫她，让她崩溃。他应该用一种凉薄的语气告诉她，她不会死，但会比死还惨，因为包庇前锦衣卫指挥使——在逃重犯天机，她会被判刑，也许余生都要在牢里度过，她现在或许还青春靓丽，但是十年以后呢？她会因为囚犯的踢打、狱卒的酷刑、蚊虫的叮咬、老鼠的啃食、匮乏的食物，变得苍老而丑陋。

他不是一个好人，为了得到自己想要的，他时常不择手段。

他会让她生不如死。

王渊之深吸一口气……话在喉头，他说不出口。

看着她泪水盈眶的眼睛，他什么都说不出口。

“……好好想想吧。”他转过身去，以免被她看见自己的表情，“希望我下次过来的时候，你能给我满意的答案。”

唐娇一路目送他离开，直到再也看不见他颀长如竹的背影，才松了一口气，然后低低俯首，将面孔埋在颤抖的掌心里。

第五天，第六天，他都没有再出现。

但这并不意味着唐娇的日子就能变得更好过。

不见阳光，不能洗漱，虽然是寒冬腊月，但唐娇觉得自己还是油腻得厉害，头发已经渐渐有了味道，拿起一缕嗅嗅，翻个白眼，差点把自己熏晕过去。

第七天，第八天，她开始失眠。

理智告诉她，她是个诱饵，天机不来，才是最好的选择。

但软弱的感情却在心里哭泣，希望下一刻，天机就能出现在她面前，伸手摸着她的脸颊，低沉的声音从拉得很低的兜帽下传出，对她说："我来了，跟我走。"

第九天，第十天，天机没来，王渊之来了。

"你想好了吗？"王渊之面目冷淡。

唐娇看着他，他的表情告诉她，这是他的最后通牒，再继续保持沉默，对她没有好处，她既怕吃苦又怕疼，实在不想自讨苦吃，但又不想说实话，说谎话又瞒不过他的眼睛，该怎么做才好呢？怎么才能拖延时间，等天机来救她呢？

"我不想说，"她眼珠子转了转，对他狡黠一笑，"但我可以写。"

狱卒走来，手里端着一只托盘，木质的托盘里放着文房四宝——笔墨纸砚。

他走进牢门，将这些东西放在唐娇面前。

"写吧。"王渊之站在唐娇身边，戴着白手套的右手握成拳，放在唇边，轻轻咳嗽了几声，似乎有些受不了牢里的灰尘味。

唐娇瞅了他一眼，有些怀疑他不是被灰尘呛着，而是被自己身上的味给熏着了，心里觉得尴尬又羞耻，索性不再理他，转过头来，拿起盘子里放着的那支笔。

她要做每个话本先生都会做，但通常不屑去做的事。

笔尖时而落在砚台上蘸墨，时而落在纸上，慢悠悠地横竖勾画，落下一个个娟秀小篆。

王渊之一直在旁边看着，直到一名书吏走进来，凑在他耳边说了几句话。

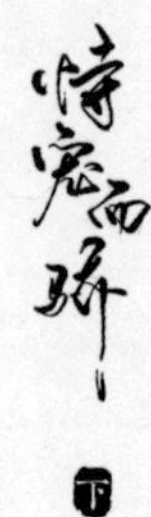

身为大理寺少卿，王渊之手里有不少事要做，他不能总留在这里看她写字。

他俯视着地上低头写字的少女，忽然道："停，给我看看。"

唐娇停下笔，抬头看了他半晌，默默将写了一半的纸递过去。

王渊之缓缓伸出戴着白手套的右手，用指尖接过那张宣纸，低头看了起来。

一目十行，很快看完，他抬起眼皮，淡淡道："这是什么？"

"你想要的东西。"唐娇露牙一笑。

王渊之没说话，扬手将纸递给身边的书吏。

书吏接过纸，略略抖了下纸面，照着念道："天机，年二十五六，其人身高八尺，器宇轩昂，眼似寒星，唇如涂丹，鼻若悬胆……"

一百零八个字读完，王渊之冷笑一声："汪洋大海全是水，其实内容就七个字——天机是个美男子。你觉得我会想要这种东西？"

"大人，我已经在坦白了。"唐娇柔顺道，"留下他的外貌描写，能帮你更快抓住这个人，不是吗？"

"器宇轩昂，眼似寒星，唇如涂丹，鼻若悬胆？"王渊之冷冷道，"你这描写分明是抄袭《宋玉传》。"

唐娇拍了拍额头："怪我，话本写多了，特喜欢转文。您等等，我马上再写一份给您过目。"

王渊之盯着她的脸。

她的确在配合他的工作，也的确在坦白，他若大发雷霆，似乎显得有些无理取闹，不近人情，但他非常欣赏她温顺笑容下的用心。

"大人。"身边书吏忽然开口。

王渊之抬手止住他的话头，时间不早了，他知道自己不能再继续耽搁下去，还有许多案子、许多文件在等着他过目，况且皇上已经连续一个多月没有上早朝，朝中局势已经越来越微妙，他需要做的事情很多，时间已经完全不够用，怎能浪费在这少女身上？

"继续吧。"他对唐娇丢下一句，然后转身离开，掀起的披风扫过地上的稻草与灰尘，扑在唐娇脸上。她眯起眼睛，捂嘴咳嗽两声，然后在狱卒的监视之下，继续书写文字。

王渊之出了牢狱，回到大理寺内工作。

工作上的事，官场中的事，忙忙碌碌了好几天，他偶尔会从文件里抬起头来，问身边的书吏："怎样？她写完了没有？"

书吏总回他一句："还没有。"

王渊之便又重新回到工作里，大理寺一直风平浪静，但他却一刻也不肯放松警惕，监狱也好，朝廷也好，在他眼里都是暴风雨前的宁静，他一时间找不出天机，找不出破绽，但他可以派人严守大理寺，等他或者他的党羽来救唐娇。

虽然唐娇现在口口声声称他们是最熟悉的陌生人，但是他更倾向于她最初的说辞，他们是家人……另外，他也不相信天机这样小心警惕的人，会带个陌生人在身边。

至于唐娇，平安县的资料正在送来的路上，他想他很快就能知道有关她的一切，追寻蛛丝马迹，总能知道一些有用的东西。

又过了几日，黄昏之时，王渊之忙完最后一个案子，刚要搁下笔，就看见书吏从外头走进来，手里捧着一沓宣纸。

"大人，"他伸手将宣纸递过去，"牢里那人的东西已经写好，请您过目。"

附近没有旁人，王渊之隔着书桌对他道："念。"

书吏便收回手，低着头，一页一页念起来。

第一页全写脸，第二页全写穿着，第三页全写声音，第四页全写神态……

听到一半，王渊之抬手示意他停下："拣重点说。"

"大人，"书吏苦笑道，"三十页纸，近三万字，总结起来就七个字——天机是个美男子。"

王渊之呵了一声，眼睛里游过一丝冷厉的光："原来是在戏耍我。"

书吏犹豫了一下，问道："她说这是外貌篇，接下来会进入正题，希望大人能再给她一些纸和一些时间。"

"我当然会给她。"王渊之双手往唇前一叉，挡在唇前道，"但在这之前……先让她冷静一下。"

王渊之好几天没出现。

唐娇久等无果，不得不接受一个现实，她的拖延计划失败了。

心里忍不住喟叹一声，她知道这个计划会失败，但没想到会失败得这么早，她原以为起码能拖延个六万字呢，岂料对方真的只给她一次机会。这可真是个决然又冷酷的男人啊……

叮叮当当……身旁忽然传来门锁打开的声音。

唐娇靠在墙上，转头看去，见两名面目凶恶的狱卒走进来，其中一个手里提着一张夹棍，夹棍上面还残留着斑斑血迹，有的是新鲜的红色，有的是陈旧的褐色。

唐娇吞了吞口水，目光从夹棍上移到他们脸上。

两个狱卒一言不发地走上来，一个人将她按在地上，另一个人不顾她的挣扎，将夹棍套在她手上。

"等等，等等！"唐娇身上顿时冒出一层冷汗，她趴在稻草地上，瞪大眼睛看着自己青葱似的手指和渐渐被收紧的夹棍，哆哆嗦嗦地说，"我可是靠手吃饭的，别别，你们别这样，我招供，我什么都招。"

两名狱卒没理会她，他们得到的命令是让她冷静一下，而不是听她废话。

夹棍收紧了，唐娇疼得嗷嗷乱叫起来，泪珠汹涌而出，不一会儿就糊了满脸。

但两名狱卒都是老手了，早已熏黑了心肠，对她的哭喊求饶无动于衷，只一个按着她，另一个不紧不慢地给她上着刑，确保她能眼睁睁看着自己的手指青肿、流血、折断。

唐娇觉得很绝望，她一直认为天机会来救她，温良辰会来保释她，她一直认为保持沉默是对的，认为自己不会受到酷刑折磨。

什么刑罚不好，偏偏是上夹棍。

“为什么不打我？”唐娇哭着喊，“踢我打我好了，别弄断我的手指，求你们了……”

母亲教她写字，父亲教她弹琵琶，她身无长物，这双手就是她身上最珍贵的东西。一生之中遭受到再多失败，她也只是难过却从未绝望，因为有这双手在，她就可以重新再来。

可现在，这双手折了、断了、废了。

唐娇如坠地狱，痛苦绝望，脸埋在地上，一口咬住地上的稻草，从喉咙里发出垂死般的呜咽低吼。

此时此刻，什么成为一流话本先生的梦想，什么公主的宝座，什么荣华富贵，什么坚强勇敢，什么自尊自傲全都消失殆尽了，监狱恐怖，犹如无边苦海，她只想被人救出去，不管这个人是谁……

请怜悯她，救她脱离苦海。

手上的夹棍忽然一松，唐娇披头散发，趴在地上，听见狱卒喊了一声：“大人……”

之后，一只手朝她伸来，轻轻拨开她脸上的乱发。

唐娇一动不动地趴在地上，十指连心，她疼得眼前发黑，动弹不得，只能任他一缕一缕拨开自己的头发，犹如拨云见日，她渐渐看清了那只手。

那是一只戴着白手套的手，手指修长，散发着淡淡冷香。

她顺着那只手看上去，看见一张俊美无俦的面孔，犹如寺庙里的佛，被供养在果品和香火后，俯首低眉，睥睨众生。

众生皆为蝼蚁，而他高高在上。

唐娇看清他的面孔，眼睛里一点点染上恐惧。

她害怕他。

王渊之平静地俯视她，那只不染尘埃的手拂开她脸上的乱发，入眼便是她嘴角的血迹和嘴里的稻草，没有任何犹豫，他伸手过去，打开她的嘴，将里面肮脏的稻草一根一根抠出来。

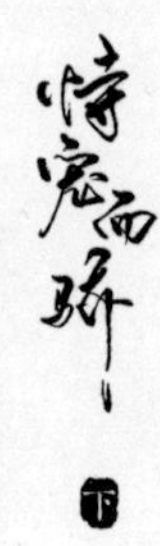

灰尘、血迹、口水，渐渐污染了他的白手套。

他从没想过自己会做这种事，从没想过有那么一天，他会亲手碰触这么肮脏的东西。

只是个平民出身的小姑娘，跟在逃重犯有着不清不楚的关系，勾引了他的表弟，用小聪明戏耍于他，好多天没洗澡，又脏、又臭等。

可他还是忍不住冲出来，拦下了两名狱卒，取消了自己原先的计划，怜惜她，保护她，向她伸出援手，救她脱离苦海。

他爱她。

“表哥。”

一个声音忽然在他身后响起，带着压抑，带着难以置信的愤怒。

王渊之缓缓转过头，看见了一张怒不可遏的面孔。

目光穿过他，望向地上不知生死的唐娇，暮蟾宫怒视他道：“你为什么要做这种事？”

王渊之尚未说话，就听见一个哽咽的哭声。

唐娇趴在地上，艰难地伸出手，目光越过他，看向栏杆对面的暮蟾宫：“暮少爷，救救我……”

王渊之只觉整颗心为之一冷。

他就在她身边，她却害怕他，憎恨他，向另一个男人求救。

此情此景，真可谓无边苦海，而他沉沦其中，不知向谁求救。

遣人去请大夫之后，两兄弟关上门，开始剧烈争吵。

“严刑拷问，屈打成招，”暮蟾宫盯着王渊之，咄咄逼人道，“这就是大理寺少卿的作为？唐娇她只是个普通小姑娘……”

“不，她不是。”王渊之打断他，“天机，前任锦衣卫指挥使，先帝在位时，他一直针对我们王家，先帝死后，他带着几乎整个卫所的人一起消失，同时消失的还有一大笔金银财宝。这些年来，他一直失踪，但他手里有人有钱，谁也不知道他会做出什么来，现在他好不容易出现了，身边什么人不带，偏偏带着个小姑娘，她真的是普通人？”

如此惊天之秘，将暮蟾宫给听愣了。

“那也不能说明什么。”愣过之后，他狡辩道，“他们认识的时间根本不长，而在认识之前，唐娇只是平安县里的一个普通话本先生，我可以给她做证。”

“哦？”王渊之眯起眼睛，一脸探究，“你跟她很熟吗？”

暮蟾宫沉吟片刻，最后咬咬牙，正色道：“此事说来离奇，全由一本话本而起……”

事到如今，他不再隐瞒，索性将天机的事，将唐娇的事，将平安县里发生过的事，将《三更话本》的事，完完整整地说给王渊之听。

“依我看来，天机这么做，只是为了培养一个对他忠心耿耿的崇拜者。”暮蟾宫蹙眉道，“他在暗地里做事，唐娇是他明面上的挡箭牌，但他并不怎么在乎她，没了唐娇，相信以他的手段，很快就能找到新的替代品。表哥，你放了她吧，她真的不够资格当诱饵。”

王渊之静静听完他的话，忽然冷不丁问道：“你今天为什么会出现在这里？”

“正好听人讨论起这事……”暮蟾宫说到这里，忽然愣住。

“那人是谁？”王渊之盯着他，“这件事，我可没有对外宣布过，即便在大理寺内，知道的人也不多，那么究竟是谁，特地在你面前讨论这事？”

暮蟾宫眼神微微闪烁，他也品出了其中蹊跷。

“你看，他还是在意她的。”王渊之淡淡笑道，“不然的话，他也不会想办法让你知道这事，试图借你的手来捞人。”

暮蟾宫垂下头，低低道：“……但唐姑娘何其无辜。”

他抬起头，眼神坚定清澈，整个人皎皎犹如月轮，对王渊之道：“表哥，男人之间的事，为什么要连累一个女子？你若想抓天机，我来帮你，但请放了唐姑娘，让她回家吧。”

“不行，”王渊之看了他一会儿，摇摇头，负手而立，缓缓踱到窗边，望着外头的狂风暴雪，冷声道，“我也不想欺负一个小姑娘，但她是唯一的线索。”

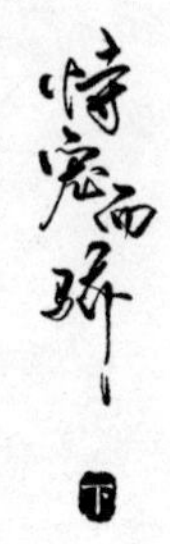

“……所以呢？”暮蟾宫看着他的背影，从前一直追逐着，一直仰望着，一直崇敬着的背影，如今看在眼里，却微微有些失望，“为了成功，就可以草菅人命，不择手段？”

王渊之转过身，无言以对。

“表哥，我的功课是你教的。”暮蟾宫看着他，一字一句道，“天行健，君子以自强不息；地势坤，君子以厚德载物……这是你教我的第一句话，第一件事，你忘了吗？”

“你想当正人君子？可以。”王渊之无动于衷道，“我再教你另一句话，另一件事……‘世事两难全’，你想坚持你的原则，那很多事情就办不成，有时候为了实现远大目标，你可以暂时放弃你的原则。”

“那君子和小人还有什么区别？”暮蟾宫质问。

“家族的千秋万代和个人的名誉，哪个更重要？”王渊之反问他。

冬雪飞入窗内，两人面对面站着，相似的面孔，像照一面镜子。

两人虽是表兄弟，却长得非常相似，若不是一个大一些，一个小一些，几乎就是孪生的兄弟了。

而一直以来，他们的关系比亲兄弟还要亲。

在暮家老爷还没被贬去平安县的时候，暮蟾宫常住在宰相府里，最亲的人就是王渊之，几乎是他一手带大的。王渊之给他启蒙，教他写字作画，教他弓马骑射，教他做人的道理。

暮蟾宫儿时追在他后面跑，稍微大一点就开始学他，穿白衣，擅音律，文采斐然，并且一心要考上状元，因为王渊之也是状元。

从没想过会有这么一天，两个人的理念居然会背道而驰。

相似的两人，最终也只是相似而已。

就像树木的分叉，两根树枝同源而生，最后伸向不同的方向。

“……我可以放过她。”王渊之沉默良久，忽然道。

暮蟾宫的手指握了又放：“什么条件？”

“明天宫里有个宴会，万贵妃会正式将王玉珠介绍给百官。”王渊之淡淡道，“你去一趟，给她送件礼物。”

暮蟾宫盯着他，不说话。

“怎么样？”王渊之淡淡道，“是坚持你的君子之道，不弯不折，还是暂时放弃一下原则？”

“表哥……”暮蟾宫笑容极苦涩，他觉得从前高高在上的神像正在土崩瓦解，“你好卑鄙……”

心底微微一抽，王渊之静静看着他，并不开口辩解。

暮蟾宫抿唇望着他，脸色苍白，唇在发抖，最后，缓缓点了点头：“请你说到做到。”说完，他拂袖而去。

王渊之目送他离开，忽然长叹一声，有些失魂落魄地坐在身后的椅子上。

被心爱的女子畏惧，被最疼爱的弟弟厌恶，他是不是做错了？

另一边，暮蟾宫头也不回地走出屋，转身就朝地牢里走去。

沿途路过许多条木栏杆，路过许多犯人，有人已经认命，有人哭着喊冤，唐娇被关在最里面，他来时，大夫正在收拾药箱。

暮蟾宫站在牢门外等了一会儿，等大夫出来，然后拉他到一旁，小声询问情况。

唐娇躺在地上，竖起耳朵听，却听不清楚，心里不由得害怕而又焦急。

送走大夫之后，暮蟾宫从牢门外转进来。

“暮少爷，”唐娇挣扎着坐起来，大眼睛看着他，“大夫怎么说？”

暮蟾宫抿了抿嘴，不知道该跟她说真话还是假话。

唐娇的心一下子掉进谷底，声音发抖道：“我……是不是再也不能弹琵琶了？”

“不会的。”暮蟾宫安慰道。

“我是不是……再也不能写字了？”唐娇愣愣地看着他，眼泪掉了下来，“我再也当不成话本先生了，对不对？”

“不会的。”暮蟾宫决定骗她，“大夫说了，你的手虽然伤得厉

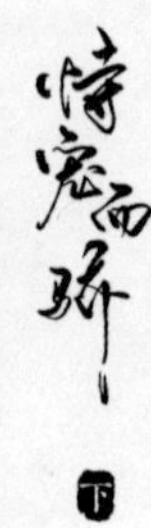

害，但好在治疗得及时，只要以后按时上药，再好好养上几天，就会好起来的。”

“真的吗？”唐娇哭着问，“你不是在骗我吧？”

暮蟾宫很不喜欢骗人，但是现在的她更需要谎话，所以他在她身旁蹲下，忍着心中的酸楚，对她温柔笑道：“相信我，没事的。”

“……嗯，我信你。”唐娇勉强笑了笑，低头抹泪，她也知道对方也许只是在安慰她，不过她宁可相信对方说的是真话。

她知道在得到之前，必须先付出。但还要付出多少，天机才肯回来把她拥抱？

“唐姑娘。”暮蟾宫忽然开口，打断她的思绪。

唐娇抬起头，只见他俯下身来，修长洁白的手指接过她一滴泪水，然后在她惊愕的目光下，他将那泪水递到唇边，低眉舔去。

“我还是那句话，”他抬头，清澈如水的眼睛凝视她，对她郑重其事道，“如果是我的话，绝不会让自己心爱的女子陷入危险当中。”

说完这话，他终于下定决心。

如果天机不肯救她的话，那他来救。

哪怕要牺牲自己的原则，哪怕要跟王玉珠和万贵妃虚与委蛇。

“好了，你安心养伤。”暮蟾宫扶着唐娇躺下，在他的强烈要求之下，王渊之总算是同意给她送了张床榻过来，这个冬天这样冷，总是睡在地上，只怕原本没病的人也要睡出病来，轻轻将棉被给她盖好，又细致地给她掖好被角，他这才安下心来，认认真真对她道，“我会救你出来的。”

说完，他不再打扰她养病，直起身来，退出牢门。

转身之时，他的眼睛亮得有些慑人。

唐娇已经没有父亲和母亲了，如果连天机都要顾全自己，不管她的死活，世上还有谁会帮她？只有他了。

她，只有他了。

目送暮蟾宫离开，唐娇眼神复杂。

原以为会来的人没来。

原以为不会来的人，却来了。

世事难料，她永远猜不透人心。

她叹了口气，闭上眼睛，缩进被里。监狱里寂静冰冷，在这个地方，仿佛时间都结冰了，她已不记得自己进来了多久，也不知道外面年过完了没有，陪伴她的只有鼻尖流淌着的刺鼻药味、干涸的血腥味，以及自己身上的臭味。

她是花，此刻却已渐渐枯萎。

睡一会儿，抽泣一会儿，也不知自己躺了多久，唐娇慢慢睁开眼，却猛然发现自己身边站了个人。

唐娇差点一个筋斗飞墙上，学蝙蝠挂起来，实在是受伤飞不动，只能连滚带爬地缩到墙角，畏惧地看着他，说话都有些结巴了："你……你什么时候来的？"

王渊之已经来了很久了。

暮蟾宫前脚离开，他后脚就悄悄从墙角转了进来，来了以后，静静站在一旁，俯视她略带痛苦的睡容，一言不发，直到她醒来。

面对她的恐惧和戒备，他其实只想说一句话——别怕我。

可最终，他什么都没说，深深看了唐娇一会儿，转身离开，出了地牢之后，声音肃冷，嘱咐看守道："看好她，若有异动，立刻过来通知我。"

第二天，上元节。

大街小巷张灯结彩，挂起一盏盏漂亮的花灯，而在宫里，也举行了一场盛宴，万贵妃在宴上将玉珠正式介绍给了群臣。

她的亮相极让人惊艳。

手提六角宫灯，款款走进殿内的白衣女子，未施粉黛，清丽脱俗，犹如从月中飘落的仙子，不食五谷，吸风饮露。

"玉珠参见母后。"她向御座上的女子跪下，露出秀美白皙的脖子，温顺得像一只白色小鹿。

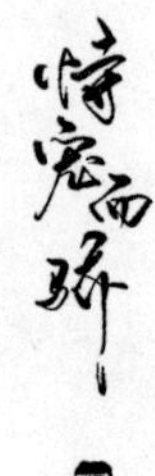

无论是这跪姿，还是这短短六个字，她都练了很久，在教养嬷嬷的鞭子下，不知道流了多少眼泪，跪破了两条裙子，这才勉勉强强过关，得了万贵妃一个淡淡的“好”字。

她吃了这样多的苦头，总该有所回报。

“起来吧。”万贵妃环顾众臣，头上的朝阳五凤挂珠簪吐下几缕流苏，随之轻轻摇晃着，“皇上身体不好，半刻也离不开本宫，本宫便先回去了，此次宴会便由顺义侯与公主代本宫主持。”

说完，她理也不理下面的人，起身离开，明黄色的宫裙拖在地上，不一会儿便消失在宫门外。众人收回目光，开始或明着或暗着打量这位前朝公主。

虽说她手里有信物，可信物里面却少了最重要的两样，夜明珠耳坠哪去了，还有和氏玉镯呢？夜明珠耳坠是代代相传的宝物，只传媳不传女，一向是由太后交给新皇后的，和氏玉镯就更不得了，据说开国时期，太祖得了一块稀世美玉，令匠人将其雕成玉玺，剩下的边角料则做成一块玉佩、一只玉镯，玉佩向来由太子佩戴，而玉镯则交给他最喜欢的公主。

玉珠为了取信于人，身上配了好几件首饰，都是宫廷制品，精致华丽，但仍堵不住悠悠之口。

“不知道从哪冒出来的女人，身上戴两件宫里失踪的首饰，就敢说自己是前朝公主。”一名青年官员嗤笑一声，对身旁的友人说道。

“嘘！”友人急忙制止，看着他身后道，“少说两声，隔墙有耳。”

那青年转头看去，见暮蟾宫端着酒杯站在他身后，面色立刻警惕起来。

万贵妃有意与王家联姻，这件事虽没正式透露出来，但世家大族多少得了些风声，大家私下讨论过，觉得王家很有可能会答应她，而一旦王家与万贵妃联合起来，皇上立刻凶多吉少，等他一死，没有别的继承人，那娶了公主的王家就很可能成为监国。

至于迎娶公主的人选，不大可能是王渊之，除非他治好他那身怪病。也不大可能是他的那几个庶出弟弟，一个个野心勃勃，每一个都想取代王渊之，成为王家未来的家主，若让他们娶了公主，怕是王家野心未成，就要先陷入一场内斗。

最后的选择也是最好的选择，就是暮蟾宫。

外姓，不用怕他夺权，母亲是王家嫡女，父亲是倒插门女婿，从小在王家长大，学问都是王渊之教的，对王家很有归属感，对王渊之也很忠诚，本身又是新科状元，无论是模样还是人品，都是上上之选，配一个身份不明的公主，简直绰绰有余，谅万贵妃也说不出一个“不”字来。

那青年手里的酒杯已经空了，暮蟾宫笑着给他斟满酒，敬了他一杯：“这位公子所言甚是，我也是这样想的。”

“哦？”青年眼中诧异，心想不应该啊，难道联姻之事其实是个谣言？

“皇家无小事，怎能因为几件首饰，就认定对方是前朝公主？”暮蟾宫却像没看懂他的神色，面色坦然道，“我看那几件首饰也没什么特别之处，也许是民间仿制的呢。”

“这你可就说错了，”青年探究地打量他，脸上却笑道，“家姐是司珍房的司珍，这几件首饰都由她过目了，的确是宫里流出去的东西，有几样还是皇上用的东西，除非想要被杀头，否则谁敢仿造？”

暮蟾宫目光一闪，隔着舞池中飞扬的水袖，望向对面的玉珠，喃喃道：“原来如此……”

似有所感，玉珠回过头来，目光闪烁地望着他。

之后觥筹交错，杯盘狼藉，直至入夜，才散了这桌酒宴，众人纷纷告辞离开，而暮蟾宫走到一半，却被人从背后喊住，转身一看，却是玉珠。

“暮少爷，”她莲步轻移而来，柔柔弱弱地看着他，“能否单独和你说几句话？”

旁人看他们的眼神极为诡异，有好几人故意放慢了步子。

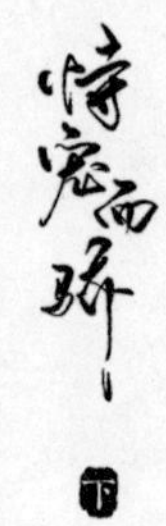

暮蟾宫很不愿意跟她单独相处，便说："天色已晚，有什么话，明天再说吧。"

"就几句话，"玉珠急忙说，"不会耽搁你太久的。"

说完，她也不肯走，就站在原地，可怜兮兮地看着他。

暮蟾宫被她纠缠得没办法，他不愿意跟她单独相处，更不愿意被旁人围观，只好说："那就到对面说吧。"

对面是一座凉亭，被几丛花树掩映，云破月来花弄影。

两人避开人群，徘徊至此，玉珠走在暮蟾宫身后，看着他的背影问："暮少爷，你有什么想要的东西吗？"

暮蟾宫回头看着她。

"你如果想要王家家主的位子，我与母后会全力扶持你。"玉珠一边温言细语，一边悄然靠近，"若你不喜欢权势，想要活得逍遥快活些，我也可以配合你。日后无论你娶几个妹妹，我都不会过问，还会同她们一块儿伺候你。"

她近在咫尺，吐气如兰，执起暮蟾宫的手，放在自己胸口。

玉珠是个极美的女子，她的美还非常符合时下人们的喜好，幽如朝露，洁白如莲。不但如此，她还擅长发挥自己的优点，白衣一穿，人往月下一站，月下看美人，美人更美，脸上些许斑点瑕疵，都被月色掩了过去。

即使暮蟾宫心中无她，也为其美色一窒，然后不留痕迹地收回手，淡淡道："王姑娘，请自重。"

"暮少爷真是正人君子。"玉珠不以为意地收回手，咬着唇，羞涩地低头道，"抱歉，我只是因为太喜欢你了，所以有些情不自禁……"

"喜欢我？"暮蟾宫脸色古怪。

"是啊，"玉珠偷看他一眼，又低下头，以袖掩面，轻轻泣道，"我也知道自己配不上你，所以我不求别的，只求个名分，求能待在你身边，时时刻刻看着你就好。你要是另有喜欢的姑娘，就纳她们当妾好了，我绝不会阻拦你……暮少爷，求你了，就成全我这小小的心愿吧。"

若是换了另外一个人，如此美色在前，还如此情深意切，或许心一软就答应了下来，左右也没什么损失，还能白捞个驸马当当，但是暮蟾宫听了这话，反而眼神清明起来。

“万贵妃跟你说了什么？”他细细打量对方，笑着说，“我来猜猜看……嗯，那天我和表哥离开以后，她是不是跟你说，谁是公主都无所谓，她需要的是跟我们王家的联姻，而不是你，如果你没法说服我们当中的任何一个娶你，那你就没用了，她会换个人当公主？”

玉珠放下袖子，脸上一滴眼泪都没有。

“暮少爷，你说对了。”她幽幽一叹道，“怎么办？你这么聪明，还这么高高在上，我真有些喜欢上你了。”

暮蟾宫笑了笑，没说话。

“考虑一下吧。”她对他笑道，那笑容极美，透出股毫不掩饰的引诱，手指不动声色地抚上他的大腿，暧昧地向上摸去，“帮我保守秘密，我会报答你的……”

暮蟾宫拍开她的手，云淡风轻道：“时候不早了，王姑娘，请早些歇息吧。”

说完，他与她擦肩而过，离开此地。

玉珠站在亭中目送他，脸上笑着，眼睛里却越来越冰冷。

一双手从她身后伸出，抱紧她，然后一张大嘴咬在她脖子上，狠狠舔弄啃咬。

玉珠痛叫一声，挣开他，抬手摸了摸脖子，白了他一眼道：“咬这么重，万一留下痕迹了怎么办？”

“那有什么关系？”万贵妃的哥哥顺义侯笑着走近，目光朝暮蟾宫离开的方向看了看，带着丝妒意道，“怕被那小白脸看见？怕被他知道，你已经是我的人了？”

“让他知道又怎样？”玉珠不屑地哼了一声，小手抚上他的胸口，伸进他的衣底，“不过是个道貌岸然的东西罢了，要不是老太婆逼我嫁，我才懒得理他！”

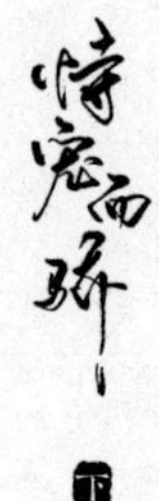

“那就别理，”顺义侯被她撩拨得火起，将她打横抱起，朝屋内走去，“有我在，小妹不敢动你！”

“唉，你就别骗我了。”玉珠幽幽一叹，“母后已跟我说了，你是她提拔起来的，万事都得听她的，她能将你提拔起来，就能将你再弄回去。”

“她是这样说的？”顺义侯酒色过度的脸上流露出不满，“你别听她胡扯，她把我弄回去？回去以后禁军归谁管？给了外人，她能放心吗？呵呵，她也不想想，她这些年来做了多少天怒人怨的事情，除了我这个自家人，还有谁不恨她？”

“这么说，母后其实是离不开你的咯？”玉珠一双妙目盯着他。

“当然！”顺义侯哈哈大笑道，“所以你就别想着那个小白脸了，回头我跟小妹说，让你嫁给我！什么王家、温家都是外人，外人就有外心，还是自家人可信！”

“那你可得说话算话。”玉珠将脸靠在他的胸口，垂眸笑道，“人家孤苦伶仃，除了你，可没人可以依靠了。”

她嘴上说得可怜兮兮，垂下的眼眸里却闪过胜利的光。

万贵妃既然将公主的身份送给她，就别想再收回去。她会用尽一切办法，把自己从假公主变成真公主的。

而如果玉珠是假公主，那么真公主是谁？

“王玉珠和唐娇是异父异母的姐妹。”暮蟾宫回到宰相府，对王渊之道，“唐娇的母亲是周明月，战乱时到胭脂镇避难，带着她，还有一笔丰厚的嫁妆嫁给了王富贵，后来王富贵伙同情妇将她杀了，将唐娇扫地出门，还占了她娘的遗物。”

王渊之放下手里盛汤圆的碗，抬头看着他。

“所以，王玉珠手里的那些珠宝，那些信物，都不是她自己的。”暮蟾宫斩钉截铁道，“全部都是周明月留下来的。”

说到这里，他望着王渊之，心跳如擂鼓。

如果他的推断是真的，如果说唐娇才是真公主的话……那么这门亲事，倒也不那么难以接受了。

时间一点点过去，暮蟾宫的心渐渐沉了下来，他小心观察着王渊之的脸色，问道："怎么了？我的推断有误吗？"

王渊之轻轻摇摇头："你先下去，让我仔细想想。"

"好，"知他谨慎，怕是要从胭脂镇调来详细资料研究，暮蟾宫便不逼着他立刻下结论，笑着说，"不管怎样，唐娇是公主的可能性很大……对了，表哥，今天是元宵节，我可否送一碗汤圆给她喝？她一个人孤苦伶仃，在监狱里过节，实在太可怜了。"

王渊之盯了他好一会儿，才淡淡道："去吧。"

"我替唐姑娘对你说声谢谢。"暮蟾宫笑着说，然后离开书房，去厨房准备食盒与汤圆去了。

望着他欣然离去的背影，王渊之的心情却跌落到谷底。

他将压在书案下的册子拿出来，这是先前让人去平安县取来的资料，上面将唐娇的事情记载得清清楚楚，难为周明月跑那么远，为了隐姓埋名，不惜下嫁给那样丑陋卑鄙的一个男人。

"三公主……"他轻轻唤道。

暮蟾宫不知道，事实上只有极少数人知道，王渊之跟三公主是定过亲的，虽是先帝与祖父口头上的约定，但已换过信物，只差一点就要落在纸上。

但在落纸之前，双方就已交恶，先帝一心想要中央集权，削弱世家力量，身为门阀之首，王家无法坐以待毙，于是选择扶持唐棣，亲手帮他策划了一场政变，于避暑山庄杀死先帝与太子，之后又怂恿他杀光先帝的儿子和女儿，只逃了一个三公主。

逃了也好。那时的他想，若她留下，彼此的日子都难过，说不定他会亲自动手，送她去与父母会合。

事后唐棣登上皇位，对外宣称宫里发生一场大疫，皇上和众皇子、皇女都病故了，只他得苍天佑护，活了下来，然后一边扶棺痛哭，一边令人张罗即位大典。王渊之那时也跟着烧了几张黄纸，但没有流泪。

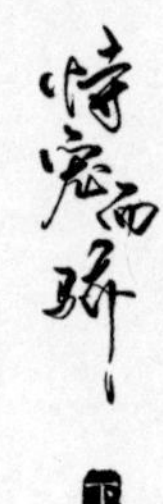

他不曾后悔，又怎哭得出来？

高僧念着经文，度了死人，却度不了凶手。

直至十三年后，于大雪隆冬之季，他与已是少女的她再次相逢。

世上是否真有因果？世上是否真有报应？王渊之不知道，只知过去遗憾她的出身，觉得配不上他，如今却宁可她出身卑微，让他不至于受身心煎熬，如跋涉于无边苦海，越陷越深。

叹此生，相遇太早，重逢太晚，相见不相亲，不如不相见。

月上柳梢头，花灯闹市后，马车停在大理寺门口，暮蟾宫提着红木食盒下了车，眼前守卫林立，他亮出王渊之的腰牌，于是畅通无阻，一路走到地牢来。

他让狱卒开了锁，走进牢房，右手一杆牡丹灯笼，灯似花，花胜火，左手一只红木食盒，木纹繁复，层叠数层。他将灯笼放在一旁照明，然后将木盒放在地上，打开食盒盖子，里面一碗浮着汤圆的甜汤，冒出热气来。

“唐姑娘，”他取出碗，递过去，眼神温柔，“吃点甜汤吧。”

“今天是元宵节？”唐娇抱着膝盖坐在床上，看着碗里沉沉浮浮的汤圆，发了会儿愣，然后伸手过去。

她的手上换了新绷带，散发着刺鼻药味，还有淡淡血腥味。

她努力拿起汤勺，极笨拙，极僵硬，难以相信这双手曾灵巧美丽过，难以想象这双手曾反弹琵琶过。

好不容易拿起汤勺，却微微发着抖，一只汤圆还没送到嘴里，就连勺带水地落回碗里。

“抱歉，”唐娇愣了愣，极失落地低下头，落寞道，“我用不好勺子了。”

“没关系，”暮蟾宫愣了一下，在她身边蹲下来，一手端着碗，另一只手执起勺子，将一勺汤圆送到她嘴边，“我喂你。”

唐娇看了他一眼，垂眸，袅袅淡烟飘在她脸上，她迟疑着、犹豫着，慢慢张开嘴唇，喝下那口甜汤，吃进那个汤圆，眼中渐渐雾气弥漫，先是嘴唇，然后是肩膀，接着整个人发起抖来。

“为什么不来找我！”她忽然歇斯底里起来，双手使劲捶着地面道，“这双手已经废了，废了！为什么还不来，为什么忘了我，为什么要这样对我！你怎么可以这么对我……”

暮蟾宫丢开手里的碗，紧紧抓住她的手腕，制止了她的动作。

“你冷静一点！”他对她吼道。

“我问过大夫了，”唐娇哈哈大笑，笑容如鬼，头发散乱，“这双手已经没用了，别说写字，别说弹琵琶了，你看看，我连个汤圆都没法自己吃……”

“我喂你啊。”暮蟾宫打断她。

“我不要你喂！”唐娇吼道。

“我偏要！”暮蟾宫吼得更大声，他手上用力，将唐娇扯到身前，朝她俯身喊道，“我不但要喂你吃汤圆，还要喂你吃很多好吃的，不但要喂你吃好吃的，还要继续找大夫给你治疗，一个治不好就再找一个，天下之大，能人辈出，总有一两个神医……”

“别说了！”唐娇大喊。

暮蟾宫懒得理她，他生气了，怒其不争，哀其不幸，她不让他说，他偏要说：“非但如此，我还要你继续当话本先生。你手不能动，但你还有嘴，你念出来，我给你写下来……”

“别说了，”唐娇呜呜哭了起来，“我错了，别说了……”

她哭起来很美，犹如牡丹承露，即使身陷囹圄形容憔悴，依然艳压群芳，国色芬芳。暮蟾宫记得自己从前是很喜欢看她哭的样子的，而现在却觉得不忍，宁可她笑着，也不想再看她流泪。

“知道错了就好，”他叹了口气，声音软了下来，眼神极认真地看着她，“不要再自暴自弃了好吗？人活着，没有过不去的坎儿。你的手只是受伤了，又不是没了，我陪着你，陪你找大夫，陪你疗伤，你总有一天会好起来。”

唐娇已经冷静下来，脸上有些热，觉得自己刚刚简直是无理取闹，

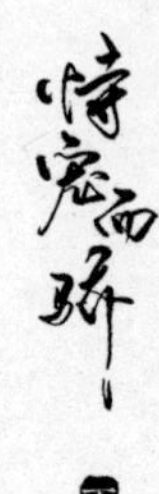

听了他的话，有些不好意思地笑笑，对他说：“要是好不了……那就我念，麻烦你帮我写下来了。”

“好。”暮蟾宫温柔笑着，一口应承了下来。

此事揭过，两人的关系不知不觉间近了一些，没了从前的戒备，却生出些共患难的真情。

暮蟾宫放下了总想弄哭她的念头，唐娇也放下了对他的戒备疏离，上元节的灯火照不进地牢，却照亮彼此的心田。

外面传来一声咳嗽声，同来的侍从催道：“表少爷，时候不早了。”

他只得放开她的手，低声说：“我明天再来看你。”

“等等，”唐娇冲着他的背影喊道，“你的花灯。”

暮蟾宫回头看她，衣裾雪白，眉眼带笑，正是那月上柳梢头，人约黄昏后的美少年，对她笑道：“有灯无月不娱人，有月无灯不算春，我不能给你摘来月亮，只好送你一盏花灯了。”

唐娇便抱着那花灯，目送他离开。

他走后，地牢重又变得孤冷寂寞，像压住白娘子的雷峰塔。

只是陪伴她的并非青灯古佛，而是手里这一盏牡丹灯笼，细木为骨，镶以绢纱，绢纱上用极妩媚的朱色，细细描了一朵牡丹花。

唐娇抚着花灯，心中道：“有灯无月不娱人，有月无灯不算春。春到人间人似玉，灯烧月下月如银……暮少爷，有你在，地牢里也并非有灯无月。”

她将那花灯放在床边，伴着它的光亮入睡。

于是这一夜睡得颇为香甜。

第二天醒来，唐娇看清床边站着的人，以为自己还在梦中，而且是噩梦，赶紧闭上眼睛，再睁开眼，眼前还是他。

“送进来。”王渊之淡淡道。

几名侍卫鱼贯而入，手里托着木盘，盘子里鸡鸭鱼肉、果品点心甚为丰盛，一碟一碟取出来，放在地上，白的红的，甜的辣的，散发出令人食指大动的香气。

唐娇缓缓从床上坐起，看了眼地上摆放的饭菜，又抬头看看他，有些不安地问道："断头饭？"

"还没那么快。"王渊之挥退他们，弯下腰，长长的袖摆迤逦在地，宛若堆雪，他拎起白玉酒瓶，一边往杯子里倒酒，一边冷漠道，"三天以后，再送你上法场。"

说完，他在唐娇愕然的目光中，将那酒杯递向她。

雪白的手套，雪白的酒杯，唐娇盯了那杯子良久，才慢慢看向他。

"你为什么这么讨厌我？"她忍不住问，满腹委屈，满腹怨恨，满腹恐惧，"我从没惹你害你，你为什么一定要置我于死地？"

"我说过了，"王渊之声音冷漠，"我要见到天机。"

"他不会来的！"唐娇有点火气上涌。

"不，他会来的。"王渊之紧紧盯着她，压低声音道，"如果你真的是前朝公主，那他一定会来救你的。"

唐娇骇然看他，只觉得手冷脚冷，一句话也说不出来。

"你不用指望蟾宫，"将酒杯放在地上，王渊之缓缓起身，居高临下，巍峨如雪山冰瀑，俯视她道，"他来不了，来了，也救不了你。"

能救你的，只有我。

唐娇沉默半晌，忽然从床上翻下来，伸手拿起白瓷碗上搁着的竹筷，挑起一团白米饭，颤颤巍巍地送进嘴里，因为手指还不大灵活，所以中途漏了不少饭，可她依旧锲而不舍地吃着。

王渊之看了她一会儿，疑惑道："你为什么还吃得下饭？"

"我答应过暮少爷，好好活着，好好吃饭，绝不自暴自弃。"唐娇吃力地夹了块红烧肉，眼神清明地看着他，"我不知道他来不来得了，也不知道天机会不会来，我现在能做的事情就一样——吃饱，睡饱，当个饱死鬼，又或者温饱人。"

说完，她赶紧低头叼住肉，咀嚼起来。

王渊之看着她。

直到书吏过来唤他，她依然没开口求他。

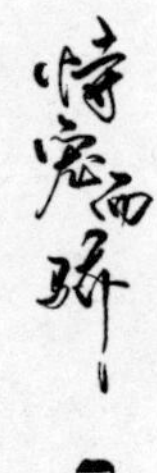

王渊之在心里叹了口气，转身离开。

也许在她心里，他的脸是冷的，血也是冷的，她错了，他脸上的坚硬冷漠不过是张脸谱，而她的视线却是一把锤子，真正害怕的人是他，害怕被她敲开心扉。

但他也错了，他没料到自己离开以后，唐娇就搁下了筷子。

嘴上说说是一回事，做不做得到是另一回事。

生死之前，谁能真正保持平静？

“天机……”她满脸忧虑地望着栏杆外头，喃喃道，“你要是再不来……就不用来了。”

三天时间，不长不短，但足够王渊之通过各种渠道将消息散播出去，并调大批人手蹲守在大理寺，准备来个守株待兔。

第三天夜里，乌云蔽月，夜鸟啼鸣，大理寺内一座偏僻院子里，火把林立，守卫森严。唐娇跪在雪地上，双手被反捆身后，鬓发散乱，遮了半张脸，小小的身子，微微发着抖。

这三天以来，她无时无刻不在念叨着天机。

在她看来，即便过去有事不能来，今天他无论如何也该出现了。

她决定，只要他来了，她就把他打个半死，然后再原谅他。

结果她从白天跪到了晚上，他还是没出现。

两条腿早就没了知觉，唐娇舔舔嘴，觉得又饿又渴，最后实在没办法，趴在地上，咬了两口雪，咀嚼下肚。

“拿些吃的来。”邢场边上，王渊之看着她道。

身旁的侍卫退了下去，半晌之后，端着一碗素面上来。

素面清香，乳白色的汤面上还漂着一层葱花。

王渊之端起素面，朝她走去。

热腾腾的汤面递到唐娇嘴边，她抬头看着对方，两人的眼神都很复杂。

唐娇俯首，深深吸了口热汤，润了润喉咙，对他沙哑道：“……再等等吧，等等他就会来了。”

王渊之“嗯”了一声，转过身去，将手里的面碗交到随从手里。

“等等！”唐娇喊住他，“他今天要是不来，你真的会杀我吗？”

王渊之侧首看着她，久久不说话。

他没想到会是这样的情况，没想到天机竟这样绝情。他原以为天机虽然冷血狡诈，但唯有一颗忠心是可取的，先帝已死，太子已亡，剩下的只有公主，他若不来，先帝血脉今日就要断绝于此，天机怎可能不来？他怎能不来？

渐渐地，有一个声音在心底问他，他若不来，你真要杀她？

风吹开唐娇脸前的发，她似乎有些发烧了，脸颊红红的，眼神迷离着，似天魔女，似引似诱地看着他。

王渊之静静看着她，感情藏在冷漠的脸谱之下，恨她爱她，怪她怜她，五味掺杂，想要杀了她，觉得她死了，他就不会再受此煎熬，却最终……还是舍不得。

罢了，他在心里叹了声，刚要让人给她松绑，就听见外面传来急促的脚步声。

“报！”一名侍卫心急火燎地跪在他脚下，“大人，大事不妙！”

“什么事？”王渊之转头看他，眼神冷冽，“是不是有人攻过来了？”

“大人，”那侍卫抬头道，“叛军攻进皇宫了！”

“你说什么？”王渊之脸色微变道，“具体是什么情况，你说明白些！”

“是！”那侍卫组织了一下言辞，对他道，“前朝锦衣卫指挥使天机，协同如意侯、兵部侍郎、骠骑将军叛变，大军连夜出发，已经杀进了宫里，之后万骑营左统领策反了御林军，现在御林军也朝着皇宫进发了！”

饶是冷静自持如王渊之，听了这消息都不禁愣了好一会儿。

“……另外，”那侍卫瞟了唐娇一眼，“他们打的是太子的旗帜。”

“太子？”王渊之猛然转头看向唐娇。

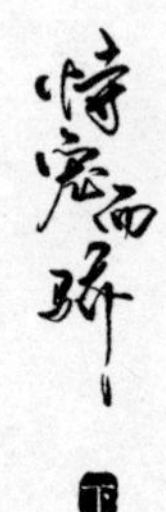

唐娇同样愕然地看着他。

"原来如此……"王渊之喃喃一声，忽然哈哈一笑，走到唐娇身旁，劈手夺过刽子手手中的长刀，从上往下，朝唐娇劈了下来。

长刀在空中化为一道亮银之色，唐娇闭上眼，然后觉得双手一松，睁开眼睛，发现捆住她双手的绳子已经被王渊之给劈开了。

"你不用死了。"王渊之将刀丢给刽子手，对她淡淡道。

唐娇呆呆地看着他。

"我原以为先帝死了，太子也死了，所以天机才会转而扶持你。但今天看来，他那位太子主子还活着，他从前忠于他，现在也忠于他。"王渊之怜悯地俯视她，"你不过是他丢出来吸引我目光，牵制我行动的棋子。"

顿了顿，他既冷漠又残忍地补上一句："现在，是弃子。"

天寒地冻，唐娇跪在雪地里，觉得浑身上下都在发冷，由内而外地冷。

"让开！"外面传来一个愤怒的声音，白衣少年的身影由远而近，急急走来，然后被侍卫拦下，暮蟾宫愤怒道，"让我进去！"

王渊之摆摆手，示意放行。

暮蟾宫冲了进来，跑到唐娇身边，二话不说解下身上的白狐裘罩在她肩上，然后抬头对王渊之道："表哥，外祖母正派人到处找你，让你赶紧回去，外面已经乱了。"

"回去干什么？等死吗？"王渊之冷笑一声，脸上霜冷似雪，眼中战火灼热，他大步流星地朝外走去，头也不回地对暮蟾宫道，"人交给你了。来人！通知白家、郭家，还有左统领、刘侍郎，点齐兵马，进宫护驾！"

他能调动的兵马都在这里，一声令下，整装待发，王家驯养的府兵——白衣佩剑的武士们化作一条白色洪流，跟在他身后，朝皇宫的方向涌去。

目送他们离开之后，暮蟾宫弯腰扶着唐娇，将她从雪地里扶起，轻轻道："抱歉，先前一直被关着，所以来迟了些。"

他说得轻描淡写，三言两语就掩去了当中的凶险。

温良辰等人夜袭皇宫，有人杀进去，有人逃出来，京城里已经乱成一片了，还有些地痞无赖，手里拿着刀子，装成宫里的逃兵，四处趁火打劫，甚至有人胆大包天冲进了王府，结果被府兵给乱棍打死。

暮蟾宫是趁乱跑出府的，结果一眼望去，只见一片兵荒马乱，到处是哀号声、求救声、厮打声以及狞笑声，他一个手无缚鸡之力的书生，一个不好就会死在这乱流里。他站在宰相府小门口，犹豫了一下，心里怕死，但更怕去晚了，只能给唐娇收尸，于是牙一咬，冲进了眼前的无边夜色里。

这一路上凶险非常，最险的一次是被一个地痞拿刀拦了下来。

暮蟾宫掏空了身上最后一个铜币，才得以脱身。他跌跌撞撞，奋不顾身，费尽千辛万苦才摸进了大理寺，见着了唐娇，松了口气。

这番辛苦，被他藏在心底，并不打算说给她听。

他不需要她的谢谢，也不需要她的报答，他来，是因为他想来，他答应来。

将雪狐裘给她拢了拢，暮蟾宫对她温柔笑道："你现在安全了……等等，唐姑娘，你是不是病了？"

说完，他伸手贴着她的额头，果然火一般烫手。

"走，"他有些着急，"我带你去看大夫。"

"不，"唐娇却摇头，"我不走。"

"为什么？"暮蟾宫有些愕然。

"我要在这里等人，"唐娇梦呓般道，"天机会来的。"

见她病得厉害，暮蟾宫才把骂人的话吞了回去，心里又觉得有些酸楚，怎么到了这时候，她还想着那人？他摇摇头，面色难看道："唐姑娘，你病糊涂了吧？你没听说吗？天机已经率领叛军攻打皇宫去了……"

他有句话不忍说。

叛军举的是太子的旗帜，而非公主。

想来……她也好，他也好，表哥也好，都中了天机的计，天机根本

是拿她当挡箭牌，用来吸引众人的目光，掩饰太子的存在。现在他们不需要挡箭牌了，她就变成一枚弃子了，一名双手残废、孤苦无依的弃子。

“他会来的，”唐娇退后几步，抱紧自己，双眼无神，低声喃喃道，“他答应过我的，他会来的……”

暮蟾宫深吸一口气，双手按到她的肩上：“几次？”

唐娇看着他。

“你不能一辈子都这样等他，”他皱眉问，“回答我，几次？你还要等他几次？”

“……一次，”唐娇神色疲惫，垂眸道，“让我再等一次。”

“好，”暮蟾宫将疲惫不堪的她拥进怀里，温暖她，陪伴她，对她说，“我陪你等到天亮。”

两人相依相偎着，坐到屋檐下，看着外面纷飞的大雪，直至天光乍现。

天际一线白光，犹如苍天睁开了一只眼，将人间一切丑陋虚伪看得分明。

“天亮了。”唐娇看着天空，喃喃道。

她伸手入怀，慢慢摸出一只景泰蓝胭脂盒。当日大理寺的人登门，她什么都没带，只带了这只胭脂盒，小心妥帖地放置在胸前，将它当成心口一颗朱砂痣。

现在，她松开手，胭脂盒从掌心滑落，掉在雪地上。

“走吧，”她喃喃着，眼中的希望已熄灭，只余恨意的余烬在燃烧，笑声凄凉，“他不会来了。”

暮蟾宫“嗯”了一声，将她打横抱起，朝大理寺外走去。

风雪吹在他们身上，很冷。

风再刺骨，也寒不过欺骗；雪再冷，也冷不过辜负。

两人的身影渐渐消失在雪地尽头。

只留下一只景泰蓝胭脂盒，一只光华流转的珐琅蝴蝶在盒子上微微颤动着，渐渐被风雪掩埋。

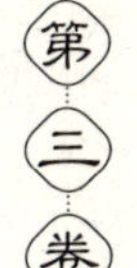

脸谱话本

第十一章 桃花源记终成空

皇宫中，火光冲天，厮杀声起。

又一个身影倒下，穿着禁军的服饰，眼睛不甘地瞪大，在他身边，躺了许多人，有同样穿着禁军服饰的同僚，也有人穿着御林军的服饰、温家府兵的服饰，乃至绣春刀飞鱼服，那分明是已被废除的前朝锦衣卫的服饰。

天机甩掉剑上的血，黑色披风在身后翻腾滚动，犹如黑色的火。

“情况怎么样了？”他问身后站着的那人。

“回禀大人，我等已经抓住了顺义侯，”那人道，“顺义侯被砍了一臂，看来是活不成了。”

“给他个痛快，把他脑袋砍下来，拿去给禁军看，让他们立刻投降。”天机淡淡道，“万贵妃呢？”

“人已逃往宫外。”属下道。

天机猛然转身，将手里的宝剑朝他刺去。

属下身后传来一声闷哼，一名举刀偷袭的禁军倒在地上。

“带上人，把她抓回来。”天机收回剑道。

那属下抬手抹了把脸上的血水，对他恭恭敬敬道：“是，大人。”

天机丢下他，朝眼前的飞霜殿走去。

十年的谋划，付出了无数人力与心力，就是为了今天。

他砍翻眼前的侍卫，走到唐棣房门前，一脚踹开房门。

一扇精美的屏风折叠开来，横在他的面前，上面画着十里桃花源，芳草鲜美，落英缤纷，良田桑竹，房舍农人，原来是《桃花源记》。

剑尖滴血，天机立在屏风外，笑着说：“唐棣，我回来了。”

“护驾……”屏风后，传来唐棣的声音，有些尖厉失真，“来人，护驾！”

“事到如今，还有谁能护着你？”天机面色霜冷，眼中流露出大仇得报的畅快，“别让先帝和家父等太久了，下去给他们磕头谢罪吧。”

说完，他慢慢悠悠地转过眼前的桃花屏风，走到唐棣面前。

为了今天，父亲付出太多，他付出太多……唐娇也付出太多了。

就让他亲手结束这一切，然后回到她身边。

结果，看清眼前的“唐棣”，他愣住了。

外面忽然传来急促的脚步声，温良辰同几个侍卫冲了进来，然后脚步一顿，警惕地喊道：“谁在那儿？”

几名侍卫对视一眼，分了两人冲上来，抬脚将屏风踹倒，桃花倾倒，美梦尽散，屏风倒在地上，被他们踩在脚底。

天机缓缓转过身来，看着他们。

“是你啊，”温良辰长出一口气，往日养尊处优的贵公子，今日披甲上阵，身上也多了好几处伤，一贯慵懒的笑容里也透出一股肃杀，笑着走来，“你出手倒快。”

天机面无表情地道：“唐棣不在这儿。”

温良辰眉头一皱，几步走来，将床上的被子掀开，然后摸了摸里面

的床褥——凉的。

“护驾，护驾……给吃的，给吃的！”

温良辰循声望去，见床尾放着一只笼子，笼子歪倒，里面扑腾着一只鹦鹉。

正是他进献给唐棣的，那只天下无双，拥有与唐棣相似嗓音的绿鹦鹉。

“这下糟了。”温良辰缓缓转头，对天机苦笑。

“你快带人去找万贵妃，”天机从他身边走过，“唐棣很可能跟她在一起。”

“那你呢？”温良辰看着他的背影问道。

天机脚步一顿，头也不回地说：“我去大理寺一趟。”

大理寺内，早已人去楼空。

宰相府内，红木雕屏的架子床上，垂着暖烟色绣牡丹春草的纱帐，天机要找的人正躺在帐内，听见外面传来小丫鬟的窃窃私语。

一个道：“老夫人念了一晚上的阿弥陀佛，可算把表少爷给完好无损地念回来了……对了，你说这姑娘是谁？”

另一个道：“昨儿那么乱，到处是趁火打劫的歹人，这姑娘许是家里进了坏人，拼命逃出来，结果好命撞上了表少爷。你也知道，表少爷那般心软的人，怎能见人受苦？她哭几声，求几句，表少爷便将她给带回来了。”

“表少爷也忒心软，这要换了我，宁可多给点银子，也不敢把人往家里带，谁知道这人醒了，会不会赖着不走。”

唐娇张了张嘴，想说话，却发不出声音。

手也好脚也罢，都动弹不得，就好像一辈子没睡过觉似的，身上一点力气都没有，脑子一会儿清醒一会儿混沌，一个声音不停催着她说：“闭上眼闭上眼。”

她闭上眼，外面的喧嚣就消失不见，眼前忽然浮现一片桃花林，母亲在林子对面朝她招手，父亲抱着琵琶站在她身旁，身后芳草鲜美，落英缤纷，良田桑竹，房舍农人。

唐娇朝他们走过去，身后，却忽然传来一个声音。

“她怎么还不醒？”

“表少爷请放心，她的烧已退了，只是身子还有些虚弱，待老夫开几服药，连着吃上几天，就能大好了。”

唐娇脚步一顿，片刻之后，又朝着对面的桃花源走去。

走到半路，一滴雨水落在她嘴角，她舌头一卷，舔进嘴里，咸涩如泪。

雨水淅淅沥沥，打落在她身上，隐隐传来谁的呼唤，带了丝哭腔。

正在唐娇进退两难之际，一个冰冷刺骨的声音忽然响起，就像匕首插进她的身体里。

“……掰开她的嘴，把药喂进去。”声如箜篌，低沉稳重，却透着股不近人情的冰冷。

紧接着一股苦涩的味道就在舌苔间蔓延开来，她想吐，那冰冷的声音却在她耳边道：“不许吐。”

不但动嘴，还动了手，冰冷的手指捏在她鼻子上，迫她不得不用嘴呼吸，结果嘴一张，苦如黄连的汤药就灌进来。

但很快又被她吐了出来。

她打小最怕吃药，如果一定要吃，吃完以后一定要含个梅子或者蜜饯，否则就会像现在这样，孕吐似的根本停不下来。

“你这是在作死吗？”那声音沉默半晌，变得更加森冷起来，“那我保证，你坟头哪怕长了草，天机都不会回来看你一眼。”

这个名字就像蜜饯一样。

唐娇将它在齿间咀嚼一番，却发现糖衣里面的东西，比药还苦。

“你哭也好，流血也好，自己作践自己也好，你以为他会在乎？”那声音言辞如刀，一刀戳了下来，“你错了，他根本就不在乎你，他真正的主子是太子，你不过是他丢出来吸引众人视线的鱼饵，现在他们已经吃到鱼肉了，你觉得你还有用处吗？”

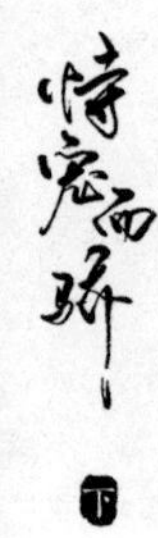

别说了。

“你以为他会来救你？错了，他一直在干大事，你在雪地里跪得高烧不退的那天，他正在夜袭皇宫，现在顺义侯被他杀了，万贵妃也被抓了，皇上失踪了……又或许已经死了。”那声音一刀又一刀戳在唐娇心口上，“他跟太子都是大赢家，你是什么？太子现在已经对外宣称，他根本没有妹妹，平安公主早在十年前就已经死了，你算什么？你根本就不存在，你没有功劳也没有苦劳，他们没有欺骗过你也没抛弃过你，你死或活跟他们无关。”

别说了！

“你一直在等天机，等他回头看你一眼，”那声音戳完刀，又往她心口撒盐，“可你扪心自问，你有那个价值吗？天机过去帮助你、爱护你、无微不至地照顾你，是因为那时候你是颗重要的棋子，现在呢，你凭什么让他回头看一枚弃子？”

求你了，不要再说了！

“他手里还会有其他棋子的，有的年轻，有的漂亮，但无一例外，都会信任他，爱慕他，对他忠心耿耿，至死都在等他偶尔回首，施舍一笑，”那声音冷笑一声，“对，就像你一样。”

“够了！”唐娇眼一睁，整个人从床上弹起来，怒不可遏地看向那人，“你吵什么吵，还让不让人睡觉了……”

她越说声音越低，因为她终于看清了床边站着的那人。

王渊之也俯首看着她，脸上的表情甚是微妙。

两人隔着一张暖烟色绣牡丹春草的纱帐，都看不大清对方的面容……也都怕看见对方的面容。

暮蟾宫站在王渊之身后，咳嗽一声，摇头苦笑道：“想不到我喊了你六天，最后还比不上表哥的一顿臭骂。”

唐娇顿觉尴尬，手往脸上一捂：“哎呀，我在梦游。”

她一边说，一边倒回了床上，侧身往里躺着，觉得场面尴尬，不如睡觉。

王渊之也觉得颇为尴尬，暮蟾宫自己喊不醒人，病急乱投医找上了他，他有什么办法？他觉得唐娇醒着，还不如一直睡着呢，至少睡着的她不会抗拒自己的靠近，他可以跟她说很多心里话，而不用怕她拒绝他。

“醒了也好，你喂她吃药吧……我继续去寻找皇上。”王渊之望着唐娇，见她听见自己说话，怕得肩膀缩了缩，心里不由得一片黯然，他刚刚以为她听不见，才说了那番话，哪知道她是在装睡……

但唐娇只有一半是怕他，另一半是怕吃药。

牙齿打着战，耳朵听见他要走，唐娇忍着心里的恐惧，开口叫住他：“等等！”

王渊之人已走到门口，闻言脚步一顿，回头看着她：“……什么事？”

“……在宫里。”唐娇小声道。

“大声点。”王渊之看着她，心里叹道，别那么怕我。

“去宫里找吧，”唐娇奓着胆子喊道，“皇上还在宫里。”

“……为什么这么说？”王渊之问。

“是天机跟我说的。”唐娇提起这名字，又是无奈又是酸涩道，“他说，万贵妃很爱皇上……所以有没有可能，万贵妃逃难的时候，带着皇上一起逃了？”

“没这可能。”王渊之斩钉截铁道，“天机已经抓住万贵妃了，皇上不在她身边。”

“那就是分开跑了，”唐娇道，“她可以引开追兵，这样皇上活下来的可能性就更大一些。”

“生死面前，圣贤尚且做不到舍己为人，更何况是万贵妃，”王渊之淡淡道，“她哪里会帮人引开追兵？反过来还差不多。”

“那就反过来。”暮蟾宫忽然开口道。

两人齐齐看向他。

“万贵妃逃亡的时候，之所以会带上皇上，是打算关键时刻拿他

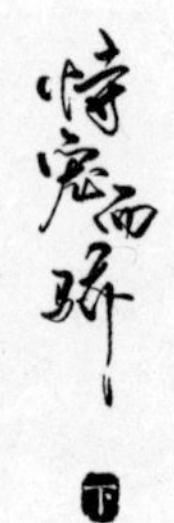

当人质，”暮蟾宫柔声道，“可她没料到的是，夜袭皇宫的是太子的兵马，对这群人而言，最好的皇上就是死皇上……他们很有可能会杀了皇上，再把弑君的罪名推给万贵妃，再杀了她，来个死无对证。”

王渊之眼神微动，似乎被他的这个观点说服了。

“在这种时候，万贵妃说不好真会兵分两路，”暮蟾宫笑着说，“但不是想用自己引开追兵，而是为了让皇上帮她引开追兵……所以唐姑娘说得对，皇上真有可能被这批人藏在宫里。”

王渊之看着他，又缓缓转头看了眼唐娇。

“……我去宫里一趟。”最后，他对暮蟾宫说。

目送他离开，唐娇转头看着暮蟾宫，颇委屈地说：“咱们两个说的明明是同一件事，为什么他信你，不信我？”

“表哥只是不大信任男女私情罢了。”暮蟾宫说完，外面有人敲门，打开门以后，见是侍女送了药过来，青瓷碗里，褐色的药汤发出呛鼻的气味。

“啊，我已经死了。”唐娇闻到那味道，两眼一翻，倒在床上挺尸。

“良药苦口，”暮蟾宫端着药走过来，当着她的面抿了一口，笑道，“看，也不是很苦。”

唐娇趴在床上，静静看他：“……小时候，我娘也这么骗我。”

暮蟾宫抬头想了想，叫人送了盘蜜饯进来，八瓣荷花形的盘子里，苹果脯、糖樱桃、青红丝、山楂片堆砌而起，或微流糖液，或色泽金黄，散发着淡淡甜香。

“来，喝一口，”他一手举着盛药的勺子，另一只手举着个蜜饯，对唐娇道，“吃一口药，就喂你个糖。”

唐娇愣愣看了他半晌，一颗泪珠在眼里滚来滚去，最后她吸吸鼻子，凑过去喝了一口药，然后整张脸皱起。

暮蟾宫急忙把蜜饯送过去，喂到她嘴里。

唐娇一边咀嚼着蜜饯，一边小声道：“小时候，我娘也是这么做的。”

“我也觉得我最近越发像个老妈子了，”暮蟾宫笑着抱怨道，“管你吃，管你喝，还要管你按时吃药，再这样折腾下去，我是不是要给你打水洗脚了？”

见他两眼通红，形容憔悴，唐娇便知道他可能不是在开玩笑，而是在她生病期间真的衣不解带地照顾她，结果把自己给熬坏了，这真是何苦来哉?

唐娇只得一口口把药喝了，然后含着蜜饯，口齿不清地对他说：“暮少爷，吃完药，我有点困了。”

“嗯，”暮蟾宫说，“那你睡吧，我回去了。”

“嗯，”唐娇深深看着他，“你也好好歇一歇吧。”

暮蟾宫对她微微一笑，转身离去。他走后，唐娇含着那蜜饯，一个人在床上躺了好一会儿，闭上眼睛，再次梦见桃花源。

芳草萋萋，落英缤纷，她几步走上前去，伸手抱住父母。

“爹，娘，”唐娇唤道，脸上流下两行清泪，“抱歉，我暂时不能来陪你们。”

二老没说话，伸手抱住她，眼神温柔，依依不舍。

“有一个人，他负我良多，”唐娇抽了抽鼻子道，“我总得找他问个明白，或者干脆变成绊脚石让他跌个跟头，女儿总不能像块抹布一样，被他用完就丢。”

顿了顿，她声音很轻，低低道：“还有一个人，我负他良多，他不让我死，我怎么能死……此恩此德，女儿怕是要给他打洗脚水，才能报答一二了。”

十里桃花成林，乱红飞过秋千，一直安静抱着她的周明月忽然道：“那你还留在这里做什么？”

唐娇愣了愣，抬头看着他们。

周明月仍是她记忆里的模样，姿容妙丽，举止优雅，但一开口，又凶又傲慢，柳眉倒竖，指着她的鼻子喊：“被人欺负了，你就只知哭鼻

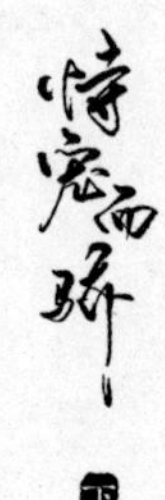

子？我何曾将你教得如此软弱？快，快，立刻给我回去！天若弃你你逆天，男人若弃你……先写信给他上司告他乱搞男女关系，造舆论断他晋升之门，或直接雇人将其沉湖，从肉体上消灭他……”

“我们要以德服人，”唐拨弦开口了，跟周明月不同，他长着一副苦大仇深脸，拿起菜刀就一副报复社会的模样，走夜路碰上陌生人，对方会自动献上钱袋……实际上他这人又温柔又体贴，开口总是为旁人着想，“仇不可不报，但恩也不能不报……你身无长物，连饭都煮不好，看来只能给人家打洗脚水了。”

然后，唐娇就被他们两个赶兔子似的赶出了美梦。

醒来之时，唐娇盯着头顶上的帐幔好一会儿，忍不住自嘲一笑。

“桃花源记终成空，”她眼神幽幽，叹了口气道，“天机，我回来了。”

第十二章 鹿死谁手尚未知

另一边，王渊之走通了皇后的路子，劝她帮自己寻找皇上。

在这节骨眼上，皇后原本不想见他，如今谁不知皇上凶多吉少，日后主宰天下的人保不定就是那位前朝太子。

可是王渊之手里有她的把柄，她先前伙同其他几名妃子，谋杀了传膳太监，还往唐棣的猪肺汤里放花椒，还将这一切推给了万贵妃。王渊之同样看不惯万贵妃，才选择了缄默不语，但缄默不代表他会永远保守这个秘密。

皇后可不想背负一个谋害皇上的罪名，她只得召见王渊之。

王渊之不想浪费时间，更怕拖久了事情有变，于是直截了当地向她阐明利害："微臣得了个新消息，太子准备整顿后宫。"

皇后眼皮子一跳，雍容笑道："哦？这么大的事情，本宫怎么不知道？"

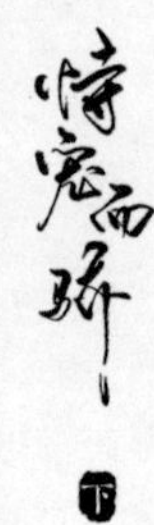

“他怎会让您知道？”王渊之淡淡道，“他正筹划以弑兄夺位之罪名，废了皇上的帝号，把他贬为庶民，至于后宫里的妃子，自然是从哪儿来，回哪儿去。”

皇后眼中闪过一丝厉色，笑着说：“本宫晓得了。”

之后王渊之告辞离开，他一走，皇后立刻以安定人心之名，命人整肃后宫，掩埋尸体，实际上是生要见人，死要见尸，她的心腹开始地毯式搜查后宫，总算是功夫不负有心人，最后在掖庭找到了唐棣。

他们找来时，歧雪刚刷完马桶，筋疲力尽地回了屋，见桌上摆着三碗米汤，两碗已空，最后一碗被玉珠端在手里，眯着眼睛，一小口一小口喝得痛快，不禁愣了愣，冲过去劈手夺下，看着碗底那浅浅一层汤水，心疼道：“你怎么全都喝了？皇上还没喝呢！”

玉珠擦了擦嘴上的汤水，歪着头对她笑，猝不及防间，抬手给了她一巴掌。

歧雪捂着脸，愤怒地转头看她：“你！”

“你喊啊！”玉珠笑得天真无辜，纯美如莲，说出来的话却叫歧雪心寒，“最好喊得大声点，让所有人都知道皇上在这儿，最好把叛军也给喊过来，让他们把皇上一刀一刀给剁碎了。怎么，你不喊，要不要我帮你喊？”

“王玉珠，”歧雪盯着她，一字一句道，“我一直在帮你。”

叛军夜袭皇宫，顺义侯被枭首示众，万贵妃自顾不暇，哪里还顾得上玉珠这个假公主？当她发现乱党是来杀皇上的，而不是来杀她的时候，她急忙将队伍分作两股，一股护着自己，一股护着唐棣，两边分开逃跑。

她也许是想保护唐棣，也许只是想引开追兵，但无论如何，她都没料到，另一队人马半路就丢开唐棣，作鸟兽散了。

天寒地冻，狂风暴雪，唐棣若就这么在地上躺上一夜，怕不等叛军杀他，他自己就要冻得断气，也是他命不该绝，遇上了歧雪。

他早已忘了这小宫女，但这小宫女还记得他。

当日与人私下讨论《美人之生》时被他发现，歧雪本以为自己难逃一死，结果唐棣非但没有杀她，还将她留在书房里整理书籍，免她事后被万贵妃迁怒，这或许是他的举手之劳，但歧雪一直记在心里，想着总有一天要回报他。

于是她解开他的头发，披散在身上，又匆匆拿自己的衣裳给他换上，扮作一个受伤的宫女，背在身上，一路东躲西藏，最后逃到了掖庭。

跟飞霜殿以及其他地方相比，掖庭相对安全些，有不少宫人都逃到这里，彼此都是生面孔，不怕被人拆穿，妙的是管理掖庭的几位公公昨天死了，于是歧雪便爹着胆子留下来，反正一时半会没人认得出她，她就说自己是犯官之女，刚被发配到掖庭来的。

但留下来，就得干活，洗衣服、洗被子，还得刷马桶。

歧雪闷头工作，但有人却吃不得这苦，那人就是玉珠。

她到底被万贵妃给舍弃了，一个人无头苍蝇似的乱飞，最后跟着别人逃到了掖庭，因没地方去，又贪图此地的安全，便也留了下来，可是一干活就受不了，她在家里就娇生惯养，出了家门又迅速学会了靠男人吃饭，无论是狱卒还是顺义侯，一个个将她明珠似的捧在手心，哪里舍得让她用这纤纤小手去刷马桶？

歧雪是认得她的，她还不知道眼前的是个假公主，只觉得金枝玉叶沦落至此，委实可怜，于是帮她刷了两个马桶，岂料被她给缠上了，犹如附骨之疽，怎么甩也甩不掉。

玉珠起初还甜甜地喊她歧雪姐姐，对她说很多动听的话，彼此略熟悉了一些，就卷着被子跑到歧雪屋来，硬要跟她一块儿住。

这之后便一发不可收拾起来，玉珠总是有这样那样的难处，一会儿来天葵了，一会儿肚子疼了，一会儿思乡病犯了，总而言之，她总是能找到借口不干活。

“我为你做的事情还不够多吗？”歧雪忍无可忍地说道，“自打你跑来跟我一块儿住开始，所有的活儿都是我做的，你从来不擦桌子，

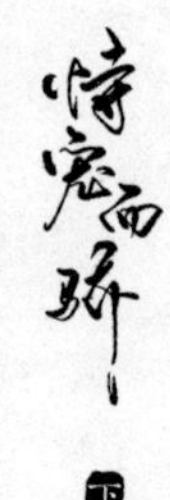

不洗衣服，连扫帚倒在地上，你都懒得去扶一扶，现在你干脆连马桶都不刷了，全都丢给我刷，我可曾说过你半句不好？我只要你照顾好你自己，顺便帮我照看一下陛下……”

“你说够了没？”玉珠吹了吹自己的手指甲，她这些天勾搭上了新来的掖庭令。那人虽是阉人，却也好色，知道她是万贵妃的义女，但并不拆穿她，而是寻思着要与她做对食。她来者不拒，他出手大方。这不，他送来的凤仙花汁颜色浓丽，将她圆润的指甲染得极美，她醉心欣赏着自己，嘴里漫不经心地说道：“两碗米汤而已，你怎么就吵个没完呢？”

“你……”歧雪眼圈一红。

玉珠有些不耐烦起来，她现在有了掖庭令，已不怎么需要歧雪了，于是渐渐露出本性来，嘴角一撇，嘲道：“你这么心胸狭隘，斤斤计较，让人怎么跟你做朋友？行了行了，我不占你便宜，我现在就让人给弄一桌山珍海味来，吃完以后，咱们之间的感情就一笔勾销，你以后少在我面前摆出一副恩人的嘴脸……”

她话没说完，就听见外面吵吵嚷嚷，旋即进来一堆人。

领头的是皇后身边的周嬷嬷，穿着鸦青色的襦裙，严厉的目光往屋内一扫，便落在床上，只见那儿躺着个人高马大的宫女，她急忙走过去一看，然后满脸喜色，回头对身后的宫女道：“快，快去通知娘娘，就说人已经找到了。”

那宫女领命离去，周嬷嬷又赶紧让身边的太医过来探看唐棣的病情。

没有万贵妃和李溪川给唐棣续药，先前那麻药的药效早就过了，只是因为在床上躺太久，所以他一直昏昏沉沉的，处在半梦半醒之间，醒不过来，却又知道些身边发生过的事……譬如，他记得自己是被人从雪地里捡起，然后一路背过来的。

太医将一只药瓶放在他的鼻翼下，味道辛辣清凉，唐棣打了个喷嚏，悠悠转醒，醒来第一句话就是：“……谁救了朕？”

玉珠自打人来，就一直躲在一旁不说话，直到听了这句话，眼珠子骨碌一转，扑过去，抱着唐棣哭道：“皇上，您可算是醒了，也不枉费我衣不解带地照顾您这么久！”

歧雪闻言，不敢置信地抬头看着她。

玉珠一边擦泪，一边微微侧首，对她露出一个极美的笑容。

没了万贵妃当后台，没了顺义侯的庇护，那又怎样？美人如藤萝，她总能找到新人照顾自己、疼爱自己，给她荣华富贵、锦绣人生。

不久，玉珠便因此事成了唐棣身边的新宠，与此同时，唐棣未死的消息传遍京城。

有人扼腕，有人欢喜，有人长叹，有人怀疑，有人嘲笑太子斩草不除根，春风吹又生，也有人说太子此举乃君子之风，仁德之举，其他不说，只人品方面就甩了弑兄夺位的唐棣十八条大街。

众说纷纭之际，一辆马车停靠在宰相府门前，细雨纷纷，里面撑开一柄青色油纸伞，一名黑衣男子握着伞柄，走下马车。

飞鱼服，绣春刀，这衣服的样式即便没看过，也听说过了。

宰相府门前的守卫们握紧手里的兵器，极紧张地看着他。

雨水顺着伞沿落下，如同垂下一张珠帘。伞底，那男子缓缓抬起头来，他有一张极俊美的脸，让人想要看他；他有一双极肃杀的眼，让人不敢看他。

他就像他腰间悬挂的名刀，最美在于出鞘，出鞘必要杀人。

“告诉唐娇，”他看着眼前的守卫，平静道，“我来接她了。”

“接我？”暖烟色绣牡丹春草帐幔后，唐娇忍不住一声冷笑。

外头议论纷纷，小丫鬟们都在讨论唐娇的身份，就连老夫人都派人过来旁敲侧击，问她与那前锦衣卫指挥使是什么关系。

与其说是接她，倒不如说是逼她与王家划清界限。

“我去回绝他吧。”暮蟾宫放下手里的药碗道。

“不必。”唐娇摆摆手，“又不是我对不起他，是他对不起我，我为什么要藏着掖着不敢见他？暮少爷，麻烦回避一下，我要更衣。”

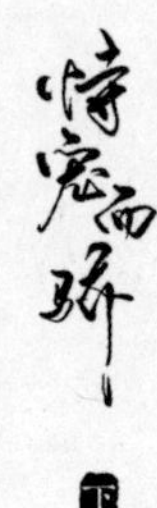

当了好长一段时间的老妈子，暮蟾宫习惯性地说道：“你手脚不便，我帮你吧。”

说完，他愣住了。

唐娇斜睨着他：“那个啥……你确定吗？”

暮蟾宫掩饰性地咳嗽一声，起身道：“我去叫丫鬟。”

他逃也似的离开，不久，便有两个青衣丫鬟进来，帮唐娇梳洗打扮了一番，薄薄一层胭脂掩去苍白病容，嫩黄一段腰带系出楚腰纤纤，细细一根步摇插于云鬓之间，唐娇看着镜中人，眉宇间一抹化不开的清愁，眼中一股死不低头的倔强。

妆罢，她出来见天机。

窗外雨声淅淅沥沥，他站在客厅里，漆黑的披风拖在身后，闻声转过头来，点漆般的眼眸直直看向她。

许久不见，相顾无言。

唐娇一动不动地望着他，一句话差点脱口而出：你为什么来的这么迟？

她话到嘴边，生生咽下，怕他回她：“忙起来哪有空管你？”

她又想流两滴眼泪，跟他哭诉地牢的冰冷、牢饭的难吃，还有受刑时的苦。

念头刚起，她又觉不妥，怕他付之一笑道：“我帮了你那么多，你不该为我做点事吗？”

越想越多，越想越怒，最后唐娇转过脸，对暮蟾宫干巴巴地说道：“暮少爷，你帮我问问某个大忙人，他这么忙，怎么还有空来找我？”

“我回来了，”不等暮蟾宫帮忙转达，天机已经几步走到唐娇面前，情真意切地看着她，“跟我走。”

唐娇却后退一步，心中五味杂陈。

这七个字，她等了好久。

在地牢的时候，她等他脚踏五彩祥云，如英雄般出现；在雪地里跪着的时候，她等他身披金甲，最好再带条棉被来，把她打包扛走，她一直在等，可他一直没有来。天机或许是英雄，他的人生或许是部传诵千古的话本，可话本里的女主角却不是她。

“暮少爷，帮我给某人传句话，”她忽然又伤心又恼怒，仍看着暮蟾宫道，“一时骗人爽，全家乱坟岗！”

“我有不得已的苦衷……”天机道。

“暮少爷，帮我给某人传句话，”唐娇打断他，“他的苦衷我已知道了，无非就是上有所命，下必从之。他要当他的忠臣良将我不拦他，但请别把我这无辜百姓拉下水……”

“你不是什么无辜百姓，”这次换天机打断她，“你是太子的妹妹，骨肉至亲，你应该帮帮他；你是先帝的女儿，血海深仇，你应该出手报复……”

“暮少爷，帮我给某人传句话，”唐娇用更高的音量打断他，“别以为我傻，那位太子殿下不是才跟天下人宣称，他根本没有妹妹，他妹妹十年前就被追兵杀了吗？我觍着脸过去喊他哥哥，怕人家骂我攀附富贵啊！”

“你我说话，中间为什么要隔着个暮蟾宫？”天机也有些恼了，他一把推开暮蟾宫，步步紧逼，直至将唐娇逼到角落，俯瞰道，“看着我！你让我回来，我不是就回来了吗？”

“我让你走，你走不走？”唐娇脑子一热道。

天机紧盯着她，声音低沉缓慢：“……你认真的吗？”

唐娇抿着嘴看他，一时之间也分辨不出心里是悔，还是不悔。

直到他轻笑一声，眼神冷淡道：“我走了，你可不要后悔。”

“你走吧！”唐娇推开他道。

天机踉跄几步，眼神复杂地望着她。

两人说的都是气话，但都骑虎难下。

最后，天机转过身去。

“你变得好快。”他一边说，一边朝门外走去。

唐娇心中一冷，朝他喊道：“等等。”

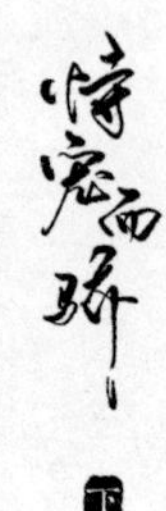

天机脚步一顿，却未回头。

“在胭脂镇时，你替我娘报仇雪恨，我没谢你，”唐娇声色如雪，“如今我替太子挡灾，替你坐牢，你也不必谢我。”

天机这才回过头，对她苦涩一笑：“两清了？”

唐娇笑得同样苦涩：“嗯，两清了。”

天机低低“嗯”了一声，转身走出门外，淅沥小雨早已变作倾盆大雨，他走在雨里，忘了撑伞。

那柄青色油纸伞被他忘在客厅里，也许是无意的，也许是有意的，也许是他给唐娇的最后一次机会，她可以借着送伞之名去找他，可她没有去。

唐娇站在门口，透过眼前帘幕般的大雨，望着那渐渐离去的背影，喃喃道：“暮少爷，谢谢你。”

“我什么都没做。”暮蟾宫苦笑道。

唐娇摇摇头，收回目光，对他道：“不，有你在，我才没跟他低头。”

用情至深，难免使人卑微。很多人明知道自己被骗了，明知道是对方的错，明知道受伤的手难以痊愈，明知道失去的信任回不来了，但还是选择跟对方低头，只要对方肯回头，肯施舍她一点爱……

唐娇也曾动过这念头，但最后还是不肯这么做。

她什么都没有了，唯独留下这点尊严。

“情不敢至深，恐大梦一场，”天阴雨湿，唐娇缓缓闭上眼，掩饰眼中的泪水，“你我两清……是该梦醒了。”

梦有多美好，现实就有多残酷。

天机走了没多久，老夫人就唤了唐娇过去喝茶，言语之间，逼她速速离开。

“你也别怪我，”老夫人拄着手里的龙头拐杖，对她道，“你若救了个人回家，事后发现对方跟土匪头子有来往，你也会赶他走的。”

“老夫人言重了，”唐娇笑道，“乱世之中有人收留，给我饭吃，给我水喝，给我看病，我已知足。骨肉至亲尚且不管我的死活，宰相府同我非亲非故，能帮我这么多，我能说的只有‘谢谢’二字。”

“嗯，你明白就好。”老夫人点点头，她对唐娇实无好感，三分因为天机，七分因为外孙，暮蟾宫对她是喂药又喂饭的，都快变成老妈子了，让人看着直摇头，说他他又不听。如今她寻着机会，自然要马不停蹄地赶人：“左右你也没什么东西可收拾的，身上这件衣裳还是府里给你置的，趁着天色还早，你赶紧走吧。”

话已说到这份儿上，唐娇只能说：“好。”

老夫人怕她反悔，特地让两个丫鬟送她，半路上，唐娇道：“我想跟暮少爷道个别。”

两名丫鬟防贼似的防着她，其中一个皮笑肉不笑地说：“我会帮你转达的，姑娘请。”

“其实你们真没必要这么防我，”唐娇不以为然道，“如果我真想赖着不走，待会儿我就跪在门口大哭，说我怀了你家表少爷的孩子。”

两名丫鬟更加防贼似的瞪她。

“我开玩笑的，你们别当真，”唐娇耸耸肩，“你们家有门卫的，我哪敢这么干？要干我直接去闹市，弄部话本叫《王夫人棒打鸳鸯，公子爷始乱终弃》，然后边哭边唱，还能赚点茶水钱。”

两名丫鬟看起来想要喊衙役了……

“现在我可以去跟暮少爷告别了吗？”唐娇朝她们嘿嘿一笑。

人不要脸天下无敌，两名丫鬟含着泪道：“去吧去吧！”

只是运气不大好，唐娇带着她们两个跑到暮蟾宫院子里，转了一圈又一圈，也没找到他人，最后只能叹气，有缘无分，转头对一名丫鬟道：“说好的，要帮我转达，不然我就去闹市说故事。”

“一定一定。”丫鬟什么都答应她，只求这妖孽速滚。

三人出了宰相府，外面的两尊石狮子被雨水冲刷得雪白一片，油纸伞下，唐娇抬起头，望着门前停着的两顶青色小轿，转头对两个丫鬟道：“你们准备得倒周到。”

下

丫鬟都快哭了："这不是我们准备的！"

这时一个熟悉的声音传来："唐姑娘。"

三人一块儿循声望去，见一顶轿子里钻出一个人来，白衣若雪，貌若满月，笑容温柔得犹如春风袭人，正是暮蟾宫。

"暮少爷。"唐娇冒雨朝他走过去。

暮蟾宫见了，急忙朝她走过去，将手里的水墨画油纸伞撑在她的头顶。

"我要走了。"油纸伞下，她抬头看着他。

"嗯，"他俯视她，温柔道，"我跟你一起走。"

唐娇眨眨眼睛，这什么情况？她无助地回头看那两名丫鬟，却发现丫鬟们脸上的表情比她还要无助。

"表少爷，你不能走！"丫鬟甲扑过来呜呜呜。

"老夫人会打死我们的！"丫鬟乙扑过来呜呜呜。

"哎，你们两个别担心，"唐娇还得反过来安慰她们，"你们家表少爷只是送送我，送完就回来……你说对吧，暮少爷？"

"是，"暮蟾宫笑道，"等我安顿好唐姑娘，免她惊，免她苦，免她风吹雨打，免她四下流离，那时候我自然会回来。"

时光飞逝，白驹过隙，就在京城暗潮涌动，保皇党和太子党争权夺势之际，京城的一条小巷里，悄悄开起一家胭脂茶铺。

茶铺主人是个女子，姿容甚美，艳若牡丹，卖的凉茶味道很不错，价钱也公道，若是茶客能给她说一段离奇有趣的故事，她甚至不收茶钱。

她自己也会说故事，而且说得抑扬顿挫，引人入胜。久而久之，就成了一大特色，有人是来喝茶的，也有人是来听她说故事的，当然，也有人是来用故事换茶的。

故事五花八门，但最近说得最多的是朝堂上的故事。

"哎，你说皇上还争什么争？他身体不好，又没子嗣，这位子早晚是要让给太子的。"

“嘿，话可不能这么说，我可是听人说了，先帝在时，宫里流行一场大疫，皇子们都病死了，只有一个皇女还活着，这太子除非女扮男装，否则八成是假的。”

“看看我耳朵上的茧子，你们两个卖酱油的可以消停点不？可以换个话题不？真是的，做着卖酱油的事，操着当宰相的心。”

茶铺主人歪在老藤椅里，一边嗑着瓜子，一边笑眯眯地看着他们。

身旁的青年痴痴看着她：“唐姑娘，你觉得小生说得怎么样？”

唐娇捂着嘴，吐了片瓜子壳，转头对他道：“你说什么了？我刚不小心走了神，你能再说一遍吗？”

“好，好，那小生再说一遍，”那青年摇了摇手里的折扇，一派风流模样，“小生姓吴，家有良田千顷，生药铺子两间，虽算不上什么大富大贵，但也算小有积蓄……”

“然后见我姿色出众，却穿得如此寒酸，实在心痛怜惜？”唐娇笑眯眯地问。

“对，对，知我者唐姑娘也。”对方见她如此上道，不禁大喜，扇子都不摇了，整个身子朝她凑了过去。

一把折扇挡在他面前，扇侧压着他的额头，将他压回座位上。

“君子动口不动手，”暮蟾宫收回扇子，对他微微一笑，然后对唐娇道，“唐姑娘，今天有空吗？”

唐娇单手支着脸颊，对他笑道：“你有良田千顷吗？”

暮蟾宫笑道：“没有，目前正寄人篱下。”

唐娇又问：“你有生药铺子两间吗？”

暮蟾宫笑道：“没有，只有微薄薪水。”

唐娇哈哈一笑：“那你肯定算不上大富大贵，更谈不上小有积蓄咯。”

吴公子听到这里，颇为得意地甩开扇子，赶苍蝇似的赶暮蟾宫：“哪里来的穷酸人，快走快走……”

结果他话还没说完，就听见唐娇叹息一声，满眼怜惜地望着暮蟾

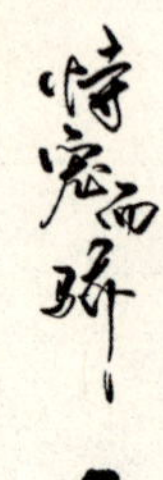

宫道："公子生得如此出众，却穿得如此寒酸，我实在心痛怜惜……来来，我给你买好吃的好喝的去。"

说完，她就从藤椅里站起，对店里伙计嘱咐了一声，便拉着暮蟾宫施施然走了。

留下一个吴公子在背后，气得浑身发抖，手里的扇子指着暮蟾宫的背影，怒道："小白脸！"

过了会儿，他又愤怒地加了句："狗男女！"

他骂第一句时，暮蟾宫没什么反应，他骂第二句的时候，暮蟾宫便回过头来，眼睛不悦地眯起："嘴巴太不干净了。"

"没事没事，"四月春光烂漫，街上行人接踵，唐娇顺手买了两串糖葫芦，一串给了暮蟾宫，一串自己啃，笑着说，"狗咬人一口，你总不能回嘴咬它一口吧？"

"说得也是。"暮蟾宫微微一笑，咬了口手里的糖葫芦。

"话又说回来，"唐娇边吃边说，"一开始你对我说，要安顿好我，免我惊，免我苦，免我风吹雨打、四下流离的时候，我怎么也想不到你会借钱给我，帮我开家茶铺。"

"你以为呢？"暮蟾宫抬手帮她挡开一个莽撞的行人，笑着问道。

"我以为你会金屋藏娇。"唐娇认真地说。

暮蟾宫差点把嘴里的糖葫芦给喷出来，捂着嘴咳嗽起来。

唐娇拍着他的背，道："你的反应也不用这么大吧？我有点受伤……"

"咳咳，不，不是……"暮蟾宫急忙解释道，"我没有嫌弃你的意思，我，我只是……只是觉得你是朵花。"

唐娇眨巴眨巴眼睛，这是什么答案？

"花要长得好，需要沃土、雨水、阳光，"暮蟾宫垂眸看她，眼神温柔，"你要过得好，需要的不是金屋，金屋再好，也只是个睡觉的地方。你需要的是朋友，是生活，是故事，是灵感，是更为广阔的世界。"

他笑了笑，对她眨眨眼睛道："你一直想当个名留青史的话本大家，不是吗？"

唐娇在原地愣了很久。

身旁人流如织，她眼前却忽然只剩暮蟾宫一人，此时此刻，整个世界退后一步，沦为他的底色。

"你呢？"她忽然笑了起来，"你的愿望是什么？"

暮蟾宫扇子一甩，挡在脸前，两只眼睛在扇后笑得弯起："你猜啊。"

唐娇掰着手指，一个个猜过去："想当名臣？想光耀门楣？想娶天下第一美人，或者自己当天下第一美人？算了算了，猜不出来，反正无论你想干什么，我都帮你。"

"要说我的愿望的话……"暮蟾宫想了想，"我现在最想得到一张脸谱。"

"什么脸谱？"唐娇奇怪地问道。

"这事说来话长，"暮蟾宫用扇子指了指旁边的饭庄，笑眯眯地说，"我把故事说给你听，跟你换条鱼吃行吗？"

"成啊。"唐娇一口答应下来，将他拉进了饭庄。

离饭点还有些时间，饭庄里面人不多，二人落座以后，点了一壶茶水、两盘素菜、一条清蒸鲈鱼。

唐娇的手依然没好，她吃力地夹了一筷子鱼，手一抖，鲜白鱼肉掉回盘子里。

"别急，"暮蟾宫夹住那块鱼肉，送到唐娇碗里，对她温柔道，"时间还早，我们慢慢吃。"

他现在每天都会提早干完活儿，邀她一块儿吃饭，这时候饭庄里的人往往不多，她有充足的时间可以锻炼双手，等她累了，人多了，他才会帮她夹菜倒茶，帮她解决这餐。

唐娇点点头，重新伸出筷子，抖动的筷子好不容易夹住块鱼，送到暮蟾宫碗里，她笑靥如花，抬头对他道："好处收了，现在可以说

了吧？”

暮蟾宫也笑了起来，他提起茶壶，一边给她倒茶，一边娓娓道来：“事情发生在三天前，我随陛下一同去见了一个人……”

唐棣与太子的争斗已趋白热，双方都欲置对方于死地，在这节骨眼上，唐棣竟不顾危险，出宫拜访一个老人，此举让暮蟾宫感到十分迷惑。

那老人住在闹市，门前有杀鱼的、卖菜的，十分喧哗吵闹，不像个大人物的居处，可真见到了那老人，暮蟾宫便不这么想了。

他跨进门槛，抬头之时，满眼都是脸谱。

男人女人，老人孩子，妖魔鬼怪，神佛菩萨，各种各样的脸谱挂满了墙壁，从左到右，从右到左，从上到下，从下到上，从四面八方朝暮蟾宫等人望来，猝不及防间，就仿佛无数张人脸，让人背上一寒。

屋子正中央，摆放着一个蒲团，一名老人背对他们坐着，虽老却不佝偻，脊背笔挺，宛若青松，见人来了也没抬头，仍低头抚摸着手中脸谱，怜惜的姿态犹如将军抚摸战甲、老人抚摸孙儿。

“老夫知道你们的来意，”他头也不抬地说，“唐三，你想调白家军进京吗？”

暮蟾宫事后才知道，眼前这貌不惊人的老人，乃是曾经的兵马大元帅、白家的白老爷子。白家虽不在四大世家之列，势力却凌驾于四大世家之上，因白家镇守边关，早在一百多年前，就已经有了自己的法律、自己提拔士官的程序、自己的奖惩条例等，简而言之，神威府名义上还是皇上的臣子，实际上已经是半独立的诸侯国。

而一手将神威府的权势推上顶峰的，就是白老爷子。

半生戎马，半生政治，临到老了，白老爷子把一切丢给儿孙，不知所终，说是去游山玩水了，却没想到，他这一游竟游到了京城，也亏得先前夜里乱战的时候，没有波及他，否则神威府的丘八一定披麻戴孝地杀过来，京城还得更乱。

“白叔，你可得帮帮朕。”唐棣几步走上前去，声音嘶哑。

“呵呵，要老夫的时候就喊叔，不要老夫的时候就喊死老头子，”白老爷子头也不回地笑道，“这一点，阿离那孩子做得比你漂亮，他一过来，就流着眼泪，抱着老夫的腿，喊老夫爷爷。”

阿离是太子的小名，大名是唐离忧。

唐棣闻言，眼角抽搐道：“白叔，你可别被那小畜生给迷惑了，他也就表面上恭谦，背地里阴毒得很！收买、暗杀、散播谣言，为了夺朕这位子，他什么都干得出来！您回头看看朕，看看朕现在都被他折磨成什么样子了！”

“你弑兄上位，他弑你上位，在老夫看来，你们两个可没什么差别，”白老爷子仍未回头，似乎身外一切都比不上他手里那张脸谱，他淡淡道，“你们两个都是无情之人，就别想着拿感情打动老夫了。”

唐棣收敛起脸上的悲色，平静道：“那白叔要怎样才肯帮朕？”

白老爷子听了这话，方才缓缓转过脸来。

只见他脸上覆着一张极狰狞丑陋的铜面具，似人似兽，非人非兽，似笑似哭，非笑非哭。

“醉卧美人膝，醒掌杀人权的日子，老夫已经过得腻歪了。”铜面具后，一双如鹰似狼的眸子朝他们扫来，“美人唤她削土豆，美酒拿来洗靴子，焦尾琴劈了烧火，汗血马宰了烤肉……这样的事情老夫都已经干过了。”

一边说，他一边举起手里的脸谱，朝他们扬了扬。

那是一张极精美的脸谱，上面画着一个笑容烂漫的少女。

“如今老夫没有别的爱好，就独独爱收集各种各样的脸谱。”白老爷子目光落在唐棣身上，漫不经心地笑道，“你也好，阿离也好，谁当这个皇帝，都无所谓，老夫只想要一样东西……”

“什么东西？”饭庄内，唐娇单手支着脸，满脸好奇。

“脸谱。”暮蟾宫苦笑道。

“他究竟想要什么脸谱？”唐娇催问道。

“白老爷子说了，全天下最好的脸谱都在他手里，”暮蟾宫沉吟

道，“除了三张。”

“哪三张？”唐娇问道。

“最美的脸谱，最昂贵的脸谱，”暮蟾宫缓缓道，“以及最丑的脸谱。”

第十三章 一张脸谱美如仙

唐娇抬头看着眼前的牌匾，喃喃道：“最美的脸谱就在这里？”

牌匾上写着“梅花义庄”四字，年久失修，破瓦烂墙，地上烂着一堆黄纸钱，门上挂着几道白帆，风一吹，阴森森的。

此情此景，让人很难想象世上最美的脸谱，会藏在这种地方。

“脸谱的主人是这义庄的守尸人，人称石娘子，”暮蟾宫走在前面道，“白老爷子机缘巧合之下，见了她手里的脸谱一面，当时大为惊讶，出了很高的价钱，但对方都不肯卖，正是为了这张脸谱，白老爷子才在京城逗留至今。”

结果他们前脚刚踏进义庄大门，后脚就逃了出来。

只见一名灰衣女子举着斧头从里面追出来。

唐娇以为遇上了在逃的杀人犯，也跟着逃了起来。

两人平时都喜欢久坐不动，现在坏处出来了，跑了两步就开始气喘

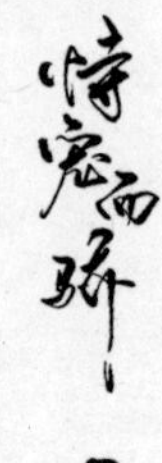

如牛，背后那灰衣女子跑着追了几步，索性开始走路，反正走路也能追上他们。

暮蟾宫被树枝一绊，“扑通”一声跪在地上，汗透衣裳，怅然道：“出师未捷身先死，长使英雄泪满襟……”

“暮少爷，现在不是留遗言的时候啊！”唐娇比他好不到哪儿去，抹了把汗，对那灰衣女子道，“等等，豪杰！我们花钱买命，你开个价吧！”

灰衣女子拎着斧子走过来，从怀里摸出张黄纸钱，丢在地上。

唐娇看看她，又看看地上的黄纸钱，小心翼翼地捡起来一看，见黄纸钱上用泥巴涂了两个字——不卖。

暮蟾宫若有所思，对那灰衣女子道：“请问是石娘子吗？”

那灰衣女子点点头，又指了指唐娇手里的黄纸钱。

暮蟾宫懂了，看来太子的人马已经跟她接触过了，而且给她留下了极坏的印象，当下扶着膝盖站起来，言辞恳切地对石娘子道：“我们不买，换可以吗？”

石娘子冷冷看着他，面目凶恶，乱发披肩，比起守尸人，她更像个积年的杀人犯，看人的眼神都是一刀一刀的，似乎正在心里比画着要将人分成几块，方便她抛尸。

秀才遇到兵，有理说不清，更何况是遇到杀人犯，暮蟾宫压力很大。

所幸石娘子只是面相凶了点，并不是真的杀人犯，她轻轻摇摇头，又指了指唐娇手里的黄纸钱，然后转身走了。

她斧子上还残留着斑斑血迹，暮蟾宫不敢追她，只能朝她的背影喊道：“我知道那东西千金难买，但是我可以用别的东西换，无论你想要什么，请你提出来，我会尽力满足你。”

石娘子脚步不停地朝着义庄的方向走去，由始至终，都没有回头。

暮蟾宫和唐娇对视一眼，都从对方眼中看到无奈。

“今天就到这里吧，”暮蟾宫看了看天色，“回去吧，下次再来。”

“我觉得下次是不是换个人？”唐娇道，“至少换个能手撕猛虎的力士来吧。”

“那可不行，”暮蟾宫苦笑道，“白老爷子说了，他要的是脸谱，不是人命，太子也好，皇上也好，可以利诱但不可以威逼，所以皇上才派我，而不是力士过来，就是怕双方一言不合打起来，反叫太子得利。”

那就是要玩心理战了？

唐娇叹了口气，觉得前途不大乐观，若论玩弄人心，谁能比得过天机？

义庄建在近郊，离内城颇有一段距离，两人相互搀扶着出了林子，找到了来时的马车，一路回了胭脂茶铺。唐娇下车时，暮蟾宫在背后将她叫住，一只白玉似的手拂开车帘，半张脸浸透在晚霞之中，对她温柔道：“这几天我会很忙，若是到了时间我没来，你记得自己吃饭。”

“我晓得。”唐娇回眸一笑，身披晚霞，灿若牡丹。

第二天，暮蟾宫果然没出现，但唐娇也没闲着。

暮蟾宫帮她开这茶铺，只是为了让她有个去处，有个舒解心情的地方，但他怕是不知道，茶铺这地方鱼龙混杂，也是个收集消息的地方，而且多半是些官方不曾记载的、只在民间口口相传的小道消息。

要了些瓜子与茶水之后，茶客们很快就打开了话匣子。

“梅花义庄的石娘子？我知道！”一名年轻的卖油郎道，“我听说那可是个凶人，讹诈过官老爷，殴打过全德堂的大夫，还杀过人，所以没人敢请她做事，更没人敢娶她，一把年纪了，却只能在义庄讨口饭吃。”

“娃子不懂就别乱说，”一名老人看不过眼，道，“石娘子多忠厚本分的一个人，沦落到这地步，只能说是天理不公。”

“哦？这是怎么回事？”唐娇急忙追问道，可那老人自觉失言，说了这句话后，就闭上了嘴，什么都不肯说了。

唐娇笑了笑，没逼他，但收摊之后，便打了两斤黄酒，买了一只猪脚上门拜访，言辞恳切道：“老爷子你是知道我的，没别的爱好，就爱听新奇故事。这些事您大庭广众之下不好说，但现在又没旁人，便说给我听听吧。”

老人有些犹豫，但家里的媳妇已经把唐娇手里的猪脚接了过去。市井小民，生活不易，尤其是他们这样的老人孩子都多的家庭，吃口肉真不容易，看了看吸溜口水的小孙子，老人迟疑一下，终于点了头。

“你道石娘子天生这么凶的？唉，不是的。”老人喝了口黄酒，一边叹气，一边将石娘子的故事道来。

唐娇静静听着，听了一半，已知道石娘子为什么穷困潦倒，却对钱财不屑一顾。听到最后，她叹了口气，心想若是故事属实，那事情就难办了，至少披着官服的人多半办不成这事。

于是道别老人之后，她回到了住处，第二天起了个大早，在早点铺子里买了几张炊饼，又买了一包点心，边吃边往梅花义庄走去，走到半路，天上便下起雨来，细雨纷纷，打下落花无数，唐娇撑开手里的油纸伞，继续朝前走，等到了义庄，却发现有人捷足先登，来得比她更早一步。

“石上梅，你父母双亡，后被陈员外家收留，当了他们家的童养媳。”

唐娇脚步一顿，站在义庄门口，里面传出的那个声音，平静低沉，犹如滑过刀尖的寒光，听在耳里，既仿佛昨日那么熟悉，又仿佛前世那般陌生。

“十五年前，富商强买陈家田产，被陈员外拒绝。是夜，有人将陈家的门窗都给锁住了，然后放了把火。只有你抱着陈家小儿子逃了出来，其他人都被烧死了。”

唐娇收起手里的油纸伞，循着这声音走去，粉色的绣花鞋，跨过破旧的门槛。

“陈青生那年不过两岁，虽然逃出来了，但被吓出了病，为了给他治病，你迫不得已卖了陈家的田产，然后经邻居介绍，找到了全德堂的张神医。一年时间，他给你开了几百种药，钱花了个精光，人却没医好，你这才知道自己被骗了。你那邻居和张神医是串通好的，他们看你年纪小，好欺负，所以故意讹你的钱。”

远远传来呼啦啦的破空声，似乎有人恼羞成怒，不停挥舞着手里的斧头。

“你去官府告富商，官府没理你，你去官府告全德堂，官府还是没理你，你告的次数多了，他们还拿棍子打你，后来你才知道，官府收了富商和张神医的钱。”

唐娇脚步一顿，看着眼前两人。

义庄里停放着几口棺材，客死异乡的旅人，以及没钱下葬的穷人，静静躺在棺材里，身体散发着淡淡的臭气，引来几只嗡嗡作响的苍蝇。

石娘子乱发披肩，提着斧头，两只眼睛渗着血丝，瞪着眼前的黑衣男子。

那名黑衣男子背对着唐娇，黑色的头发黑色的披风，直直披在身后，声音低缓平静，却透出股诡异的诱惑力，就像飞蛾面前闪烁的火光。

“你现在又老、又丑、又穷，无家可归，每天只能跟死尸待在一起，这都是谁的错？”他缓缓笑道，“你恨富商、恨邻居、恨张神医，更恨助纣为虐的官府，可惜你一把斧头砍不死所有人，更拿不回被他们夺走的一切……但我可以帮你。”

唐娇站在他身后，看着眼前这一幕，神色略微复杂。

石娘子眼神同样复杂，半晌之后，就在唐娇以为她会答应下来时，她缓缓摇摇头，掏出张皱巴巴的黄纸钱丢向黑衣男子，唐娇不需要看，也知道纸上写了什么。

黑衣男子低头看了眼黄纸钱，连笔都用不起，黄纸钱上是用泥土写的“不卖”二字。

石娘子越过他的肩，看向他身后站着的唐娇，缓缓地伸手入怀……

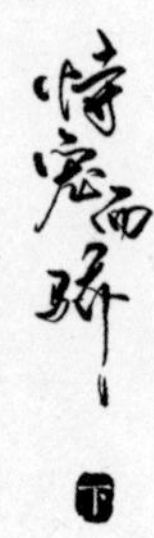

看来她已经准备了足够多的黄纸钱。

“我跟他不是一伙的，”唐娇连忙举了举手中湿漉漉的油纸伞，指了指外头道，“外面雨大，我是过来避雨的。”

外面的确下着倾盆大雨，宛若无数根白线连接天地，石娘子看了眼窗外，这才松了手，没将怀里的黄纸钱掏出来丢她，却将一双阴冷的眼睛望着黑衣男子，下巴朝门外抬了抬。

黑衣男子——天机神色复杂地看着唐娇，唐娇却像是没看见他似的，转头欣赏起墙壁上的蜘蛛网。

天机便没再说话，抬脚朝门外走去。

唐娇忍住回头看他的冲动，直到他的脚步声消失在雨里，她才转过头来，将手里装点心的油纸包递给石娘子：“多谢你的收留，要吃点不？”

石娘子摇摇头，像只警惕的家犬，不肯吃外人的食物。

唐娇没强迫她，看了眼外面的雨，笑道：“这雨看起来一时半会儿也停不了，左右也没什么事，我给你说几个故事听听吧，哦，对了，我姓唐，是个话本先生。”

石娘子一开始仍警惕地看着她，后来发现唐娇真的只是说故事，这才放下手里的斧头，静静倾听起来。

义庄外风雨连天，白帆飘摇若雪，义庄内停放着几口棺材，石娘子和尸体都静悄悄的，只有唐娇的说话声，说着一个接一个的故事，直到雨停，她才转过头，对石娘子道了别。

石娘子眉宇间的警惕消散了些，对她点了点头，算是道别。

粉色绣花鞋重新跨出义庄门槛，唐娇将手伸出屋檐外，仍有几滴雨水落进她手心，她斜撑着油纸伞，刚要打开，眼睛顺着地上那双黑靴一路向上，望向那靠在灰白墙壁上的人。

天机似是去而复返，身上湿漉漉的，头发也湿漉漉的，见唐娇看着他，他面无表情地说了声：“走吧。”

唐娇单眉一挑，撑开伞，快步走进雨里。

天机缓缓迈开脚步，不远不近，跟在她身后。

唐娇越走越快，越走越烦，最后脚步一顿，大声喊道："你跟着我做什么？"

"一个人不安全，"天机淡淡道，"送送你。"

"用不着你假好心。"唐娇冷笑一声，重又迈开步子。

这之后，两人一句话都没说。

直到回了城内，唐娇走着走着，身后忽然传来淡淡一声："宰相府不在那边。"

唐娇没理他，径自走回了胭脂茶铺，有茶客路过，对她笑道："唐姑娘，今天茶铺不开张吗？"

"今天歇息，请明天再来捧场。"唐娇强笑一声，打开房门，然后"砰"地关上。

茶铺和她的住处是连在一起的，每天开门就能做生意，关门就能睡觉。

天机站在门外，看着眼前飘扬的茶旗，眼神极复杂。

第二天茶铺开张的时候，唐娇发现铺子里多了个不速之客。

飞鱼服、绣春刀、黑披风——是天机。

唐娇装作没看见他，直到晌午，茶铺里除了他还是他，再没半个人敢进来，她终于装不下去了，走过去敲了敲他面前的桌子，对他怒目而视。

"我只是来喝茶。"天机双手叉在膝上，淡淡道。

"你能换套衣服再来不？"唐娇按捺着怒火道。

天机："嗯？"

见他满脸不解，唐娇只好解释道："你这身打扮跟监市太像了……"

监市又称城管，是广大贩夫走卒的敌人。

天机沉默半晌，道："飞鱼服和监市服……无论花色还是款式，都不一样。"

“老百姓哪知道这么多？”唐娇随口道，“反正你坐在这里会吓坏大家的，怕你振臂一呼，缴鸡蛋了，缴鱼了，有什么缴什么了。”

天机无语地起身，朝铺外走去。

擦肩而过时，他问：“王家把你赶出来了？”

“非亲非故的，人家凭什么留我白吃白喝？”唐娇笑道。

“……暮蟾宫舍得？”天机淡淡道。

唐娇惊讶地看了他一眼：“你吃醋啊？哈，你要是早跟我说这话，我会高兴地绕城跑圈，现在嘛……”

顿了顿，她冷笑一声：“现在你说这些还有什么意思？”

“唐姑娘。”

两人齐齐循声望去。

白衣翩翩，笑若春风，暮蟾宫负手而立，站在茶铺对面，探究的目光望来，笑着问：“打扰你们了？”

“没，”唐娇丢下天机，朝他走去，拉着他的袖子道，“走吧，我肚子饿了。”

天机立在原地，看着他们两人渐行渐远的身影，手指一根根收拢，发出“噼啪”声，目光变得越来越幽暗，越来越冷。

唐娇才懒得管他的感受，若是知道他不开心，说不定她会直接笑出声来。

谁折磨她，她就折磨谁，以德报怨，何以报德？

饭庄内，依然是一壶好茶、一条清蒸鲈鱼，暮蟾宫递了双筷子给她，不动声色地问道：“他怎么来了？”

“估计是来监视竞争对手的吧。”唐娇接过筷子道。

“哦？”暮蟾宫好奇地看着她。

“我前些日子得了些有关石娘子的消息，你听我说……”唐娇将自己知道的情报一字不漏地全说给他听了，然后面色凝重道，“她沦落至此，跟贪官污吏脱不了干系，她很难再相信披官服的人。”

“原来如此，”暮蟾宫垂下眼眸，面色同样凝重，“此事就有些难办了……”

唐娇踌躇片刻，开口道：“能让我试试吗？”

暮蟾宫抬眼看着她：“你有什么主意？”

“你注意到了吗？”唐娇道，“故事里的那个陈家小儿子，不见了。”

“陈青生？”暮蟾宫想了想，“关于他的消息不多，小道消息说他被石娘子丢弃了。”

“这不是很奇怪吗？”唐娇道，“你想想，陈家失火时，石娘子抱着当时才两岁的陈青生逃了出来，为了给他治伤，把田产都给卖了，钱也被庸医给骗光了。为了给陈青生求个公道，她不但得罪了官府，还耽搁了自己的一生，现在连个住的地方都没有，天天跟尸体住一块儿……为了这个陈青生，石娘子几乎抛弃了自己的一切，她真的会抛弃他吗？”

“那他也许已经死了。”暮蟾宫道。

“如果没死呢？”唐娇对他笑道。

暮蟾宫看着她，慢慢露出同样的笑容。

两人相视一笑，他们在一起久了，渐渐有了默契，有许多话不需要说，只要彼此一个眼神、一个笑容，就会明白对方的全部心思。

“这件事只能我来做。”笑完，唐娇道。

暮蟾宫琢磨了一下，似乎一时半会真找不到更好的人选，于是点点头：“好，那你去见石娘子，我在义庄外面等你。”

计划订完，两人便抛开烦恼，开始吃饭，唐娇依然吃得艰难，夹十次菜，有九次吃不到嘴里，真是越吃越恼，最后恨不得低头舔盘子，但都被暮蟾宫制止。阳光透窗而入，给他雪白的袖摆，给桌上的菜都披上一层霞光，他笑眯眯地夹一块鱼肉，递到唐娇嘴边，像喂自家的猫一样，极细心地喂她。

直到将她喂饱之后，他才吃掉剩下的菜，付过钱，两人出了饭庄，驱车去往梅花义庄。离义庄还差一小段距离时，马车停了下来，唐娇掀

开车帘，从里头跳了下来，身后，传来暮蟾宫的声音：“万事小心。”

“你放心，”唐娇朝他点点头，抬头张望了下天空，乌云滚滚，隐有雷声，她不禁笑道，“天公作美啊。”

说完，她快步朝义庄走去，走到一半，开始小跑，终于在暴雨降临之前，赶到了义庄。

石娘子一手举斧，一手举黄纸钱，面色阴郁地朝她望来。

“又见面了，”唐娇指了指外面，“我又是来避雨的。”

石娘子上上下下打量她一番，终是没赶她出去，回头继续料理柱子边捆着的两人。那两人都是官府中人，脚边还放着两只箱子，箱盖半开，露出里面的金银财宝以及绸缎首饰来，显然是奉命过来买她手里的脸谱的……只可惜，他们似乎低估了石娘子的武艺和脾气，现在被她捆得跟粽子似的，嘴里还塞满了黄纸钱。有一个人使命感过盛，“呜呜呜”地还想劝话，结果石娘子抱了一脸盆的黄纸钱过来，面无表情地往他嘴里一把又一把地塞……最后那人翻了个俏皮的白眼，晕了。

石娘子这才放下脸谱，慢慢转过头，看向唐娇。

一股杀鸡儆猴的味道扑面而来，唐娇擦了擦汗道：“我只是个路过的话本先生，跟他们不是一伙的，对了，上次那个故事没说完，你还想听不？”

石娘子没理她，起身开始扫地，唐娇注意到和上次相比，今天少了棺材，想来是已经入土了，又想到这里不但是停棺材的地方，更是她睡觉的地方，难怪她要时时扫洒。唐娇看着她的背影忽然觉得有些怜惜，柔声道：“上次说到白蛇化劫为人，今儿说白蛇、许仙断桥相会……”

她将一出《白蛇传》娓娓道来，石娘子听着听着，就杵着扫把不动了。

唐娇眼中怜惜更盛，多可怜的姑娘，连个《白蛇传》都没听过，这玩意儿自己七岁那年就听腻了，她二十多岁了还听得津津有味。

外头下的是场急雨，时间不长，一出断桥相会说完，外面的雨就停了，但唐娇没急着离开，她一口气把《白蛇传》说了大半，最后留了个结尾没说，哎呀一声道：“都这个时候了，我先走了，剩下的下次再说吧。”

石娘子缓缓转过头来，望着唐娇离去的背影，眼神略为复杂，若是她会说话，说不准会大喝一声：“前面的断章狗休走，把坑填了再说！”

所幸，唐娇第二天还是来了，可石娘子痛苦地发现，她来了还不如不来，在把昨天没说完的结尾说完的同时，她又开始说新的故事。

可怜石娘子离群索居了这么多年，每天与尸体为伴，哪里听过这么多新奇有趣的故事，尤其是那些才子佳人、婆媳妯娌的故事，一听就着了迷，唐娇说完《梁祝》的时候，石娘子那张阴森可怕疑似杀人犯的脸上突然滑落两行泪，被外面雷光一映，面孔极其狰狞，导致唐娇有段时间是闭着眼睛说故事的，这样她比较有安全感……

渐渐地，有了成效。

随着她一天天地过来，石娘子的敌意一天天消退，虽依然冷冷淡淡的，却不会见了她就摸斧头。

其间皇上和太子的说客时不时出现，有人见此，竟也请来了几个话本先生，但都被石娘子赶走，她似乎只认唐娇。

眼见于此，唐娇知道时机已经成熟，但没有轻举妄动，她在等，耐心地等，等到一个月后的某天，又是个大雨的天气，庄子外面的梨花早已落尽，雨水空打花枝，屋子里除了她与石娘子，再也没有别人，她这才叹了口气。

石娘子无声地看着她，眼神似乎在问：怎么不继续说了？

“雨停了，我该走了。”唐娇叹道，“最近家里很忙，以后我大概不会来了。”

石娘子迟疑片刻，指了指外面渐渐破云而出的太阳，然后朝唐娇比画了几个手势，示意现在还早，能不能把故事说完再走？

唐娇笑了笑，继续说故事：“兰若寺内，宁采臣夜读诗书，忽然听见外面传来一个女子的声音，笑道，月夜不寐，愿修燕好……”

故事里的荒山古刹，眼前的衰败义庄，在她不急不缓的诉说中，渐渐融为一体，古刹中夜游的女子，仿佛要提着灯笼，从她的声音里飘出来，可就在她即将飘出来的那一刻，故事戛然而止。

石娘子睁眼看向唐娇，静静等她说下去。

唐娇一言不发，同样静静等待着。

长达一个月的时间，或长或短上百个故事，以及今日的戛然而止，她终于等到了她想要的东西。

只听见石娘子脚下，灰扑扑的石板下面，忽然传来一个细细的声音："然后呢？"

石娘子忽然疯了。

声音响起的那一刻，她忽然间瞪大眼睛，愤怒、懊悔、仇恨，无数激烈的感情扭曲了她的面孔。她张开大嘴，朝唐娇发出一声无声的呐喊，扑过来抓住她的领子，往墙上砸去。

唐娇被她砸在墙上，背后火辣辣的疼，生生忍着，看着她道："地下那人是陈青生，对吗？"

石娘子听了，索性两手掐住她的脖子，看起来像是要杀人灭口。

"你想帮他，我也想帮他！"唐娇急忙大喊，"陈青生，你难道就想一辈子在地里生活吗？"

陈家幸存的小儿子——陈青生沉默半晌，忽然叹了口气道："石姐姐，你停下吧。"

石娘子立刻丢开唐娇，蹲在一块石板前，"呜呜呜"地哀鸣。她虽然比陈青生大了足足十岁，但在这个小丈夫面前，她简直是个受气小媳妇。

唐娇摸着自己的脖子，一边咳嗽一边道："石娘子，你总不能一辈子在义庄里生活，难不成你就不想过正常人的生活吗？就算你不想，那他呢？"

她顶着石娘子杀人的目光，朝那块石板的方向喊："陈青生，你自己说！"

石板下面又沉默一会儿，然后，那个细细的、腼腆的、害羞的，却又充满期待的声音再次响起，他问：“雷峰塔倒了没？白娘子还在塔下吗？”

唐娇差点吐血，她为什么要对一个懵懂无知的少年说神话故事？在石娘子阴冷的注视下，她硬着头皮答道：“还没！法海他不懂爱啊，白娘子她出不来！”

“唉，不毒不秃，不秃不毒。”少年叹息一声，又问，“大圣呢？他还在给和尚干活吗？白骨精还在花果山等他吗？”

唐娇沉默片刻，道：“……嗯，还在西天打工呢，没赚够钱，怎么回花果山盖房子、买马车迎娶白骨精啊？”

“唉，又是不毒不秃，不秃不毒。”少年对和尚似乎产生了极大的误解，又重重叹了口气，“那梁山伯和祝英台呢？变成蝴蝶后，他们修炼成精了没？重新在一起没？”

“……皇上说了，本朝的畜生昆虫都不许成精，”唐娇嘴角抽了抽道，“不过你放心，他们改变种族后过上了快乐的生活，每天花蜜免费喝，还生了许多健康的毛毛虫……”

“这真是个悲伤的故事。”少年又是一叹，踌躇片刻，忽然坚定道，“石姐姐，我想出去……”

石娘子急了，一会儿对唐娇目露凶光，一会儿小媳妇似的对石板“呜呜”叫，像只守家的家犬，生怕家里的小狗被外面的母狐狸叼了去。

胜败在此一举，唐娇急忙劝道：“你们放心，外面的世界没你们想的那么可怕，我也不是想图你们什么，就是想请你们去我家做客，我家里是开茶铺换故事的，石娘子你可以听个过瘾，至于陈小哥……”

她还没说完，陈青生就兴奋地喊道：“我要去西天找大圣，跟他学武！”

唐娇被噎住了。

“学成以后，我就打烂雷峰塔，把白娘子救出来！”陈青生一根指

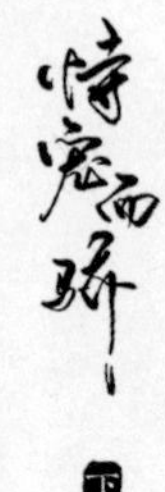

头一根指头地掰过去，“白娘子肯定会找我报恩，到时候我就让她施展妖法，在花果山盖两座宅邸，一栋我和石姐姐住，另一栋供大圣师傅和白骨精成亲用，婚后他们肯定要过男耕女织的生活，到时候我就建议他们把祝英台和梁山伯带回来养，他们都是蝴蝶了，肯定会吐丝的……”

“你说得好有道理，我竟无言以对……”唐娇捂住胸口，觉得一口老血就快吐出来了。

石娘子则用极冷淡的目光看着她，似乎在控诉她教坏小孩。

唐娇也有些自责，早知陈青生还处在找大圣拜师的心理年纪，她就给他说点三国争霸、少年宰相之类的故事……

但不管过程如何，结局倒还不错。

所谓天生万物，一物降一物，石娘子谁的面子都不给，却很听陈青生的话，故虽万般不愿，但见陈青生这次铁了心要出去生活，最后只能勉强同意下来。

唐娇唤来暮蟾宫，三人一起将石板撬开，露出一个地下室来。

不知是石娘子挖的，还是原先就有的，这地下室颇为空旷，放了粮食，还放了床铺，一个青衣少年正抬头看着他们。

在他脸上，覆着一张脸谱。

细笔描绘出的菩萨低眉，栩栩如生，充满慈悲，最惹眼的是色调，那是一种笔墨难以形容的瑰丽金色，犹如金子熬成的粉末，又像飞天身上落下的细钿，明丽夺目。

唐娇与暮蟾宫对视一眼。

原来这就是白老爷子心心念念的那三张脸谱之一——世上最美的脸谱。

石娘子将人拉出来后，立刻护犊子似的挡在他身前，略带讽刺地扫视唐娇与暮蟾宫，似乎在说：你们果然是为了这脸谱来的。

“君子不夺人所好，”暮蟾宫微微一笑，极坦荡道，“除非你心甘情愿给我，否则我绝不强迫。”

石娘子无声地冷笑一声，对他的话嗤之以鼻。

四人出了梅花义庄，阳光照在陈青生的脸谱上，他看起来极为兴奋，像是第一次走出家门的小孩子，路边的花，飞过的一只蝴蝶，都能让他惊叫连连，石娘子追在他身后，因他微笑而微笑，却又带了丝担心和忧虑。

“暮少爷，马车坐不下这么多人，你先送他们回城，好生安顿一下吧。”唐娇趁机凑到暮蟾宫耳边道。

“我陪你一起走回去。”暮蟾宫压低声音，咬着她的耳朵道。

“正事重要，你先去吧，”唐娇扫了对面那两人一眼，道，“不用担心我，这条路我走了好多次了，很快就能回去。”

暮蟾宫深深看她一眼：“那好，你自己小心，要是日落还不回来，我就来找你。”

唐娇笑着应了，然后目送马车载着他们三人离去。

笑容渐渐从她脸上消退，她淡淡道：“出来。”

一个身影踩着地上的衰草落叶，慢慢从树后转了出来。

唐娇回过头来，紧紧盯着眼前的面孔，冷冷道：“我以为你会阻止我。”

因为曾经在一起，因为曾一路走来，所以唐娇深知他的能耐。

在她看来，天机看透她的想法，乃至于猜到陈青生的所在，那都是迟早的事情，她以为自己会遇到巨大的阻力，甚至已经撸好袖子准备跟他拼了，却没料到，直到最后，他也没有截胡，没有阻止，甚至没有出现，没插一句话。

他只是隐在暗处，静静地看。

“无所谓，”天机声色平静道，“反正结局都一样。”

“哦？好大的口气！”唐娇怒极反笑，“你的意思是我做的一切都是白费，最后的赢家永远是你咯？”

天机没有回她，也没有驳她，但微微一笑，一副胜券在握的样子。

唐娇深吸一口气，觉得自己下一刻能喷出一口火来。

“那我们就拭目以待吧。”她哼了一声，转身离开。

天机不快不慢地跟在她身后，道："王家对你又不好，为什么要帮他们？"

"我不是帮他们，"唐娇头也不回地说，"我是帮暮少爷。"

天机沉默了一下，道："我也可以帮你开个茶楼，可以每天帮你做饭……还可以每天喂你吃。"

像以前一样？唐娇心里又气又难过，加快脚步道："免了。"

"为什么？"天机的声音从背后传来，"为什么要选他？我……对你还不够好吗？"

唐娇脚步一顿，猛然回过头来看他。

"你口中的好指什么？给我好吃的东西？给我漂亮的衣服？"唐娇讽刺一笑，"还是你的虚情假意？"

天机看着她，死水般的眼底波澜起伏。

他也许足够强悍，但并不意味着他就不会受伤。

若将一个人放在心里，那么无论外面穿着多厚实的铠甲，都挡不住来自她的刺伤。

他无奈一笑，沙哑道："我真是羡慕你……那么多天的相处，那么深的感情，你说放就放。"

唐娇转过身去，免得被他看见自己热泪盈眶的蠢样，两行泪水顺着脸颊滑下来，她淡淡道："先放手的又是谁呢？"

天机猛然一惊，望着她有些脆弱无助但拒绝他靠近的背影。

之后，两人之间再无一句话可说。

一前一后走在路上，中间只隔十步，却咫尺天涯，她不回头，他跨不过去。

直至回到城中，两人分道扬镳，唐娇自是去找暮蟾宫，天机则回到太子身边。

太子居处，一只二龙戏珠铜制香炉放在桌上，炉上烟笼雾绕，袅袅白烟飘过水晶帘幕，一名华服少年坐在帘后，手指轻轻敲着扶手，声音有些阴柔："天机，你要背叛我吗？"

天机单膝点地，跪在帘外，拱手道：“不敢，殿下何出此言？”

“一个月，我给了你足足一个月时间，你做了什么？”太子狠狠拍了下扶手，“你把姓石的贱人拱手让给了暮蟾宫！”

“无所谓，”天机淡淡道，“反正结局都一样。”

“你哪来的自信？”太子怒道，“现在人都在对方手里了！”

“就算人已经在暮蟾宫手里，他又能做什么呢？”天机极平静地说，“他会给石娘子他们提供衣食住行，然后用很长一段时间去感化他们。”

“我们能否抢在他们前面设法感化他们？”太子问道。

“可以，但花费的时间会很长，”天机道，“若用此法，至少一年半载拿不到脸谱。”

“……我可等不了那么久，”太子的声音立刻阴沉下来，“有没有更快的法子？”

天机脸上浮现一个令人不寒而栗的笑容，他道：“有的。”

正如天机所言，暮蟾宫选择了以情感化。

然后，他和唐娇就提前感受到了带孩子的痛苦……

陈青生今年虚岁十八，可因为一直住在地窖里，所以脑子还赶不上八岁儿童，他每天起床后的第一件事，就是拦一辆马车，让车夫送他去西天，找孙大圣习武……

唐娇焦头烂额，石娘子抱臂冷笑，暮蟾宫摇摇头，将他带到一家寺庙门口，在一行人不解的目光中，敲开寺门，指着陈青生，温和地问庙里收不收徒。

陈青生不乐意，刚要开口拒绝，就见那开门的僧人双手合十道：“抱歉，本寺的规矩是，不收识字数不超过八的文盲。”

陈青生闻言大怒，立刻捡了根树枝在地上写字，一、二、三、四……结果写到五就不会写了，顿时耳根都给臊红了，丢了树枝道：“不认字又怎样？反正我要拜的是斗战胜佛，不是这个和尚！”

“……斗战胜佛是西天的和尚，”暮蟾宫温和道，“你看，连中

土的和尚都不肯收你，西天的大和尚们又怎会收你呢？别哭，我教你写字。”

于是暮蟾宫开始教他读书，教他写字，教他明理，教他做人的道理……

这是个非常漫长的过程，但如果陈青生坚持下来了，他就会明白地上无妖，西天无佛，人心是妖，人心是佛。

而到那时，天下他都可去得。

但这过程十分艰苦枯燥，与陈青生最初的烂漫想法完全不同，他显得十分不耐烦，总想着逃课。迫不得已，暮蟾宫只好找了两个同学陪他，这两人是唐娇和石娘子。

这两人倒是很愿意学，尤其是石娘子，简直废寝忘食，有笔的时候拿笔写，没笔的时候拿根树枝写。花了一个月时间，终于能够以笔代口的时候，她做的第一件事，就是把陈青生拉到院子里，然后捡了根树枝，在地上写写画画。

陈青生弯腰看着地上的字，磕磕巴巴地读道：“这个世上……没有法海，没有白娘子……”

他惊愕地抬头，看向石娘子。

石娘子对他温柔笑笑，然后继续写下去。

“没有孙大圣，没有西天，没有梁山伯，也没有祝英台……他们……全是骗你的，别信他们……”

字没写完，陈青生就一脚踩在字上，然后又踢又踩，将地上的字一个个踩没，嘴里喊道：“你骗人！你骗人！”

石娘子拼命摇头，拿着树枝在地上比画，飞快地要写些什么，但是刚写了一个字，就被陈青生踩掉，最后石娘子也恼了，她一把推开陈青生，朝他“啊啊”叫了几声，然后低头写字。

陈青生踉跄几步，抬起头，泪眼蒙眬地看了她一眼，然后转身跑了。

刚刚写完四个字的石娘子急忙追了过去，刚追上他，就被他一把推开："走开！我不想看见你！"

石娘子呆立原地，愣愣地看着他离去的背影。

假山后传来一声叹息，一双绣鸳鸯戏水的绣花鞋从后面绕出来，接着是一件绿萝衣，一根金步摇，唐娇看着她问："你觉得这样真的对吗？"

石娘子隐去脸上的悲色，警惕甚至憎恶地看着对方，然后低头，手里的树枝飞快地在地上写字，写完以后，用树枝敲了敲地面，示意她过来看。

唐娇迈步走去，低头看去，只见地上写着：我没做错！你们只是想骗我们手里的脸谱！骗到以后就会翻脸不认人！我早就看透你们这群人的嘴脸了，你们这群贪官污吏、官府走狗，骗光了我们的钱，骗光了我们的田地，是你们害我们无家可归，没有一天吃饱过肚子！没有一天穿暖过！

"要吃红烧肉吗？"看完，唐娇抬头看向石娘子。

石娘子愣了。

"我那儿有块新布，你拿去做件新衣服？"唐娇又问。

石娘子恼羞成怒，飞快在地上写道：你什么意思！

"暮蟾宫可怜你们，"唐娇淡淡道，"所以他让我把你们骗过来，给你们红烧肉吃，给你们新衣服穿，给你们房子住，教你们读书写字，不需要回报，只求你们活得像个人。"

石娘子无声地怒吼一声，伸手抓住她的衣领。

"……但我不可怜你们，"唐娇微微一笑，"可怜之人必有可恨之处。你扪心自问，你每天躲在义庄里，日子能变得更好吗？你天天在心里骂你的仇家，你的仇家就能被你骂死？你把陈青生关在地窖里，没得吃没得喝，瘦得跟只小耗子似的，就是对他好？他日后真的不会怨你？"

她每说一句话，石娘子的脸色就难看一分，抓着唐娇，抿唇不语。

"十五年前的案子，要翻案很难，不过暮少爷愿意试试，"唐娇将

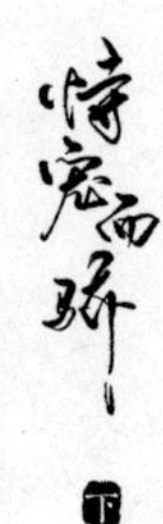

手放在她的手背上，道，“你要是也有这个心，就仔细想想，有什么证据，或者有什么证人。”

石娘子依旧冷着脸，手上的力气却略略松了些。

“至于合伙骗你们钱财的张神医那一伙人……”唐娇忽然叹了口气。

石娘子的手立刻收紧。

唐娇咳了一声，艰难道：“三年前将军夫人偷偷让他们给开了服打胎药，回头给家里小妾一吃，不但没滑胎反而连生七胎，过后没多久，一名致仕老臣的母亲病重，高价请他开了几服续命药，待老母病得差不多时，被人指出此乃保胎药……总而言之，这群人已经在牢里住了三年多了，你要是有这方面的需求，我们可以想办法让你去探望探望他们，近距离观赏一下他们的惨淡模样……”

石娘子神色恍惚，似乎不敢相信，这世上真有公理正义，坏人真的会有报应……

“路就在你面前，你自己选，”唐娇笑道，“或者靠自己的手去争取一切，或者回你的义庄，我绝不拦你。”

石娘子沉默半晌，放开唐娇，捡起先前丢在地上的树枝，写道：真放我走？你不想要脸谱了？那你怎么跟你的主子交差？

“都说了我只是个话本先生了，这次不过是帮朋友的忙，”唐娇一副兴趣缺乏的模样，摆摆手道，“既然暮少爷都不急，我急什么啊。”

石娘子用树枝敲了敲自己的肩膀，写了几个字，又用脚踩掉，最后涂涂改改好几次，才写下一句话：如果不是为了脸谱，他为什么要这么做？

“因为他是个好人，”唐娇摊手，“所以他愿意花上三五年的时间，来改善污吏、惩治假神医、打假药，等等。等这些问题都解决了，他应该会问你要脸谱吧……好了，时候不早了，我们分头去找陈小哥吧。”

石娘子神色复杂地看着她，然后慢慢回头，看着自己先前写在地上的四个字。

跟我回去。

另一边，陈青生从宅邸里跑出来之后，一边哭，一边在街上乱走。

美丽的脸谱戴在他的脸上，偶尔有路人会看他一眼，但更多的人却在忙着自己的事情，无暇他顾。

陈青生觉得很失望，这个世界和他想象中的完全不一样，他在地窖里听故事的时候，外面的世界那样缤纷多彩，外面那样多的英雄美人，他满以为自己出来以后，会过上跌宕起伏的生活，习得盖世武功，与英雄豪杰结拜，得美人为知己，而不是像现在这样，过着庸庸碌碌的生活，每天起床、吃饭、读书、睡觉，像个平凡的人一样。

到底什么时候他才能成为盖世英雄?

他垂头丧气地走在路上，不经意间撞上一个人。

那女子回头，手持宝剑，一身青衣，鲜辣得像枝头新发的一片叶子，对陈青生竖眉道："你拦我作甚？"

陈青生急忙让到一边："对不起，对不起。"

"算了，懒得和你计较，"那青衣少女哼了一声，"我忙着去雷峰塔救姐姐呢。"

陈青生愣了，眼睛一路追着她的背影，两只脚情不自禁地跟了过去。

那少女穿街入巷，尽找小路走，步子越迈越快，叫陈青生不得不小跑起来，追得十分狼狈。

最后他进了一处昏暗小巷，巷中无人，他茫然若失，四处张望，猝不及防间，被一双手捂住嘴，将他扯进一间屋里。

"别出声。"青衣少女捂着他的嘴道。

陈青生点点头。

"乖娃子。"青衣少女说完，轻身一提，拉着他跳上屋梁。

两人刚刚藏起，门外就冲进来几个人，看其衣着打扮，分明是暮蟾宫身边的护卫，显是一路跟在陈青生后面，其中一个环顾四周，挥挥手

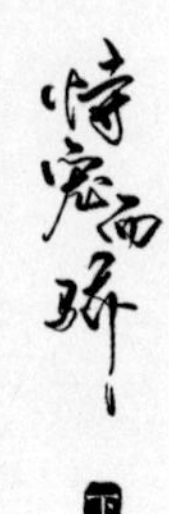

道："分开找。"

他们搜了好一会儿，没找着人，便又冲出门去。

等了一会儿，见他们不再回来，从背后抱着陈青生的青衣少女才略略松开手，贴着他的耳朵问："你为什么要跟着我？"

"……你说你要去雷峰塔救姐姐，"陈青生两眼闪着光，又期待又害怕地看着她，"你姐姐是谁？"

"自然是被法海压在雷峰塔下的千年蛇妖白娘子咯。"那青衣少女笑道，清秀的脸上现出两个小酒窝。

陈青生只觉眼前一热，差点哭了出来。

"小青姐姐，我能和你一块儿去吗？"他期期艾艾地问道，"我，我保证不拖你后腿，我还可以帮你拖法海的后腿。"

"小青"歪着脑袋想了想，有些为难道："带你一个可以，但你身边跟了那么多人……若是一股脑儿跑雷峰塔去，岂不是要打草惊蛇？"

"我会甩开他们的！"陈青生急忙道。

"小青"闻言微微一笑，提着他从房梁上跳下来。

"这三天，我会待在京城悦来客栈，"她抬手将秀发拨到身后，笑道，"你若有心，就一个人来找我吧。"

接连两天，陈青生都魂不守舍的，夹菜的时候，菜掉在桌上，他却恍然不觉，把筷子放进嘴里，咬得"嘎吱嘎吱"作响。

"你怎么了？"暮蟾宫放下筷子问。

"没什么。"陈青生回过神来，低下头拼命扒拉饭。

石娘子急忙给他夹菜，可陈青生已经放下碗道："我吃好了，先回去了。"

说完，他犹豫地看了眼暮蟾宫和石娘子，最终一句话没说，闷声跑了出去，但没有回住处，而是径自出了府，往悦来客栈走去。

他一路上走走停停，时不时地回顾张望，生怕有人跟着他。

他身后自然有人跟着，可这些人无一例外，都被忽然出现的卖油郎，抑或喝醉的武师等拦住了去路，侥幸没被拦住的，却又被一个女人抱住腿，让他付清嫖资才许走。

最终，陈青生一个人来到了悦来客栈。

一楼摆了几张小桌，一张小桌上摆了一壶酒、两只杯，以及一柄绿鞘宝剑。

自称小青的少女坐在桌旁，独斟独饮，轻灵秀美得像一株荷花，却又有一股不输男儿的飒爽之气。

陈青生看她看得痴了，好半晌，才用袖子擦了擦脖子上的汗，走过去，拱拱手道：“我……小生见过小青姐姐。”

小青对他莞尔一笑，露出两个醉人的酒窝，用右手拍了拍桌子：“坐。”

陈青生急忙坐下，手脚都不知道往哪里放，目光落在桌上的宝剑上，伸手摸过去：“好剑，好剑。”

小青不留痕迹地拨开他的手，笑道：“别乱动，我的剑会咬人。”

“哦，连一把剑都这么厉害，”陈青生羡慕地看了眼宝剑，诚恳地对小青说，“不愧是小青姐姐，厉害得简直不像人……哦，我忘了，你本来就不是人，难怪妖气冲天，人怕狗厌，简直是人中之妖，不对，妖中之妖。”

小青眼角抽搐了一下，勉强笑道：“好了，你既然来了，就随我一同见见这次行动的朋友们吧。”

“是拯救白娘子的行动吗？”陈青生眼睛发亮，“什么朋友？是人不？”

“你跟我来便知道了。”小青起身，对他做了个请的姿势。

两人上了楼，不久便来到一间天字房，推门而入，只见里面或站或坐了几个人。小青一路给他介绍过去：“这位是牛魔王，这位是梁山伯，这位是祝英台……”

最后介绍到屋子里唯一一个坐着的人。

屋内垂着一张帘幕，那人坐在帘幕后面，看不真切，只隐隐觉得他锦衣玉带，透出一股高高在上的贵气，令人观之心折。

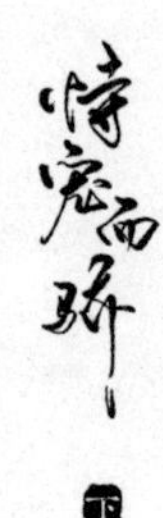

小青像个侍女般持剑而立，站在帘外，对他介绍道："这位是我们行动的指挥人，你可唤他殿下，也可唤他大圣……"

"猴哥！"陈青生扑了过去，"我找你找得好苦，你……你收我为徒吧！"

小青急忙将他挡了下来，自称圣人者在帘后笑了一声："你想拜我为师？你家夫人会同意吗？"

"夫人？"陈青生愣了好一会儿，才想起来，"哦，你说的是石姐姐啊……"

他几乎是被石上梅一手带大的，他视之如母，如姐，却从没将她当成妻子，石姐姐待他是很好很好的，可若要娶妻……他不禁偷偷看了小青一眼。

他没敢看她的脸，只扫了一眼她的手，碧绿的袖子，像西子湖水洗过的荷叶，袖底露出几根削葱似的手指，修长，莹白，仿佛一掐能掐出水来，不像石姐姐的手，又黑、又硬、又粗糙，像干裂的泥巴……

吞了吞口水，陈青生抬头道："石姐姐怎么会反对？无论我想要什么，她都会给我的。"

"那就等你说服了她，再来吧。"帘后那人不以为意地挥挥手。

小青送走陈青生，回来时，只见屋内笑倒一片。

"哎哟，真是笑死我了，""梁山伯"哈哈大笑，"这世上还有这么傻的人！他真以为我是梁山伯啊？我家六岁的侄子都不会上这当！"

"能比吗？那小子一直住在义庄的地窖里，你说他是个人吗？他只是只披着人皮的老鼠。""祝英台"瞥了小青一眼，似笑非笑，"对了，我若是没看错的话，这只老鼠对咱们的小青姑娘……可有那么点意思呢……"

"我呸！痴心妄想！"小青骂了一声，眼睛却偷偷看向帘子后那人。

"好了，大家忍耐一下。"帘后那人手指敲了敲扶手，笑道，"这都是为了脸谱。"

陈青生完全不知道自己掉进了一个陷阱，更不知道自己已经沦为一个笑柄，他几乎是跑着回了府，在院子里找到石娘子之后，气喘吁吁地看着她。

石娘子温柔地看着他，虽不能说话，但是关切之情溢于言表，已不需要任何语言去描述。

陈青生孩子似的扑过去，将先前发生的事情跟她说了。

他原以为无论自己想要做什么，石娘子都会支持他的，哪里知道石娘子越听，脸色越沉，立刻捡了根树枝在地上写道：他们是骗子。

陈青生立刻不乐意了，他不耐烦地摆摆手："石姐姐，你不要总这样……"

石娘子急忙写道：他们是在合伙骗你，世上哪来的妖怪？他们都是人扮的……

"不，你才是骗子，"陈青生别过脸去，低声说，"猴哥是存在的，小青姑娘也是存在的……大家都没有骗我，骗我的人是你。你……你这样一直说人坏话，还不如别学会写字，一直当个哑巴好了。"

他说完，两人一起愣了。

石娘子脸色苍白，手里的树枝"啪"的一声掉在地上。

陈青生见她如此，心里有点后悔，但一点也不想跟她道歉，觉得她有如今不过是咎由自取，自己是帮她快些接受现实，于是一边快步跑开，一边语速很快地说："反正事情就是这样了，我要拜猴哥为师，这是我一直以来的愿望……你不要阻止我。"

石娘子在原地呆站了一会儿，然后魂不守舍地跟了上去。

"你跟着我干吗？"陈青生一直赶她，却赶不走。

最后两人一同来到悦来客栈，陈青生眼前一亮，跑过去道："小青姐姐！"

一张木桌，一壶清茶，小青抬头看了眼他，转着手里的茶杯笑道："多大人了？出个门，还得家里人陪着？"

陈青生面色虽被脸谱遮掩，但仔细一看，他连脖子都涨红了。

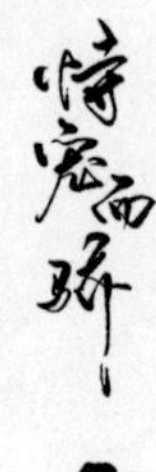

石娘子一马当先冲进客栈，伸手去拉陈青生，陈青生看了眼似笑非笑的小青，不留痕迹地甩开她的手，不耐烦地道：“石姐姐，外人在，你别拉拉扯扯的。”

小青扑哧一笑：“这就是你的石姐姐？你的夫人？”

“是……不！”陈青生反应过来，忙不迭地辩解道，“这门亲事是父母定的，但是石姐姐比我大这么多，小时候还给我把过屎尿，她就像我娘……我们之间只有母子之情，没有男女私情的。”

“哦！”小青阴阳怪气道，讽刺地看着石娘子，“原来是石老夫人啊。”

石娘子忍耐不住，一巴掌甩过去，但被小青以剑格挡，身旁的陈青生见了，忙踢了石娘子一脚：“你想对小青姐姐怎么样？”

他那一脚踢得其实不重，但石娘子却觉得自己被一柄斧子给劈成了两半。

是，她是比他老，模样也不好看，又操劳过度，二十多岁已经像个三十来岁的老妈子，她时常感到遗憾，但又感到庆幸，正因为她比他大，所以在陈家失火时，才有力气抱着年幼的他逃走，正因为她长得不好看，才没有被人贩子拐走，或乞或讨，或偷或抢地将他拉扯大，又苦又累，她熬了下来，没想要他报答什么，只想要他喜欢她。

只想要他……别厌恶已经又老又丑的自己。

石娘子忽然将手放进嘴里，野兽般地撕咬自己的指头。

陈青生被她此举吓得倒退一步，他从没见过这样疯狂的她，眼中闪过恐惧和忌惮，怕她一怒之下伤害自己。

直咬得皮开肉绽，石娘子才松开牙，将鲜血淋漓的指头落在桌面上，写下鲜红的四字：跟我回去。

仇她不想报了，可以遮风挡雨的房子她不想要了，美味的食物和温暖的衣服，这些她都不要了，她只想跟他一起，回那阴森冰冷的义庄，哪怕每日食不果腹，哪怕日日与死人以及老鼠、苍蝇为伴，哪怕一辈子不人不鬼地过活……但至少，他们是在一起的。

脸谱罩在陈青生脸上，没人能看到他此刻的表情，但露在外面的一双眼，却直直盯着桌上的血字。

人非草木，孰能无情？陈青生忽然想起过去与她相依为命的岁月，他忍不住想，他是不是做错了？

小青一直冷眼旁观，直到此刻方开口道："你总这样受她威胁？"

陈青生抬头，手足无措地看着她。

"石上梅，你这积年的老骗子，"小青将他往身后一拦，一副保护者的姿态，朝石娘子冷笑道，"你那龌龊心思能瞒过陈公子，但休想瞒过我！陈公子在外头有吃有喝有朋友，为什么非得陪你回义庄吃老鼠、吃蟑螂，活得人不人鬼不鬼？你不过是见自己又老又丑，陈公子又年轻又俊朗，怕他离开你，索性将他关在地窖里！"

石娘子对陈青生摇摇头，拿血在桌上写道：信我。

"你真恶心。"小青冷言冷语道，"你有什么资格让陈公子信你？你甚至都不许他跟外人接触，生怕外人告诉他真相，因为陈公子知道真相以后就会离你远远的！"

说到这儿，她转头看着陈青生，莞尔一笑，露出两个小酒窝。

翠色的袖子，雪白的皓腕朝他伸过去，小青温柔道："陈公子，信我。"

石娘子也伸手过去，两眼饱含泪水，祈求似的看着他，鲜血顺着指缝一滴一滴落在地上。

陈青生看看她，又看看小青，吞了吞口水，虽有些犹豫，但最后还是握住了小青的手。

"石姐姐，"他态度坚决，对石娘子道，"人这一生会认得很多人，有人可以陪伴自己一生，有人只能陪伴自己一路……以前……谢谢你照顾我，可现在，我想走自己的路，如果你愿意支持我，我会很高兴，如果你不愿意……那我们就在此分别吧。"

说完，他转头对小青笑，等着她的赞美和夸奖。

小青果然摸摸他的脸谱，笑道："陈公子，做得漂亮。"

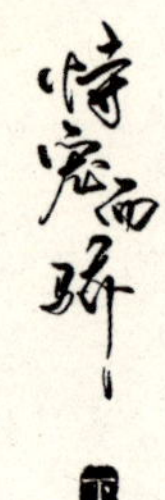

说完，她拉着陈青生离开，走到半路，陈青生回头看了石娘子一眼。

石娘子亦步亦趋地跟在他身后，眼神空洞，神色绝望，直到他回头看她的时候，才两眼一亮，流露出哀求和讨好的神色，就像一条即将被小主人抛弃的老狗。

陈青生心有不忍，可小青却捏了捏他的手，笑着说："我跟骗子是合不来的，你要她，就别再来找我。"

她的手果如他想的那般，柔软如丝，细腻如水，他怎舍得放开。

罢了，陈青生想，他这一生就是要过得波澜壮阔，与人不同，雷峰塔和西天才是他的归宿，大圣和小青才是他交往的对象，他怎能和凡夫俗子般，日复一日地过着平凡生活，结交一群每天操心柴米油盐的庸人，最后娶个石姐姐那样平凡的妻子……他不甘心，他只能走。

"回去吧，"陈青生说完，决然地转身，"别再跟着我了。"

石娘子脚步一顿，然后扑上去跟小青拼命。

可她只是长相凶残而已，若比真功夫，哪里比得上小青？只见小青足尖一点，人就飘到了几米外，手拉着陈青生，没一会儿就消失在她眼前。

事实上，小青对付她只需要一招，之所以忍着不出手，不是怕她，也不是怜悯她，不过是怕在白老爷子那交不了差。

石娘子追了她好一会儿，见追不上，一下子跪在地上，哭了起来。

她哭得又惨、又绝望、又可怜，过了一会儿，脚步蹒跚地站起来，左右四顾，寻了个方向跑去，一路狂奔，最后冲进临时下榻的院落，又冲进暮蟾宫的书房。

书房内，墨香四溢，唐娇站在书桌旁，红袖半挽，手里一块墨锭，在松花石桃形砚中研磨着。

暮蟾宫坐在书桌后，抬头见是她，温柔问道："怎么了？"

石娘子冲上前去，从笔架上取下一支毛笔，匆匆在砚台里扫了几笔，然后铺开一张宣纸飞快书写。

唐娇与暮蟾宫都有些不明就里，待看清了她写下的文字，脸色一起变得严肃起来。

“是太子，”暮蟾宫皱眉道，“居然欺骗一个心智只有八岁的孩子，他们太卑鄙了。”

唐娇看了他一眼，心想如果纯粹只看结果的话，太子的方法也许才是正确的方法，比起老辣多疑的石娘子，心智只有八岁的陈青生不是好对付得多？她能想到，暮蟾宫肯定也能想到，但他没有这么做，他宁可花费十倍的人力、物力，也不肯使用阴谋诡计。

可他是君子，敌人是小人。

帮帮我，石娘子满脸是泪，在纸上写道，决不能让人拿下他的脸谱。

便在她这般凄苦求助时，另一边，两只颤巍巍的手放在脸谱边缘，陈青生将脸上的菩萨脸谱摘下来，缓缓抬眼，看向小青。

小青不由得倒退一步。

“你怎么了？”他摸了摸自己的脸，有些羞涩地笑道，“是不是有点脏？我很久没洗脸了。”

他忽然有些自惭形秽，急忙用两片袖子擦着脸。

“这哪洗得干净？你等等，我去打盆水来。”小青一边笑，一边快步出了屋，反手将房门关上。她急匆匆跑了几步，便扶着走廊的柱子，弯腰呕吐起来。

“你这副样子，可千万别让陈青生看见。”天机走到她身后，冷冷淡淡地说。

“用不着你提醒，”小青用袖子擦了擦嘴，一脸忌惮地回望对方，“来的怎会是你，太子呢？”

“太子让我转句话给你，”天机淡淡道，“若你成功了，他会来接你，若你失败了，就不必回去见他了。”

“我绝不会失败！”小青咬咬牙道，“你等着吧，指挥使的位子一定是我的！”

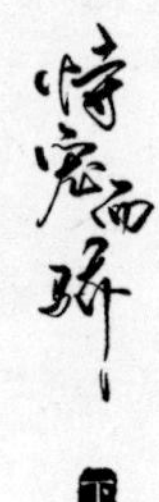

下

天机“哦”了一声，便与之擦肩而过，头也不回地离去。

小青在后面恨得牙根痒痒，她扶着柱子休息了一会儿，闭上眼睛不停对自己说：“我不吐我不吐，我回头再吐。”

如此反复了几十遍，小青睁开眼，重又笑靥如花，脸上两个醉人的酒窝。

她打了盆水来，送去给陈青生洗脸，洗完以后，便拉着他去了静室，“祝英台”“梁山伯”“牛魔王”等一群人都等在那里，抬头见了他的脸，大家吃了一惊，“祝英台”直接犯了恶心，捂着嘴说：“抱歉，我有点孕吐……”

她逃跑以后，陈青生极严肃地对“梁山伯”道：“梁兄，祝姐姐已经有了你的骨肉，你怎么还坐在这里？”

虽然大伙的身份是抽签决定的，只有分工不同，其他没什么区别，但是此时此刻，“梁山伯”真觉得自己抽的是上上签，立刻起身道：“各位请便，我先去照顾拙荆。”

“牛魔王”羡慕又嫉妒地用手肘碰了碰身边的“白骨精”，“白骨精”会意，连忙单手掩面，虚弱地倒在“牛魔王”肩上道：“哎呀，我也有点想吐。”

陈青生奇怪地道：“白骨精姐姐，你也怀了？”

“白骨精”和“牛魔王”一起道：“是啊是啊。”

陈青生表情更怪异：“可你只是堆骨头啊，你怎么能怀上？”

“白骨精”和“牛魔王”：“……”

明明只是个蠢物，偶尔间却很精明嘛！

“行了行了，今天叫大伙过来，是想一起讨论件事。”小青在中间打了个圆场，转头对陈青生温柔道，“陈公子，以后大家就是自己人了，自己人面前哪用得着遮遮掩掩的，你那脸谱就放我这儿，我帮你收着，好不好？”

“白骨精”和“牛魔王”也在一旁帮腔：“是啊是啊，我们以诚待人，你也该以诚待我们，脸谱什么的，以后就别戴了。”

他们左一言右一语的，压根儿没想过他会拒绝，其中小青尤为自信，她晓得对方对自己起了些非分之想，心中虽鄙夷，面上却不戳破，打算借此骗走他的脸谱。

反正她一没权势相逼，二没伤人性命，想来白老爷子那也说不了什么。

岂料陈青生犹豫了一下，竟摇头道："不成不成，那是我娘留给我的。"

众人一愣，小青的脸色更是立刻阴沉下来，她淡淡道："你是吃奶的娃娃吗？一会儿舍不得你的石姐姐，一会儿又舍不得你娘，你这个样子，以后怎么跟我们干大事？算了，你回去吧！"

陈青生顿时慌了神，他抱着脸谱，手足无措道："别，别，你容我想想。"

小青心里松了口气，她脸上不在乎，心里却担心得紧，生怕他真的一去不复返，还好这臭小子色迷心窍，一时半会还离不开她，于是面上更显冷淡道："你打算想多久？我们还急着去雷峰塔呢，哪能一直在这等你？你行就行，不行就不行吧！"

她满以为这招以退为进打出去，对方定然招架不住，岂料陈青生犹豫片刻，竟低下头，将脸谱重又戴回了脸上，闷闷道："不行……"

小青顿时进退两难，急忙放缓了语气道："为什么又不行？我要听实话。"

陈青生支支吾吾半天，直到小青忍着心里的恶心，将手放在他肩上，两眼直直看着他，他才叹了口气，有些尴尬羞愧道："我打小就戴着脸谱过日子，连吃饭的时候都没摘下来过，突然要我摘了脸谱过日子……我、我实在不习惯。"

小青心中大恨，恨铁不成钢地对他说："你这是病，得治。"

陈青生叹了口气，继续低着头不说话。

看来这病一时半会治不好，小青只好将他打发回去了，待人一走，便回头问道："大伙商量商量吧，现在该怎么办？"

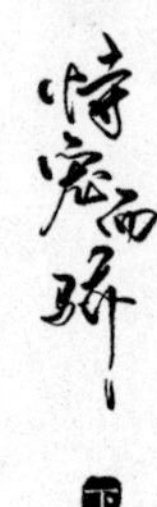

"能不能找人暗地里把他做了？"扮成"牛魔王"的壮汉道，"就说是地痞流氓下的手。"

"你真当唐棣是死人？"小青冷笑道，"他也想杀人，可他偏偏不杀，就等着我们下手，他好跑去白老爷子那儿告发我们。"

"那就做得干净利落些。"壮汉皱眉道。

"你就在唐棣眼皮子底下杀人，能有多干净、多利落？"小青笑得更冷，"唐棣一声令下，整个京城的仵作和衙役都会投进这案子里来，你觉得你能赢过天下英雄？你未免太过自信了。"

"那你说怎么办！"壮汉没好气道。

小青也是头疼，在屋子里来来回回走了几圈后，咬牙道："不就是病吗！给他下一剂狠药，不信治不好！"

为免耽搁久了，陈青生又生出其他怪病来，小青当场就与他们订下计划，然后分头执行。

而正如小青所说，他们在唐棣眼皮底下做这事，怎逃得过那无数眼线，原先暗地里保护陈青生的几个侍卫虽被人半路拦了，但是几个眼线还在，并尽忠职守地将消息传了回来。唐娇一行得了消息，急匆匆往陈青生身边赶。

一路上遇到很多人，每个人都在讨论一个人。

"想不到人居然能长成这样，实在让我大开眼界。"

"你眼睛瞎了吧，那张脸怎么可能是天生的，那上辈子得造多少孽啊？"

"兄台所言极是，我琢磨着此人上辈子杀了自己全家，不然生不出这么人神共愤的脸啊。"

唐娇和暮蟾宫起先不以为意，直到石娘子勃然大怒，母老虎似的扑过去，将说得最凶的那人逮出来，朝他"啊啊"大叫。

"石娘子，你冷静一点。"唐娇急忙抱住她的胳膊，将她拉扯开来。

另一边，暮蟾宫向那人道了歉，又诚恳问道："不好意思，这位姑娘家里走丢了人，现在情绪不大稳定，冒犯之处，还请多包涵。对了，前面发生了什么事，为何看起来闹哄哄的？”

那人见他气度不凡，身后又带着一堆侍卫，显然是大户人家的公子，气焰已经消了七分，再见他温柔可亲，平易近人，气焰顿时又消了三分，如实道：“哦，是这样的……前面有人在散财。”

“哦？”暮蟾宫追问道，“为何散财？”

那人嘿嘿一笑：“为了让我们帮她说谎。”

暮蟾宫与唐娇面面相觑，觉得他说得模糊不清。

直到他们赶上陈青生，看清他的脸，才懂了他的意思。

行人接踵，每一个走过陈青生身边的人，都会忍不住回头看他一眼，有人带着孩子，远远见了他，便伸手蒙住孩子的眼睛，急匆匆地从他身边走过。

唐娇远远看着陈青生的脸。

一张完全畸形的脸。

门牙龅出唇外，眼睛一大一小，脸上生着青斑，青斑里还掺着几块烫伤疤痕，这哪儿是脸，简直比鬼脸谱还像鬼脸谱，若非他腰间挂着那张世上最美的菩萨脸谱，唐娇压根就认不出他。这……这委实是张让女人看了想孕吐，男人看了想降妖除魔的脸。

有很多人绕开他走路，但也有人凑上前去，说着类似“哟，这位公子生得好生俊俏”“公子可娶了亲？我家侄女看上你了”“从面相上看，公子日后肯定是要飞黄腾达、封侯拜将的啊”如此这般的话。

照着先前那人所说，他们每恭维一句这样的话，就能从几个黑衣人手里领钱。

都是些言不由衷的假话，但是陈青生全信了。

从未有人这样赞美过他，他也从来不知道，原来自己是英俊的、好看的，如今知道以后，他心里不禁有些窃喜，偷偷看了眼身旁的小青，心想，在旁人眼里，他们会不会是郎才女貌？

他一边想着，一边小心翼翼地伸手过去，握住那片绿袖底下的雪白

手指。

小青身体僵硬了一下，然后任由他握着。

“陈公子，”她道，“你有一张貌比潘安的脸，走在街上，说不定会有大胆的姑娘投你以鲜果花卉，只求引起你的注意，你实在没必要将这张脸给藏起来。”

陈青生谦虚了一下：“没人向我投果子啊。”

小青愤怒地朝人群中的下属使了个眼色，不久，苹果、李子成片砸来，还有一个榴莲砸在他脚底下……

“喜欢我的人真多，”陈青生感叹一声，忽然有些不好意思地问道，“小青姐姐，你呢？”

小青沉默了。

陈青生有些着急，他将她的手握得更紧，急切道：“你呢？”

小青这才缓缓开口道：“你喜欢我？”

一大一小两只眼睛，水汪汪地看着她，陈青生极柔和道：“嗯，喜欢。”

小青叹了口气：“你口口声声说喜欢我，可认识我这么久，连个礼物都不曾送我。”

闻言，陈青生反射性地摸了摸腰间挂着的脸谱，面上闪过一丝犹豫。

“你以为我是在贪图你的脸谱吗？”小青扫了他的脸谱一眼，面色不悦，“我其实是在为你着想……陈公子，你不是一直很想拜殿下为师吗？”

“你说猴哥？那是当然。”陈青生答得很快，这一直是他的梦想。

“拜师的时候，你总得送个拜师礼吧，”小青循循善诱道，“你身无长物，除了这个脸谱，你还能送什么？难道你还要回去找石娘子，找其他人借钱？这种阿堵物，殿下会收吗？”

陈青生渐渐被她说服了，他点了点头，咬牙道：“原来如此，你说得对，是我太短视了……”

“你肯了？”小青眼中一亮。

陈青生慢慢抚摸腰间的菩萨脸谱，良久，叹了口气道：“……虽然这是我娘的遗物，但如果送出去能帮儿子出人头地，想必娘也是愿意的吧……”

“对，对，她一定愿意的！”小青畅快一笑，朝人群中的“牛魔王”使了个眼色，对方立刻离开，通知太子去了。

这时，唐娇等人赶到，石娘子一见小青，就像看见红布的牛似的，两眼充血，低头顶了上去。

“青生！”暮蟾宫分开人群，一边走近，一边严肃道，“那是太子身边的侍女青姬，你别被骗了，快回来！”

陈青生退到小青身后，伸了个头出来，满脸轻松地笑道：“暮少爷，你也帮着石姐姐骗我。”

暮蟾宫闻言一愣，然后苦涩笑道：“从前唤我暮师父，怎么今天改了口？”

陈青生是怕孙大圣知道他已经拜了师，就不肯收他了，但这个理由太过怯弱，他有些说不出口，于是闷闷道：“……是你硬要收我当徒弟的，但我可没认你，你教的那些，我又不想学……”

暮蟾宫闻言，心中一冷，但不等他再次开口，远方就行来一队人马。

前后左右兵马拱卫，中间一辆马车，由四匹纯白的马拉着，那车那马，皆独树一帜，曾经属于温良辰，后来他投靠了太子，这马车就送给了太子，成了他专属的座驾。

行人纷纷退避，马车停在陈青生身边，小青拉着他跪下，对车内那人拱手道：“青姬不负使命！”

说完，她转头朝陈青生拼命使眼色。

陈青生这才回过神来，手忙脚乱地摘下腰间挂着的脸谱，双手捧着，朝马车献了过去，满脸的卑微与渴望：“大圣，师父，这是我家传的脸谱，请你收下！求你收我当徒弟吧！”

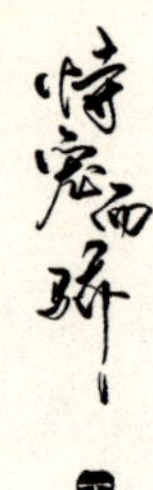

石娘子焦急的“啊啊”声，暮蟾宫和唐娇的喊声远远传来，可他充耳不闻，此时此刻，他眼中只有眼前气势恢宏的马车，只有马车内无所不能的大圣，他想追随大圣，他想变成大圣。

太子嘱咐了一声，侍卫们立刻冲上去，将暮蟾宫等人以及随之而来的侍卫都给拦了下来——反正白老爷子只说不许对脸谱的持有者动武，但没说不许对唐棣的人马动武。

在陈青生不安的等待中，马车内传来一个少年的嗓音，仍是那样高高在上，他道：“你决定好了？要将这脸谱送我？”

“是，是！”陈青生忙不迭地点头。

车门打开，一个少年从车内走了下来。

唐娇站在人群之中，有生以来，第一次看到自己的亲哥哥。

绫罗紫衣，腰缠玉带，那是个浑身贵气的少年，面容之艳丽，甚至胜过许多女子，但神态极自负，高高在上，不可一世，几乎将自己之外的一切都视为蝼蚁。

他一手负在身后，一手接过脸谱，在阳光的照射下，只见其光华流转，脸谱上的金色仿佛在自行流动般，璀璨夺目，瑰丽非凡。

“不愧是世上最美的脸谱。”他感叹一声，然后挥挥手，两名仆役过来，手里各捧一只锦盒，塞到陈青生怀里。

在陈青生茫然无措的目光中，太子转头看他，淡淡道：“脸谱我收下了，你走吧。”

陈情生呆站在地上，没弄清楚眼前的情况。

直到看见太子返身回了车内，车轮滚滚，眼看着就要从他身边驶过，他才急了，手一松，两只盒子掉在地上，里面的金元宝纷纷掉了出来，闪花人眼，他却视而不见，只一个劲儿追着马车，甚至手脚并用打算爬上去。

“师父！师父你等等我！”陈青生脑门上都是汗，大声喊道，“我要的不是这个！”

“大胆！”小青拽住他的领子，拎小鸡似的将他拎了回来。

“小青姐姐！”陈青生没挣扎，他回头，极委屈地看着她，丑陋的脸上涕泪横流，“师父怎么了？他怎么突然不要我了？”

“休得胡言！殿下何等尊贵，哪是你这种人能高攀得上的？”小青……或者说青姬随手将他丢在地上，脸上早已没了之前平易近人的样子，两眼当中温柔尽去，留下的是不加掩饰的嘲讽，“况且东西是你送的，区区一张脸谱而已，殿下事后还赏你黄金百两，你这贪婪之徒，还觉得不够吗？”

陈青生跌倒在地，愣愣地看着她。

石娘子从人群中冲出，企图扶着他，可扶不起来。他就像被抽了骨，只剩肉的一摊泥，瘫在石娘子的怀里。紧接着暮蟾宫与唐娇也走了过来，唐娇目光扫过地上失魂落魄的陈青生，摇摇头，朝前面的马车喊道：“他用家传的脸谱，换的不是黄金，而是成为你徒弟的机会。”

马车根本不停，太子压根不理，脸谱已经到手，他有什么必要继续留在这里，陪外面那群失败者和蝼蚁？他现在大张旗鼓地拜访白老爷子，一是向他交差，二是要让所有人都看见，在他与唐棣的竞争当中，他已经先胜一筹，白家军极有可能归附于他！区区唐棣小儿，早些准备后事去吧！

抚摸着手里的菩萨脸谱，太子笑了起来。

而被他抛于脑后的那只丑陋的蝼蚁，则大声哭了起来。

“骗子！”陈青生朝青姬喊完，又朝马车凄厉地喊道，“骗子！全是骗子！你们不是小青，不是大圣，不是……你们不是！”

“对，我们不是，”青姬笑道，脸上又现出两个曾让他魂牵梦萦的小酒窝，“但你也不是貌比潘安才比子建的陈公子啊。”

石娘子忽然抱紧陈青生，朝她发出一声哀鸣，其声之凄厉，其音之哀伤，令闻者无不侧目。她的一双眼睛望着青姬，眼中全是哀求乞怜，仿佛只要对方住口，她就能感激涕零在地上磕头。

青姬却冷笑起来，陈青生对她的心思，有眼睛的人都看得出来，为了骗他手里的脸谱，她只好牺牲了色相，这事是她心里的刺，大约也会

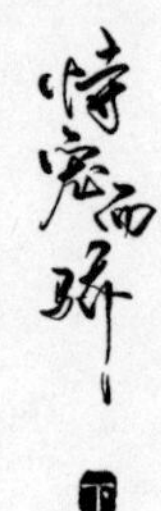

是太子心里的刺，她先是太子的枕边人，其次才是他的侍女，所以无论如何，这个陈青生都不能活。

“知道我们背后怎么说你的吗？”于是，她嘲讽笑道，“丑人多作怪！长这么丑，你怎么好意思活在这世上？我要是你，我早就一剑把自己的头割下来火化掉了，省得出门吓坏花花草草！”

陈青生茫然摇头：“你骗我……”

“哈哈，我骗你了吗？”青姬朝外围看热闹的百姓一指，“你仔细看看，看看旁人是怎么看你的！”

陈青生反射性地朝她所指的方向望去。

他过去只顾着看青姬，压根没仔细看旁人，只听他们说：公子你真俊，公子你真好看，他便信了，可仔细看的时候，才发现他们压根就是言不由衷。

男人、女人、老人、孩子，所有人都在看着他，对他指指点点，说说笑笑。

那隐约传来的私语声是什么？

“娘，他长得好像一只狗。”

“长得真够丑的啊，听说有人丑得可以自杀了，以前不信，现在信了。”

“前面那马车里的人是谁？真是好心人，一张脸谱哪值那么多金子，定是看他长得太可怜，所以赏他点钱吃饭。”

“够我吃八辈子饭了，哎，我也长得丑，为什么不赏我？”

“你丑得不够鬼斧神工。”

陈青生捂住耳朵，可挡不住那些或无心或有心的话语，他将脸埋在石娘子胸口，发着抖道：“石姐姐，带我走，快带我走……”

石娘子急忙扶他起来，如护主的家犬般，朝附近的人龇牙咧嘴，可吓退一批，还有更多的人跑来看热闹。那些伤人的话一路尾随，犹如万箭齐发刺穿了陈青生的胸膛，他起先只是发抖，很快就哭了起来，那哭声越来越大，越来越凄厉，旁人却付之一笑。

“你是故意的，”暮蟾宫回头，愤怒地望着青姬，“你忘了白老爷子说过的话吗？不可伤人性命！”

“我又没有出手，怎么能怪我？”小青笑着狡辩道，“他要死，也是被自己丑死的。”

“你！”暮蟾宫很不擅长跟人争口舌之利，只得拂袖而去。

陈青生完全是个沉耽在自己幻想中的孩子，他在石娘子的保护下，从没受过挫折，骤然之间受此打击，真有可能寻死，他必须去看着他！

他急着离开，一时之间，竟未发现唐娇身上的异样。

唐娇一开始跟在他身后，不近不远，不快不慢，但一方面心事重重，一方面人来人往，等她抬起头，便发现他已没了踪影。

几个孩子自她膝前跑过，她后退一步，撞在一人的胸膛上。

回头，她对那人笑得讽刺：“哈哈，换个人换件事，你的路数还是一样，利用完就丢掉……不，是恨不得杀掉。”

天机低头俯视她，平静道：“我并不打算杀他。”

他只是设计了陈青生，但计划只到骗得脸谱为止，青姬最后的作为，全是她的自作主张。

但唐娇不知道，也不会信，陈青生的遭遇与她太像，她如今看到天机，就忍不住心里发冷，觉得他说的话、他做的事，甚至怀疑他整个人都是假的。

她忍不住怀疑，他回到她身边做什么？是不是又想利用她一次？

越想越怀疑，越怀疑越疏远，唐娇深深看他一眼，然后一言不发地离开了。

他也许跟在她身后，也许没有，不过她已经不会回头了。

她不想再被骗，更不想落得陈青生一样的下场。

看看，那个原先憧憬着推翻雷峰塔，救出白娘子，与梁山伯对酒当歌，看白骨精对月起舞的孩子，现在是什么样子？

唐娇走进院子，远远就听见声嘶力竭的吼声：“滚！通通给我滚！”

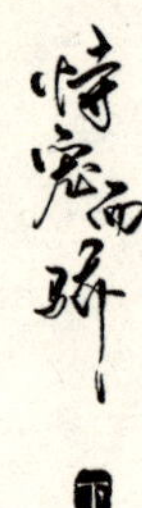

她走近了，见陈青生趴在地上，拿头在地上拼命磕，石娘子手里拿着一个普通脸谱，围着他团团转。

暮蟾宫一副头疼的模样，将手放在他肩上："你先起来。"

陈青生一把甩开他的手，手脚并用地爬到石娘子脚边，抱着她的腿道："石姐姐，你带我回去吧，呜呜……我要回义庄，我再也不想看见这些人了，我……我怕，我好怕……"

石娘子弯下腰来，将他抱进怀里，眼中默默流下泪来。

过了许久，她才从地上捡起根树枝，在泥土上写道：送我们回去吧。

事已至此，无力回天。

来时接他们的马车，此次又送他们回去。

陈青生一股脑儿爬上马车，石娘子走了几步，却回过头来，眼神复杂地看了唐娇一会儿，忽然伸手指了指她，又指了指车内。

"你要我送送你吗？"唐娇问。

石娘子轻轻点点头。

"那我也送送你们吧。"暮蟾宫道。

"不，不许他们上来！"陈青生的尖叫声从车内传来，"我不要看见他们！他们也是骗子！"

石娘子目露犹豫，唐娇凑过去低声道："你先走，我们随后出发，一路送你们回义庄。"

石娘子这才点头。待她上了马车之后，灰色的马儿拉动车轮，烟尘滚滚，一行人灰溜溜地朝梅花义庄而去。

而另一边，闹市之中，朱门之外，太子的车驾停在门前。

依旧是那冷寂的房间，依旧是满墙满壁的脸谱，白老爷子披了一件灰色外袍，因天热，衣襟敞得很开，露出刀伤纵横的胸口来，两腿盘坐在蒲团上，看着对面的太子，浑厚的声音透过脸上的黑色脸谱传来，道："东西拿来了？"

对这一大把年纪却迷上脸谱，有些玩物丧志的老人，太子微微一笑，这笑容与唐娇等人在大街上看见的完全不同，显得谦逊而又温柔，充满人性的光辉，简直是庙里的菩萨，抑或一张完美的脸谱。

“离忧不负所托，”他双手捧着脸谱，递了过去，“白爷爷，请过目。”

白老爷子没跟他客气，伸手夺过脸谱，低头看去。

菩萨低眉，金漆流淌，无论是制作技巧还是上色，全都超凡脱俗。

可白老爷子缓缓抬起头，盯着他道：“不是这个。”

谦逊的笑容僵在脸上，太子怀疑自己听错了，可是下一刻，白老爷子的一句话打碎了他的幻想。

只见他随手一丢，如丢垃圾般，将那张辉煌美丽的脸谱丢进太子怀里，淡淡道：“拿走，这不是老夫要的那张脸谱。”

第十四章 花落尘埃碾作泥

马蹄“嘚嘚”响，将落花碾入泥泞。

陈青生迫不及待地从马车里跳下来，一路小跑进了义庄，不顾地上脏乱，跪在地上，四处摸索，想要打开地板，钻回那个狭小但安全的地窖。

石娘子走到他身后，替他找到石板，用力打开，然后看他欢呼一声跳进去，用被子将自己裹紧，然后低低道：“我好饿……石姐姐，你做饭给我吃吧。”

石娘子温柔笑笑，像个对孩子言听计从的母亲，又像是从不违逆丈夫的妻子，返身出了义庄大门，然后望着对面站着的那一男一女。

“对不起，”唐娇见了她，立刻弯腰低头，满脸懊悔道，“对不起，这都怪我……”

“不，是我让她这么做的。”暮蟾宫急忙将责任往自己肩上扛，

“我会负起责任的，以后你们安心在这里生活，吃的喝的穿的，我都会叫人送来，虽然不能完全弥补我的过错，但至少让我尽一份心意……”

石娘子轻轻摇摇头，从树上折了根树枝，在地上写道：不怪你们，今天的事，是我咎由自取。

暮蟾宫急忙道：“千万别自暴自弃……”

唐娇急忙道：“你怎么会这么想？这事压根是太子设计的骗局，不去怪骗子阴险，难道要怪受骗者单纯啊？”

石娘子却在地上写道：其实，那个叫小青的姑娘说得没错，我是个卑鄙自私的女人，我心里最大的愿望，就是同青生回义庄。为此，我可以放下养父养母的仇，也可以不去报复骗走我们家产的那几个神医、邻居，只要青生在我身边，我什么都可以不要。

看了这些话，唐娇只觉心里火烧般的愧疚，如果石娘子的愿望只是这样，那她都做了些什么？

暮蟾宫脸色苍白，比起唐娇，他受到的打击更大。他以为自己给了他们很多东西，譬如公道，譬如更好的生活，譬如读书识字以及做人的道理，最后发现，他们要的根本不是这些！结果是，他不但没给他们任何东西，反而夺走了他们原先就拥有的东西。

人生烦恼识字始，或许他真是做错了……

你们为我们做了很多，我很感激你们，但以后请不要再来打扰我们了，石娘子在地上写着，不要送吃的来，也不要送衣服来，我会照顾好他的，对了，你们等等……

她忽然跑回义庄内，不一会儿抱着一个东西出来，递给唐娇。

唐娇伸手接过，见是一个脸谱，泥塑的脸谱，上面是个五官扭曲的面孔，看起来很像陈青生，但奇怪的是看第一眼觉得丑，看第二眼的时候，却觉得没先前那样丑陋，第三眼第四眼看过去，竟觉得越看越顺眼，真是张古怪的脸谱。

石娘子在地上写道：陈家过去是脸谱世家，这是我跟着夫人学着做的，我不过手艺一般，做不出家传的菩萨脸谱，就只会做青生的脸谱。

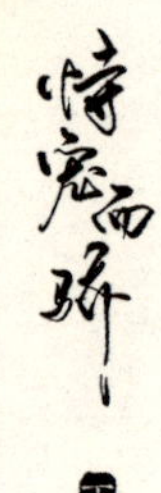

我从小到大做了将近三千张脸谱，就这个做得最好……送你们了，当留个纪念，以后咱们互不相欠。”

她一副轻描淡写的样子，但听者无不浑身一颤。

三千张脸谱，最后只留下一张。

这一张脸谱里，究竟凝了多少深情?

“我知道了，”唐娇叹了一声，“我会保管好这张脸谱的。”

石娘子对她笑了笑，转身离去，走到半路，忽然听见唐娇唤道：“石娘子……对不起，真的对不起……”

石娘子没有回头，微微摆了摆手，意思是：你们走吧。

过了不久，车轮声滚滚响起，渐行渐远，她才转头看了那两人一眼，心中叹道：该说对不起的人是她。

她知道对方是好意，知道对方是真心想帮她的，可她已经怕了……有一个小青就有两个小青，她怕陈青生又被人骗，但更怕没人骗他，怕有那么一个好看的姑娘，真的不嫌弃他丑，愿意跟他在一起，那时候她该怎么办?

她已经什么都没有了，她只有陈青生。

石娘子将从前留下的锅翻出来，洗净了，又摘了些野菜来煮，煮好以后，把陈青生叫出来吃饭。

这顿饭做得很是简单潦草，野菜吃在嘴里没滋没味的，石娘子倒是甘之若饴，但陈青生吃了一口，就放下筷子，眼泪流了下来。

“我想吃红烧肉，”他抽泣道，“我想吃四喜丸子，想吃辣子鸡丁，想吃桂花年糕……”

石娘子放下碗，走过去抱着他。

“我想盖新被子，”他反手抱住石娘子，哭得更大声，“地窖里的被子一股霉味，还有跳蚤……盖在身上，浑身都痒痒……”

石娘子不会说话，只好抱着他，轻轻拍着他的背，无声地安慰他。

一顿饭没有吃完，两人就回了地窖。

旧被子丢到一边，石娘子抱着陈青生，两人互相依偎着睡觉。

没吃饱饭，石娘子一直饿得睡不着，合着眼睛躺了许久，忽然睁开眼睛。

陈青生骑在她身上，两手使劲扼住她的脖子，头上的石板并未盖上，一线天光照在他身上，将他丑陋的面孔、狰狞的表情，照得分毫毕现。

“要是我从来没吃过红烧肉，就不会嫌弃碗里的野菜；”陈青生哭着说，“如果我从没睡过新被褥，就不会嫌弃旧被子脏；如果我从来没见过小青姐姐，我……我就不会嫌弃你。”

一滴眼泪落下，掉在石娘子的脸颊上，顺着她的脸颊滑落下来，分不清那滴眼泪是他的，还是她的。

“如果我从没去过外面的世界，就不会觉得现在的日子这么让人无法忍受，”陈青生手上越来越用力，表情越来越狰狞，语气却越来越可怜委屈，似哀求似哄人般，对石娘子道，“我过不了这样的日子，真的过不了，我只能死了……可，可我一个人好害怕，石姐姐，你陪我好不好？”

原本正在挣扎的石娘子听了这话，动作忽然一顿。

她静静看着眼前的面孔，看着自己守护了十七年的人。

渐渐地，不再挣扎。

两只带着烫伤的、粗糙的黝黑的手，慢慢抚上他的脸颊，两根拇指拨弄他的嘴角，她想看他笑。

可他现在已经不会笑了，那么狰狞可怕的面孔，看起来就像别人。

他原先笑起来，是什么样子呢？

石娘子慢慢闭上眼睛。

“石姐姐！”火海中，两岁的他叫声凄厉，她人已经跑到门外，闻声不顾生死地冲了回去。

“石姐姐，我好疼啊……”四岁的他躺在病榻上，握着她的手，眼泪汪汪，“你别走，别离开我……”

“石姐姐，我像不像观音菩萨？”五岁的他与她一起流离失所，颠

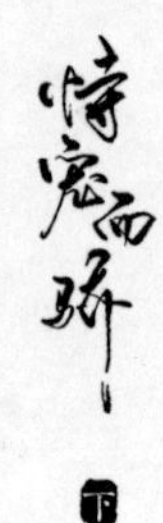

沛至破庙中，她饿得抱着膝盖哭，他爬到贡桌上，学庙里菩萨的样子坐好，逗她发笑。

“石姐姐，我们终于有家了。”六岁的陈青生在义庄里跑来跑去，笑得非常开心。

无数声“石姐姐”，无数日子的相依为命，最后定格在他十四岁的时候，大雪纷飞，红梅绽放，他折了一枝梅花递给她，未戴脸谱的脸上，面容丑陋，却笑得天真：“石姐姐，送你。”

石娘子微笑起来，然后，咽下最后一口气。

人生若能不相见，如此便可不相恋，可惜……我们回不到从前。

“这怎么可能！”

京城，白老爷子府中，太子顾不得那么多，捧着手里的脸谱，气急败坏道：“白爷爷，您看清楚，这就是石上梅手里的那张脸谱啊。”

“老夫要的脸谱的确在她手里，”白老爷子无动于衷地摇头道，“但不是这张。”

“这屋子光线不大好，要不您老人家出去看看，这脸谱迎着光看，可比在暗处好看多了。”太子此刻化身为脸谱店的店小二，极力推销道。

“再看几次都一样，”白老爷子起身走到一扇墙壁旁，抬起手来，摘下左手第三行第三张脸谱走过去，“看，是不是一样？”

同样的菩萨面具，同样的金漆流淌，白老爷子手里那张还要更美一些，显是匠人巅峰时期所做，相比之下，太子手里那张便显得有些平凡了。

“这是曾经的脸谱大师陈太忠做的菩萨脸谱。他活了四十年，四十年只做一种脸谱，就是这种菩萨脸谱，”白老爷子喟叹一声，“但菩萨低眉离我们太远，还是石娘子手里那张更有人情味。”

太子觉得自己快疯了，咬牙道：“那究竟是张什么样的脸谱，您能给我说说吗？免得我下次又找错了。”

“那张脸谱初看时很丑，”白老爷子回忆道，“泥塑的脸谱，上头没有金漆也没有彩绘，塑着一张普普通通的人脸，人脸很丑，但奇怪的是，就这么一张丑脸，却让人越看越顺眼，越看越美。”

“世上怎会有这么怪异的脸谱？”太子简直不敢相信他的话。

“所以它是世上最美的脸谱，”白老爷子笑道，“没听过情人眼里出西施吗？这张脸谱，它是制作者心中说不出口的深情。”

双方一直互相监视，太子的动静自然瞒不过暮蟾宫。

听说对方灰头土脸地从白老爷子家出来，又听说了白老爷子对那张最美脸谱的描述，唐娇与暮蟾宫对视一眼，然后不约而同地看着桌上放着的脸谱。

一张初看时很丑的脸……这脸谱上的脸是陈青生的，连太子身边的蛇蝎美人都被他丑吐过，能不丑吗？

没有金漆也没有彩绘……这也没错，就是一张泥塑的脸谱，平凡而朴实。

最重要的是，这张脸谱明明这么丑，但是看久了，就觉得越看越顺眼，越看越美，觉得脸谱上的笑容单纯可爱得像个孩子，无忧无虑犹如初雪。

“我拿去试试吧。”暮蟾宫深吸一口气，看向唐娇。

虽说是试，但他心里觉得八成就是这张脸谱了，因为连不怎么喜欢脸谱的自己，都觉得这张脸谱童趣得可爱，愿意珍藏之，时时观赏之。

“好，你去吧。”唐娇与他一个想法，但犹豫了一下，开口道，“我就不陪你去了，我想去一趟梅花义庄，给他们送点吃的用的。”

“他们会收吗？”暮蟾宫苦笑道。

“他们离开义庄那么久，怕以前留下的干粮、被子都发霉了。”唐娇叹气道，“我给他们送过去，用不用是他们自己的事。”

暮蟾宫同样叹了口气：“天色已晚，你要去，就明天去吧。”

如今已是子夜时分，路上的确不大安全，唐娇也就同意了。第二天他们一同吃了午饭，暮蟾宫往白老爷子府上去了，而唐娇则驾马车去了梅花义庄。

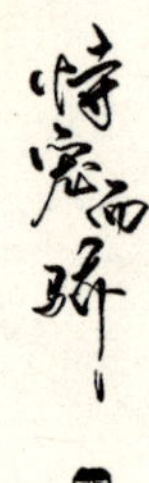

去时，却见几匹马从义庄的方向赶来，一匹马上坐着个妙龄女子，青衣负剑，英姿飒爽，正是太子身旁的侍女青姬。

策马而过时，她侧首问道："也是去梅花义庄的？"

唐娇心里"咯噔"一声，没有回话。

"哈哈，"青姬哈哈大笑，那笑声由近及远，又是恼怒又是讽刺，"去吧去吧，正好给人收尸！"

唐娇心中生出不祥的预感，急忙催马夫快走。

等到了梅花义庄，她急匆匆推门而入，只见里头站了个陌生男子，三四十岁的样子，布衣草鞋，像是新来的守庄人，转头见了她，张口就问："找石娘子的？"

"不错，"唐娇不等喘匀气，便急着问道，"她人在哪儿？"

"喏。"那汉子指了指地上的一张草席，席子卷成一团，只露出两只脚，以及一地黑发。

唐娇一时间不敢上去，好不容易鼓起勇气走过去，看了一眼，就手脚发软地跑出门外。呼吸着义庄外头的空气，她觉得自己实在没法接受，昨天还好好的一个人，怎么今天就没了？

她重新走回去，艰涩地问道："这里发生了什么事？石娘子是被谁害死的？"

反正她不信石娘子是自杀，昨天还好好的人，还说要照顾陈青生一辈子的人，没可能会自杀的。她的第一反应是太子杀人灭口，可又觉得不大像……太子拿错了脸谱，又碍着白老爷子的面子，不可能对他们动粗，就只能伏低做小了……又或者说伏完低做完小，见石娘子不吃他们这套，于是恼羞成怒，本着我得不到，别人也别想得到的念头，下手将人杀了？

唐娇想了那么多，可真相却完全出乎她的意料。

只见那汉子摇摇头，叹道："说起来真是造孽，石娘子伺候那废物一辈子，操劳得跟牛马一样，每天起早摸黑地给他找食吃找水喝，就没一刻歇过，那废物倒好，觉得日子清贫实在难过，居然拉她殉情。"

唐娇脑袋“嗡”了一声，两行眼泪顿时落了下来。

“陈青生呢？”她哭着道，“怎么不把他们葬在一起？”

“这怎么行？”那汉子惊讶道，“他又没死。”

唐娇简直无语：“……可你刚刚说是殉情。”

“是殉情啦，”那汉子不屑地摆摆手，“可他掐死了石娘子以后，自己突然又不想死了。这不，人就在那儿坐着。”

唐娇顺着他的目光望去，果见一棵梅树后坐着一个人。她绕到那梅树后，看着树下那环抱自己、眼神木然的少年。

陈青生顺着她的绣花鞋一路望上去，最后定格在她脸上，忽然露出谄媚的笑容：“唐姐姐。”

他唤得亲昵，她却心中一冷。

陈青生手脚并用，慢慢爬过来，抱着她的腿，将脸贴过去，亲昵地讨好道：“石姐姐死了，小青姐姐也不要我了，我没地方可去了，你收留我好不好？就像以前那样，给我吃的穿的，教我读书写字……”

“像以前那样？”唐娇笑了，“不可能的。”

陈青生沉默半晌，却没松手，反将她的腿抱得更紧，声音低哑，面目狰狞：“这是你欠我的！要不是你说谎将我骗出地窖，我就不会认识小青姐姐，不会被她骗，更不会掐死一直对我那么好的石姐姐！全是你的错！全是你的错！以后你要代替石姐姐照顾我！”

那汉子见此，正要冲过来拉开他，一袭黑影已经冲出，抬手拎起陈青生，丢垃圾般丢得远远的。

陈青生在地上滚了几圈，磕破了一层皮，立刻“哇哇”大哭起来，满脸憎恨地看向唐娇，凄厉哭道：“你对不起我！你对不起石姐姐！”

唐娇抬手将天机拦下来，望着陈青生道：“我会给你吃的穿的。”

一抹喜色涌上陈青生的脸颊，但唐娇紧接着道：“但我只会给你吃野菜，穿麻衣，睡旧被子，保证你的生活跟从前一模一样，住在哪儿都像住在地窖里。”

“为什么？”陈青生急忙道，“你跟暮蟾宫那么有钱，为什么要这

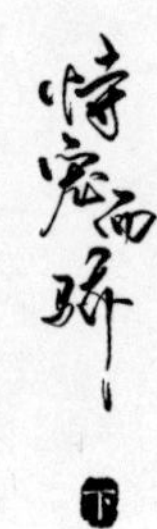

么虐待我？对我好一点不行吗？给我点好吃的好喝的，对你们来说不是很简单的事情吗？”

“我又不是你娘，凭什么对你那么好？”唐娇冷冷道，“包括你父母在内，这个世上，没有任何人应该平白无故对你好。凭什么他们付出心血付出一切，你却能坐享其成不思回报？”

“爹娘对孩子好，这不是理所应当的吗？”陈青生不敢置信地看着她。

“那石娘子是你娘吗？”唐娇道，“她亲手把你养大，比亲娘对你还亲，可你是怎么对她的？你总说她丑，说她老，你有没有想过她也曾年轻过美丽过呢？她本可以丢下你，自己找个人家嫁了，相夫教子生儿育女，虽不富贵但也不会像现在这么苦。”

陈青生沉默半晌，道：“如果不是你们出现，我早晚会和石姐姐成亲，然后生儿育女的，都是你不好。如果不是你给我讲了那些故事，我就不会出地窖，也不会跟石姐姐闹到如今这一步，更不会失手掐死她……”

“我是跟你说了许多神话故事，但我就没有给你讲过历史故事、英雄传记吗？是你不肯听，你只捡你喜欢的故事听。”唐娇摇摇头道，“暮少爷没教过你四书五经、为人处世的道理吗？你左耳进右耳出，上课不听，下课玩乐。你说小青骗了你，但我们没有告诫过你吗？你听过谁的劝？你只是一意孤行。”

“住口！”陈青生怒道，“别把责任都往我身上推！我已经这么可怜，这么惨了，你怎么还这么对我？你怎能这样对我？”

“你很可怜吗？”唐娇“呵”了一声，“你至少还活着，石娘子已经死了。”

说完，她丢下陈青生，往义庄内走去。

地上的草席仍静静放着，草席中的人仍静静躺着，无论陈青生受多少苦，她都不会跳出来维护他了；无论陈青生在外面哭得多大声，她都不会走过去抱着他、拍着他的背了。

唐娇叹了口气，摘下鬓角簪着的茶花，放在草席上。

“这个结局，究竟是谁的错？”她喃喃道，“是你，是我，是陈青生，是天机，是太子？也许我们每个人都有错，但提这些又有什么用？你都已经不在了。”

佳人不在，徒留暗香。

唐娇离开了义庄，不久，暮蟾宫便着人操办了石娘子的丧事，又将陈青生给接了来，但并不和他住在一起，在外面找了个简陋的房子给他住，石娘子留下的遗物都被送了过去，总共也没几样，值钱的就一个用旧的锅子、一床已经长了跳蚤的棉被。

每日有人送吃食给他，但都是些野菜、野果，与他在义庄里吃的没两样，但在义庄里，有石娘子帮他打水做饭，现在他却得自己下厨，被人伺候惯了的陈青生哪里做得了这个？他啃了几天野果，觉得受不了，就跑到暮蟾宫门前捶门叫唤，被门卫赶跑后，又跑到胭脂茶铺找唐娇，结果唐娇是找着了，还找到一个心狠手辣的天机……

暮蟾宫和唐娇会顾念石娘子的旧情，但天机不会，陈青生被他随手料理了一顿，就跑回住处，再也不敢去找唐娇的麻烦了。

饥肠辘辘，陈青生迫不得已，只好自己洗菜做饭。

最后做出的野菜汤半生不熟，他舀了一勺，喝了一口，努力想咽下，但最后还是吐了。

“石姐姐……”他丢了木勺，坐在地上哭道，“你回来啊，我饿了，你快回来，快做饭给我吃啊……”

他的哭声传出院子，传出屋外，却传不到石娘子耳里。

给他送食的人回来，报告了他的惨状，听完以后，暮蟾宫思考片刻，让人下次送野菜的时候，顺便送些可以填饱肚子的米粮过去。

“暮少爷，你可真是个大善人。”唐娇淡淡道。

“我给的是生米，他想吃，还是得自己下厨，”暮蟾宫苦笑一声，对她说，“你是不是觉得我很伪善？”

“我可没这么说。”唐娇走到他身旁，从他桌上的小碟里捡了一颗

樱桃放进嘴里。

“但你心里是这么想的。”暮蟾宫一直以来纯澈无垢的眼中闪过一丝阴晦，“没错，我的确是个伪君子。”

唐娇迅速把樱桃吞进肚子里，关切地问他：“你怎么了，暮少爷？”

“皇上和太子就要开始竞争第二张脸谱了，”他苦笑道，“不过这跟我没关系了……皇上对我很不满，他已将我撤职了。”

“他有什么可不满的？”唐娇不解道，“你不是已经帮他拿到了第一张脸谱吗？”

“能拿到那张脸谱，纯属意外，”暮蟾宫单手捂着脸，沉闷的声音从指缝间传出，“事实上我心里明白，按照我的做法，十年八年都拿不到脸谱，可皇上和太子哪里等得了那么久？别说十年了，三年内他们就会比出胜负，那时候还要脸谱做什么？所以太子那种只追求结果的方法，才是现下最好的方法，我懂，我真的懂……”

“你别这么说，”唐娇急忙安慰道，“要不是你全心全意地帮她，石娘子最后又怎会将脸谱送你？你没有做错。”

“不，我错了，”手指缓缓抠进皮肤内，暮蟾宫捂着脸，低沉压抑道，“怀璧其罪，只要他们手持脸谱一天，就一定会有人跑来欺骗他们，如果我真的为他们好，我就应当用尽一切手段，抢在这些人之前，把他们手里的脸谱弄到手……至少我会补偿他们，我不会在拿到脸谱之后，还对他们赶尽杀绝，但我没有这么做，你知道为什么吗？”

唐娇摇摇头。

他偏了偏头，露出一只痛苦的眼睛，望着她道：“因为我怕损害自己的名声。”

唐娇无言以对。

“表哥是这么对我说的，他说得很对，”暮蟾宫苦涩道，“我明明知道要怎么做，却没有这么做，因为我怕我这么做了，就得担上骗子的名声，甚至会被人骂作不择手段……所以我宁可什么都不做，我宁可牺牲他们，成全我自己……”

见他难过得浑身发抖，唐娇情不自禁地走过去，将他抱在怀里。

“唐姑娘，我帮不了任何人，”暮蟾宫在她怀中沉默半晌，低低道，“我是不是要变得跟他们一样卑鄙才好？”

“不需要，暮少爷就是暮少爷，没必要变成别人。”唐娇垂眸笑道。

卑鄙的事情就让她来代劳吧。

反正她不需要名声，他不想做的事情，她来做就好。

这个世上，每样东西、每个人都会随着时间变质，比如食物，比如感情，比如天机，比如陈青生，又比如她自己。唐娇希望至少有一样东西不要变，希望至少有那么一个人永远不要变。

这个人是暮蟾宫。

她愿意做任何事，来保护他的纯洁无垢。

第十五章 似鹄飞来自入笼

唐娇虽然下定了决心，却一直没找到机会。

暮蟾宫被唐棣解职之后，又恢复到以前平淡清闲的生活，每日在翰林院、胭脂茶铺、宰相府间来回转，被同僚戏称已经提前进入老年期，过得和即将致仕的老人一样。

虽不至于抑郁寡欢，但近几日，暮蟾宫明显有些消沉。

“多跟同龄人来往来往吧，”唐娇试着舒缓他的情绪，“或者跟我去赏花踏青，顺便散散心吧。”

“也好，”暮蟾宫不忍拒绝她的好意，勉强笑道，“听说相国寺的签很灵，我们去求个签吧。”

两人便驾车来到相国寺，日头毒辣，但寺内因栽树多，倒是个乘凉的好地方，三两行人以及一条老狗在树下纳凉，行人手里摇着蒲扇，老狗伸长舌头吐着气。

两人来到求签的地方，供桌上放着红木签筒和红木签，供桌后坐着一个解签僧，穿着灰色僧服。暮蟾宫拿起签筒，左右摇了摇，从里面掉出一根木签来。

只见签诗云：梦中得宝醒来无，自谓南山只是锄。若问婚姻并问病，别寻来路为相扶。

“公子想问什么？”解签僧接过木签道。

暮蟾宫犹豫了一下：“前程。”

“此卦为马超追曹，乃一下签，”解签僧道，“意为梦中得宝，凡事枉费心力也，公子若问前程，则最近一动不如一静，最忌轻举妄动。”

唐娇看暮蟾宫有点郁闷，便拿起签筒左右摇晃个不停，嘴里调笑道：“没事没事，我抽根上上签，然后掰成两半，分你一半！”

一根木签飞出来，只见签诗云：似鹄飞来自入笼，欲得翻身却不通，南北东西都难出，此卦诚恐恨无穷。

这诗看起来怎么有点不吉利！

“姑娘想问什么？”解签僧问道。

“也问前程。”唐娇咬牙道。

“此卦乃秦败擒三帅，也是一下签，”解签僧道，“姑娘若问前程，则前有狼后有虎，近期恐有不速之客登门，导致姑娘进不得，退不能，深陷局中。”

说完，解签僧双手合十念声“阿弥陀佛”，满脸慈悲道：“若想化解此难，只需要向本寺捐献善款八十两……”

唐娇听了，拉起暮蟾宫转身就走。

散心，散什么心啊？真是越散越揪心！

两人打道回府，因暮蟾宫下午还约了人，便在胭脂茶铺门前分手。

唐娇用手扇着风，一边走进茶铺，一边跟里面的茶客们打着招呼。

“唐姑娘，今天说什么故事啊？”

“讲点恐怖的吧，可以消暑。”

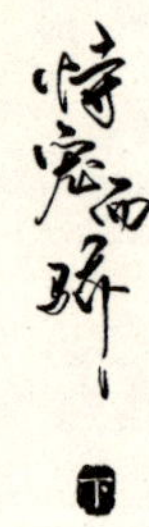

“我会我会，我最会说这样的奇怪故事了，唐姑娘，我来说故事，你把我的茶钱给免了吧！”

唐娇一一回话，不怠慢任何一个人客人，直到看见那人——三四十岁的中年男子，身上穿着一件云纹蓝衣，手腕上系着一串相思结，静静坐在角落里喝茶，虽是喝茶，但眼睛一直温柔地注视着唐娇，却并不开口唤她，直到她注意到他时，他才清雅一笑，说不出的隽永俊秀。

竟是唐娇曾经的东家——商九宫。

“你来做什么？”唐娇的脸立刻冷了下来。

商九宫喝了口茶，笑着说：“听说京城里开了家胭脂茶铺，茶铺主人是个貌美的话本先生，喜欢以茶换故事，便想着会不会是故人……今日一见，果然是你。”

说完，他从袖底摸出几枚铜板来，权当茶钱，放在桌上，然后起身离去，就仿佛今天真是突发兴致，来看一看这铺子，见一见故人。

他身旁的青衣侍从却折返回来，抬手从桌上捡起三枚铜板带走。

“刚刚你家的伙计忙不过来，叫我帮忙送了几桌茶水，”他将铜板塞进袖里，“这就当我的劳务费了。”

“小陆！”唐娇大怒，见他头也不回地离开，只好转头喊，“阿九！你找谁帮忙不好，非要找这个死要钱的！”

不速之客，当真是不速之客！

唐娇顿时有点忧心，不速之客已经应验了，后面是不是要应验前有狼后有虎了？

于是整个下午，她都疑神疑鬼地打量着铺子里的来客。

却不知道，有个人正在暗处打量她。

唐娇没能发现他，因为只要他想把自己藏起来，那两人之间哪怕是面对面，他也有办法让她发现不了他。

他头上戴着一顶斗笠，端着一个小碗，蹲在豆腐郎的担子边上，低头喝着豆腐脑，在唐娇的视线扫过时，他时而不留痕迹地转头跟豆腐郎聊天，时而背过身去，在别的摊子上来回走动，时而混入流动的人群，走上那么几步，等到唐娇收回目光，他又回来了。

豆腐郎已经看呆了，他忍不住学对方的样子，对方背过身，他也迅速背过身，对方扭过腰，他也扭过腰……结果闪了腰。

豆腐郎扶着腰，一边“哎哟哎哟”地叫唤，一边语重心长道：“小伙子，你如果喜欢茶铺老板娘，你就过去喝喝茶，顺便跟她说说话……”

天机抬手压低头上的斗笠：“她不想看见我。”

“已经被人拒绝了啊？”豆腐郎安慰道，“算了，小伙子，我看你一表人才，何必单恋一枝花呢？我家阿花长得憨态可人，你可以考虑一下啊，娶了我女儿，继承我的事业吧，你这腿力、腰力，以及在密集人群中见缝插针行走的能力，简直神了，你绝对是个天生的豆腐郎啊！”

天机沉默不语。

招婿失败，豆腐郎一边招呼客人，一边叹息道：“你要真放不下，就别蹲在这儿了，烈女怕缠郎啊，你多跟人家说说话，多送送礼物，她会回心转意的。”

天机也不知听没听进他的话，沉默半晌，忽然起身离开。

傍晚时分，客人们渐渐散了，铺子里就只剩下唐娇和伙计，一起收拾着桌椅板凳，准备打烊。就在这时，天机提着一样东西进来，捧到她面前。

唐娇一看，气不打一处来，冷冷道：“你什么意思？”

他手里是一把象牙琴头红木琵琶，琵琶背面描着几朵牡丹花，上面散发着淡淡的木香。

“送你。”天机道。

“你滚，”唐娇指着大门喊，“你给我马不停蹄地滚！”

天机被她扫地出门。

附近人来人往，他捧着琵琶，一个人孤零零地在茶铺门口站了好一会儿，才抬脚离开，路过豆腐郎的担子时，随手将琵琶丢给他。

“等等！”豆腐郎的声音从背后传来，但他没有停留。

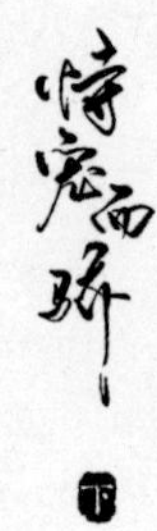

他这些日子以来，虽然一直没在唐娇面前出现，但总是跟在她身后。

明知不可能了，但就是没法放手。

这种不理智的事情，本不该发生在他身上，他有无数理由放弃她，比如说天涯何处无芳草，比如说他们两个性格差距太大，比如她已经变心了……放弃有无数个理由，坚持却只有一个理由。

他相信她还爱他。

天机忍不住自嘲一笑，就为了这么一个几乎不可能的理由，所以他仍徘徊在她身边，犹如藕断丝连，剪不断离不开。

“小伙子啊，你别走这么快啊。”豆腐郎的声音打断他的思绪，他快步跑来，将手里的琵琶递给天机，左右四顾一番，然后压低声音道，“你什么不好送，怎么送人家琵琶？这不是给和尚送梳子，给寡妇送送子观音，活脱脱打人脸吗？快点拿去退了，买点胭脂水粉之类的送人。”

“……老丈何出此言？”天机敏锐地发现不对，“为什么不能送她琵琶？”

豆腐郎狐疑地看了他半晌：“你是真不知道，还是假不知道？”

天机摇摇头。

其实他也有点感觉不对，唐娇已经很长时间没弹过琵琶了，非但如此，她基本不动手做事，除了一些极轻巧的活儿，其他诸如倒茶抹桌的，都由铺子里的伙计代劳，不过这些事他没太往心里去，只知道她从话本先生变成了茶铺老板，养尊处优之下变得有些懒怠了。

更多的，他不愿去想，也不敢去想。

可有些真相，是注定要大白的。

“你这人还真够粗心的，”豆腐郎压低声音道，“胭脂茶铺那老板娘，她的手是断的！你叫一个十根手指提不起一个萝卜的女人去弹琵琶？你真调皮。”

天机觉得自己的血液都忽然凝固了。

他望着胭脂茶铺的方向，久久说不出话来。

连豆腐郎何时将琵琶塞在他手里，然后提担离开的，他都没注意到。

夕阳西下，断肠人在天涯。

天机忽然将琵琶背在背上，快步朝闹市深处走去。

朱红门扉，石狮如洗，白老爷子家门前，两列人马分庭抗礼，见天机来了，一方人马显然松了口气，迎上来道："大人，您可算来了！伪帝的人已经先到了，温侯已经提前进去了。"

天机"嗯"了一声，一边听他们汇报情况，一边走进大门，直至脸谱室。

屋内明烛高照，照亮了四方墙壁上的各色脸谱，也照亮了每个人脸上的笑容，每个笑容都不像真的，更像一张张虚伪的脸谱。

白老爷子坐在蒲团上，脸上覆着石娘子所制的世上最美的脸谱，温良辰和王渊之分坐于他左右，三人齐齐看向天机。

天机朝他们点头示意，然后一路走到温良辰身边，挨着他坐下。

"去哪儿了？"温良辰端着白玉烟枪，慢慢凑过身来，低声问，"怎么来得这样迟？"

天机深深看他一眼："待会儿跟你说。"

他有很多话要问他。

温良辰若有所思地看着他，似乎想从他脸上看出些什么，直到房门再次打开，一名中年男子走进来，他才回过头来，望向新来的那人。

宽衣大袖，衣色靛蓝，襟口纳着祥云纹，腰间悬着双鱼玉佩，低调中透出一股富贵之气，笑起来眼角有微微细纹，但一点也不显老，反而有种历经岁月沉淀的隽永感。

房门在他身后关上，靛蓝色衣裾扫过地上的木板，他一步一步走到白老爷子面前，捧起手中的香木匣。

匣子缓缓打开，露出里面的那张脸谱。

"这就是我们商家代代相传的脸谱，"蓝衣男子——商九宫笑着向

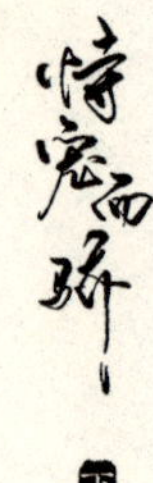

众人介绍道，“世上最昂贵的脸谱。”

那是张镶嵌着无数珠宝的脸谱，躺在深红色的丝绒布上，灯火一照，流光四溢，几乎将天上的星光都压了下去。

“这张脸谱上面一共镶嵌了一千颗宝石，珍珠、玛瑙在这张脸谱上皆属平常，最珍贵的是七颗稀世宝石，”商九宫娓娓道，“这七颗宝石，来自不同的国家，每一颗都得来不易，每一颗上面都有一个故事，且听我为诸位道来。”

温良辰端着白玉烟枪，笑眯眯地抽了口烟，调笑道：“曾有人跟我说过，买东西的时候，绝不能听商家讲故事，一个商品和一个自带传说故事的商品，在价钱上根本是两码事。”

“价格虽贵，但物有所值，不信请看，这第一颗宝石——公主之泪。”商九宫端着木匣，指着脸谱上的一颗祖母绿道，“我商家祖先为开拓商路，曾只身一人，带着两只骆驼、三袋货物，试图跨越魔鬼荒漠，与沙漠里的国家做生意，结果路上遇到沙匪，被他们给劫了。”

王渊之低头喝着酒，心中冷笑一声，天下奸商一般黑，什么东西到了他们嘴里，都要跟祖先扯上关系。

“没有食物没有水，那么要不了多久就会死在沙漠里，我的祖先只好暂时投靠沙匪，替他们做些取水做饭的活计，时间久了，渐渐得到了他们的信任。”商九宫道，“后来有一天，沙匪又抢劫回来，没抢别的，就只有一个箱子，珍而重之地藏在仓库里。箱子里是什么？我的祖先感到十分好奇，于是趁他们喝酒狂欢、醉得不醒的时候，偷偷摸进仓库，打开了那只箱子……然后，你们猜他看见了什么？”

“是什么？”温良辰饶有兴致地问道。

“他看见了一个戴着祖母绿额饰的少女，”商九宫笑道，“这位少女自称大食国的公主阿法芙，并央求我的祖先救她出去。我的祖先同意了，他冒着九死一生的危险，带公主逃离了匪窝，并带着大食国的卫兵过来，将这群万恶的沙匪剿灭，为了褒扬他的功绩和勇敢，大食国国王赏了他一笔财物，并同意与他通商……这才有了以后的沙漠商路，有了现在的商家。”

“那颗公主之泪，就是大食国国王的赠物？”温良辰又问。

“不，是公主的赠物，”商九宫叹息一声，“阿法芙公主对我的祖先一见钟情，本想召我的祖先为驸马，可惜我的祖先心系故国，不忍离开大齐，只好忍痛拒绝了这位美丽的公主。公主当场流下眼泪，但还是尊重他的意思，最后摘下自己的额饰送他，希望他永远记得她。这就是这颗祖母绿的故事，我的祖先将它镶嵌在脸谱上，不但象征了商家的历史，象征了与大食国的友情，还象征了那段凄美的爱情。”

温良辰转头对天机道：“看来我们要买的不是脸谱，是古董。”

“第二颗，龙珠，”商九宫继续发挥奸商本色，他指着下一颗夜明珠道，“这珠子来自我商家的某位长辈，他原先不从商，而是一心科举，只可惜屡试不第，最后成了个落魄书生，又不肯接受家族的接济，以至于家徒四壁，有一天实在饿得厉害，就去水里捕鱼，也是运气好，捕到了一条四斤重的大红鲤鱼……”

王渊之低头喝着酒，心中又冷笑一声，天下奸商一般黑，什么东西到了他们嘴里，都要跟神仙扯上关系。

“是夜，他做了个梦，梦见自己到了水底龙宫，一名龙君热情款待了他，末了送他一颗龙珠，请他放了自家龙孙，”商九宫道，“隔天这位长辈醒来以后，原本以为只是一场梦，但转头却见龙珠放在枕边，于是醒悟过来，将昨天抓到的鲤鱼给放了，夜里果梦见龙君携一名红衣少年过来向他道谢。之后，我这长辈时来运转，不但考中了进士，还娶了娇妻，想来，不是因龙君赐福，便是因这龙珠赐福。”

“好吧，看来咱们不是来买古董的，”温良辰端着烟枪，叹了口气，“咱们是来买仙器的。”

等商九宫把七颗宝石的故事说完，这脸谱就算原先不是最贵的脸谱，也变成最贵的脸谱了。

奸商，奸商！温良辰心中破口大骂，面上却笑得温和：“好，好，这故事真好听，就算为了这几个故事，我也得买下这脸谱了，不知商老

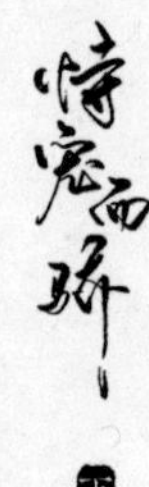

板可愿割爱？若肯，是个什么价钱？”

“虽然这张脸谱是我商家传家之物，但我是个商人，没什么不可以卖的，”商九宫笑容满面，“至于价钱……价高者得之吧。”

奸商，奸商！王渊之心中破口大骂，虽然他不是很在乎钱，但是也不喜欢乱花钱，与其花那么多银子买张没什么用处的脸谱，倒不如直接招兵买马铲除太子党羽来得实际。只是目前局势微妙，在正式开战之前，还需虚与委蛇，至少不能让白老爷子倒向对方，于是只得道：“开价吧。”

“价钱方面，你们回去以后自己谈，”白老爷子抚须道，完全一副甩手掌柜的模样，“但石娘子的事情不要再发生了，老夫年纪大了，不想见血。”

末了，他盯着商九宫，似笑非笑道：“你若胆子够大，也可以趁机讹诈他们……反正富贵险中求嘛。”

“白老爷子言重了，”商九宫合拢手里的木匣，笑道，“这张脸谱，我并不打算收钱。”

“哦？”温良辰问道，“不收钱，难不成要白送？那可是多多益善啊。”

“还请温侯高抬贵手，我家里几百口子还指着我吃饭呢，总不能叫我做亏本生意吧。”商九宫笑呵呵地道。

“开价。”王渊之永远是那么言简意赅。

“无价之宝，实难定价，”商九宫抚着手中木匣，温和笑道，“若是两位真心想要，还请用等价之物交换。”

宴席散了，众人纷纷出了白老爷子家大门，望着商九宫渐行渐远的背影，温良辰“哼”了一声：“既是无价之宝，哪来等价之物？这奸商又在抬价。”

天机敷衍地“嗯”了一声，似乎心思全不在对方身上。待到两人登上马车，车门一闭，再无旁人时，他才开口问道：“大小姐的手断了？”

“哦，是吗？”温良辰心里“咯噔”一声，试图转移话题，“她可真够不小心的，不过现在不是讨论这些事的时候吧？明儿让人送点好药过去，现在我们还是来讨论正事吧。”

“对我来说，这就是正事。”天机打断他道，目光如刀架在他的脖子上。

温良辰沉默地看着他，心想最不妙的情况发生了。

“我让李林去地牢里打探情况，他带回来的消息是，一切都好。”天机紧紧盯着他，问，“这可真是奇了，究竟是谁，有这个能耐，也有这个权利让他对我说谎？”

情况似乎比他想象中的还要糟糕，温良辰竭尽所能地安抚道：“我看是你想太多了，唐姑娘一开始是没什么事，是后来出的岔子……”

“什么岔子？”天机敏锐地捕捉到了他话里的漏洞。

不好。温良辰闭上了嘴。

“……传回来的消息前后分别是：很好，平安，无大碍，”天机的睫毛在眼底垂下一片阴影，“情况真是如此吗？”

“如果不是的话，你打算做什么？”温良辰忽然反问他，“自投罗网？冲进地牢里救她，然后被王渊之逮住，顺藤摸瓜把其他人找出来，导致夜袭一事功亏一篑？”

“就算我被逮住也没什么，”天机道，“万事俱备，不会因为少了一个我，事情就失败。”

“……你这话是认真的吗？”温良辰觉得十分头疼，他凝视着对方的脸，一字一句地问，“你现在是清醒的吗？”

“嗯，我很清醒。”天机觉得自己异常清醒，比任何时候都要清醒。

但正如此，温良辰才觉得更加心寒。

难怪太子听了他对两人关系的描述之后，果断拦下天机派出的探子，让他将假消息传回去。

温良辰起初觉得他没错，自己也没错。

天机对唐娇的感情已经偏离了正轨，他甚至为了她改变了原有计划，比如弄了个玉珠出来，企图用她代替唐娇执行计划，之后又一而再、再而三地拖延计划，为了不让她成为计划中的棋子，他几乎付出了全部努力。

如果他的主人真是唐娇，那做到这一步，温良辰无话可说。

可问题是他的主人是太子，而温良辰知道这一点时，就已经被绑上了他们的贼船，那他便无法坐视这件事的发生。

将此事禀明太子，按计划将唐娇牺牲掉，她死在地牢里才是最好的结局，这个血仇又能算在唐棣头上，天机哪怕是为了复仇，也会对太子更加尽心尽力……可她偏偏没死。

事后为了补救，温良辰不停暗示她已经和暮蟾宫成了一对。

可他没想到，天机明明已经信了，却还是不肯放弃。

这份感情越来越执着，越来越痛苦，越来越扭曲，越来越危险，最后只怕要酿成一壶苦酒，甚至毒酒。

这件事他和太子究竟是做对了还是做错了？

温良辰心中喟叹，也许他们真的错了。

他的错，是没料到天机对唐娇的感情居然如此深，而太子的错，是压根就不知道天机除了忠诚，还有自己的感情，又或许说他知道，但根本不在乎。

但事已至此，已经难以回头。若天机一定要计较此事，追查此事，乃至于深究此事，那他就只好警告太子一声，让他小心天机。

两人一路各怀心事，直到回府之后，一同被太子传唤。

少年太子一如既往地坐在垂帘之后，华服玉冠，气度清贵，美得不近人情。

“太子，”温良辰抢先一步道，“微臣有事禀报。与前次的石娘子相反，石娘子几乎无法被任何东西打动，但商九宫不同，他几乎可以被任何东西打动。”

“哦？”太子声色阴柔，“详细说说这人。”

“经调查，商九宫此人喜欢美人，他的后院里有名门闺秀，有小家碧玉，有艳丽花魁，有清冷歌姬，甚至还有胡姬和高丽婢，除此之外，还养了无数外室，几乎走到哪里，都有软玉温躯暖床。”温良辰娓娓道来，使商九宫的形象渐渐在太子眼中丰满起来。

一言以蔽之，商九宫此人就是个酒色财气的集合体。

他不但喜欢美人，还喜欢珍馐美食，家里有两支商队，专门为他收集天下美酒，另外还养了几百个厨子，做一盘清蒸猪蹄髈要杀一千头猪，猪是用人乳喂大的，只取身上最好的一小块肉。

生活奢侈，挥霍无度，甚至人还没死，就已经请了十几个风水大师，为自己点了一处风水宝地，然后开始大兴土木建造地宫，以便死了以后继续享受。

“他怎么还没被抄家？”太子笑问，“真不知道唐棣是怎么想的，若换了我，知道治下有个人过得比我还像皇帝，我无论如何都忍不了。”

“总而言之，他是个人生赢家，”温良辰总结道，“美人、珍馐、好酒，以及奢侈无度的生活……世人追逐的一切，他都已经享受过了，一时之间，我真想不出他还缺什么。”

太子沉吟片刻，慢慢转头看向那个沉默寡言的男子：“天机，你怎么看？”

“殿下，”不等天机开口，一直在他身边，为他打扇祛暑的青衣婢女忽然跪下道，“这件事情，可否交给青姬来做？”

“你？”太子慢慢低头，俯视脚下跪伏的少女，淡淡道，“上次的事情，我还没找你算账呢。”

“请殿下给我一个将功补过的机会！”青姬双手并在地上，将头重重磕下去，孤注一掷道，“青姬这次保证将脸谱弄到手，否则，愿提头来见！”

“就给她一个机会吧，”温良辰原本冷眼旁观，却不知为何，忽然开口为她说话，“青姬也是锦衣卫，手段并不欠缺，对殿下更是忠心

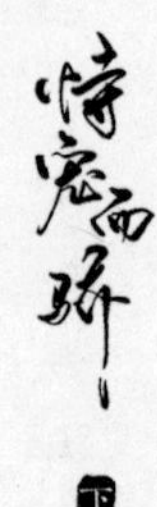

耿耿。上次的事情虽然失败了，但总的来说还算可圈可点。姑且再让她试试，反正这商九宫喜欢美人，由她来跟商九宫交涉，说不定是对症下药。”

天机斜了他一眼，两人目光交汇于空中，擦出点点火花。

太子将这一切看在眼里，心里也有了自己的计较，他虽仰赖天机的能力，却并不喜欢这么个连自己都捉摸不透的属下，想要找个人替代他，却苦于没有适合的人选，如今听了温良辰的话，觉得可以让青姬试一试，于是道：“好，我就再给你一次机会，七天之内，你给我带个好消息回来，否则我就让天机去替你。”

“是！”青姬将头磕在地上，发出重重声响。

虽不知道温良辰为什么要帮她，但这是她唯一的机会！她是太子的枕边人，但却连个名分都没有！她是一名锦衣卫，但现在所有人都当她是太子的侍女，她不甘心，她不愿意被太子玩腻之后，丢到角落里发霉，她一定要成为人上人，一定要取代天机，成为太子眼中不可或缺的那个人！

无独有偶，深宫之中，也有一个女子在心里发出与她一样的呐喊。

“皇上。”玉珠猫一般地伏在唐棣的腿上，一身白衣，上无半点花色，贴着她的身体一路而下，将她凹凸有致的身形勾勒得一览无遗，竟比没穿衣裳更显得诱人，实乃人间尤物。

却见她昂头看着唐棣，发间点缀着几颗珍珠，点点珠光在黑发中闪闪发亮，却亮不过她明媚的双眼，她撒着娇道：“那商九宫是臣妾的旧识，不如让臣妾去游说他吧？”

“爱妃，你在说什么傻话呢？”唐棣如抚宠物般，抚着她的头发道，“你可是后宫妃子，哪能随便出宫，跟外面的男人见面呢？”

“臣妾也不想看见外面那群臭男人，只想日日在皇上身边，跟皇上长相厮守，”玉珠幽幽一叹道，“还不是看见皇上每天都愁眉苦脸的，想要为您分忧吗？”

唐棣丢下手里的奏折，把她抱到腿上坐好，叹息道：“还是朕的小玉珠会疼人……话说你跟那商九宫是怎么认识的？你有几成把握从他手里拿到脸谱？”

“臣妾是胭脂镇人，他在镇子上有个茶楼，臣妾平时无事也会去茶楼里听听书，喝喝茶，偶尔也会跟他说上几句话，”玉珠摇着唐棣，嘟着嘴道，“左右您这也没别的好人选，不如让臣妾试试吧，如果不行，您再换其他人去呗。”

“那……成吧，”唐棣犹豫了一下，但没犹豫太久，便同意下来，“那就给你七天时间，若事情不成，你就回宫来，省得有人说闲话。”

“谢皇上！”玉珠面上大喜，心中却在冷笑。

她在宫里的日子并不好过，唐棣宠她是宠她，但似乎是吸取了万贵妃的教训，对她宠得有限！她位分不高，见了谁都得跪，月例不高，想给身边人发赏钱都发不起，吃喝用度上面也极其寻常，只有一点与别人不同，就是时常被唐棣招至身前，但这反让她更受后宫嫔妃敌视，那群人似乎是怕她成为下一个万贵妃，所以联合起来对付她，让她每日如履薄冰，几乎快要喘不过气来。

玉珠倒是想当第二个万贵妃，但是唐棣压根就不给她这个机会，无论她怎么向他哭诉自己受的委屈，他都只是安抚她，不肯惩罚那群人，更不允许她对那些人下手，导致她们变本加厉。对玉珠提出的提升位分的要求，他更是推三阻四，一会儿说时候不到，一会儿叹她出身卑微，贸然提升位分，很难服众。

每每此时，玉珠都会恨自己的爹、自己的娘，恨自己的出身，她总想，如果她能生在世家就好了，如果她的爹娘更争气一点就好了，如果有个强而有力的娘家给她撑腰就好了。

她没有，但她可以自己去争取。

商九宫是一介商人，他很有钱，但没有权势，这样的人是她可以争取的对象，如果他愿意将钱花在她身上，帮她打点前程，她不介意认商九宫当干爹，彼此荣辱与共，一荣俱荣，一损俱损。

不管怎样，她一定要成为人上人，一定要顶替万贵妃，成为这后宫

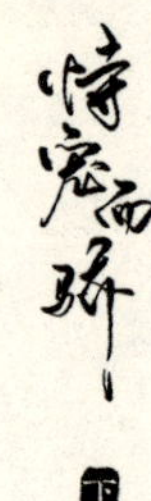

的女主人，穿尽世上最华美的衣服，享尽世间最奢侈的生活！

一张脸谱，百样面孔。

许是这张脸谱上的宝石太多，许是宝石太过剔透明亮，竟如镜子般，将围绕在它身旁的人照得分毫毕现，倒映在宝石中的面孔有的愤怒，有的忧郁，有的疑神疑鬼，有的野心勃勃，有的燃烧着孤注一掷的疯狂。

还有一张面孔，满脸迷茫，不明就里，就像水果篮里突然出现的一只鸭蛋，它觉得自己跟旁边的橘子、香蕉、榴莲不是一路货色，实在不懂自己为什么会出现在这里。

这张面孔，莲脸微匀，宜喜宜嗔，正是唐娇。

她提着灯笼，倚在门前，满脸狐疑地看着眼前的不速之客。

靛蓝色的袖子鼓满夜风，商九宫笑得像黄鼠狼给鸡拜年，对她温柔唤道："娇儿……"

"你认错人了，我是王大胖！"唐娇立刻就要关门。

"何必拒人于千里之外呢？"商九宫伸手插进门缝。

唐娇从门缝里看他，眼神十分不友好。

"久别重逢，不请我进去叙叙旧吗？"商九宫笑道。

"胡扯什么，我们明明是他乡遇故知——仇人！"唐娇瞥了眼门缝间的那只手道，"你有什么事？十个字内说清楚，说不完我夹你手了！"

商九宫用另一只手打了个响指。

青衣小厮打扮的小陆走上前来，将手里的木匣捧向唐娇。

修长的手指慢慢打开盒盖，深红色的丝绒上，镶满宝石的脸谱流光四溢，似乎满天星辰被他摘于手上，献到她面前。

"世上最昂贵的脸谱，"商九宫笑得沉稳温和，眼角细细的鱼尾纹，让他显得更有成熟男子的魅力，即便手里没钱，凭他的外表也足够将未经世故的小姑娘迷倒，"你出价……吧！"

最后一声喊得有些惨，因为唐娇已经关门了。

商九宫夜访唐娇的消息瞒不过其他人。第二天，青姬奉命前来拜访，来时，商九宫正在院子里的桂花树下吃莲子羹，身旁三名侍妾，一个端着玉碗，姿态优美地喂他吃莲子羹，一个倚在他身上，用手帕轻轻为他擦嘴，还有一个身边放着药箱，正在给他的右手换药。

“太子麾下锦衣卫百户青姬见过商老板！”青姬持剑而来，扫了眼他缠着白纱布的手，明知故问道，“这是？”

“被只小猫挠了一下。”商九宫挥手斥退了侍妾。

“是一只叫唐娇的小猫吗？”青姬半步不让，笑得飒爽，“爪子这么利，要不要我来帮着修整修整？”

“不必了，”商九宫哈哈一笑道，“我就喜欢她这种泼辣的样子。”

小陆在他身后抬头看天，翻了个白眼。

青姬有些拿不准他的意思了，只得继续试探道：“商老板真是怜香惜玉，为了讨好女孩子，连那么重要的脸谱都拿出来了。”

商九宫并不接她的话，反问道：“太子决定好了吗？要用什么东西来交换我手里的脸谱？”

“凤凰裘。”青姬立刻道。

“取千鸟之羽，织凤凰之裘，虽名贵，但并非独一无二之物，”商九宫笑道，“世存三件，太子家中刚好有一件。”

“御商之位，”青姬又道，“全国商人以你为尊，代太子采购天下之物。”

“我想，皇上也能给出同样的条件。”商九宫道。

这个难缠的家伙，青姬只得抛出最后一个条件：“那么一县土地如何？听闻商老板很喜欢平安县，无论事情多繁忙，每年都要抽时间去平安县住上一段日子，不如就将这一县土地送你吧。”

“听起来不错，”商九宫闻言笑了，“但这种话，还是等太子殿下登基以后再说吧。”

意思是他没资格分封土地之前，这种空头承诺，就不必提了。

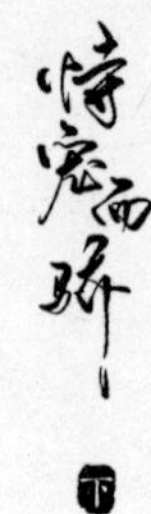

见他软硬不吃，青姬简直咬碎牙齿，她过去以为石娘子已经很难缠了，现在觉得这商九宫也不遑多让。

“既然贵方拿不出让我满意的条件，那这事我们可以暂时放下，以后再提，”商九宫用没受伤的手轻轻抚着缠着白纱布的右手，若有所思道，“在这之前，我有一个小小的要求……”

“什么要求？”青姬连忙问道。

“我想要一样赠品。”商九宫笑道。

事情还没谈成，就伸手问人要赠品，青姬心中有些不满，但没有表现出来。

“不知商老板想要什么？”她心里也着实有些好奇，他已经有钱到富可敌国的地步了，还有什么是他得不到、买不到的？

“这世上总有些东西，是用钱买不到的。”商九宫眼神难得认真了一瞬，又立刻化作一团迷雾，笑得甚为绵软，“若是青姑娘最近得闲，不如替我做个媒吧。”

“啊？”青姬觉得自己在做梦。

“落花有意，流水无情，”商九宫看着自己惨不忍睹的那只手，叹了口气道，“我对胭脂茶铺的唐娇一直很有好感，本欲与之共结鸳盟，怎奈她对我误会颇深……青姑娘，你可愿帮我这个小忙，替我解开这误会，顺便替我们做个媒？”

青姬觉得自己完蛋了，她还年轻，她还没实现自己的夙愿，但她已经患上了严重的幻听，她居然听到商九宫说要请她当媒婆……

“青姑娘？”商九宫的声音稍微拔高了些。

目光有些涣散的青姬这才回过神来，她点点头道：“好吧，我试试看。”

之后她怎么走出商府的，她自己都忘了，只是走了几步，便被人拦下，她神色警惕地抬头，刚要拔剑，便见一辆马车缓缓驶到她身前，车帘微微掀开，车窗内露出一支白玉烟枪，在窗栏上磕了磕。

青姬愣了愣，还剑回鞘，身手极利落地登上马车。

里面坐的果然是温良辰，浑身懒骨似的歪在织花软靠上，修长手指端着白玉烟枪，慢慢悠悠地吐着烟圈。

“谈得怎样？”他闭着眼睛问道。

青姬小心翼翼地在他身边坐下，将刚刚发生过的事情与他说了。

温良辰静静听着，直到她将最后一个字说完，他才开口问道：“你觉得他是什么意思？”

“我觉得他纯粹是在消遣我。”青姬冷笑道。

商九宫的怠慢让她又是愤怒，又是恐惧。这次的机会是她好不容易争取来的，事情成与不成直接决定了她的下半生，她彻夜想出来的三个条件，商九宫理也不理，随便找了件破事便将她打发了……

“你真这么想的吗？”温良辰慢慢睁开眼，“你真觉得他是傻的，在这节骨眼上，用那张脸谱去讨好一个小姑娘？”

青姬愣了。

“商九宫是个商人，商人以利为先，”温良辰语重心长道，“他将脸谱出示给唐娇，说明在他心里，唐娇的地位就算不能跟我们平起平坐，但至少也相差不远，都是有资格跟他做生意的人，唐娇身上肯定有他想要的东西。”

“这怎么可能？”青姬身为太子的贴身侍婢，知道的内幕极多，她皱着眉头道，“唐娇不过是太子手里的一枚弃子，她有什么能耐跟我们平起平坐？”

“商九宫不是叫你过去帮他做媒吗？”温良辰笑道，“她有什么能耐，你正好可以去看一看。”

这倒是个好主意，青姬点点头：“我明白了。”

青姬骨子里有些雷厉风行，想到就要去做，喊停马车，她掀开车帘刚要跳下，忽然面露犹豫，回头问道：“你为什么要帮我？”

温良辰自然不会告诉她，在他有心牵制天机的时候，她刚刚好出现在他面前。但理由这种东西，花花公子张口就来，连草稿都不需要打的。只见他慢慢弯了桃花眼，一笑风流写意，仿佛将整个马车都染

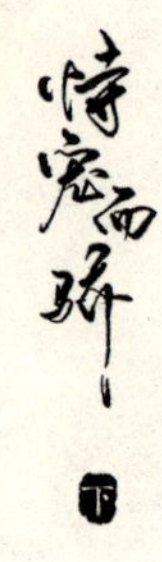

成了桃花色："大约是因为……我与商九宫有个共同的优点——怜香惜玉。"

青姬脸色微红，啐了一口，迅速转过脸去。

"另外，我很看好你，"温良辰的声音从她身后传来，"我觉得你有能力与天机比肩，可不要让我失望了。"

青姬双肩一颤，竟觉得眼中一股热意。

"……谢谢。"她低低说了一声，然后纵身下马，脚步不停地离去。

自她成为太子的贴身侍婢开始，同僚基本上就忘了她这个人，太子偶有任务交给她，也多是嘱咐她利用自己的美色，可她并不想以色侍人，她希望自己能靠本事吃饭，希望自己能因本事而受宠……希望自己能够代替天机，成为锦衣卫指挥使。

温良辰是第一个认同她的能力的人。

她怎能辜负他，怎能辜负自己？

于是她大步流星，一路行至胭脂茶铺，目光在人群中一扫，便寻着了目标。一身嫩黄襦裙，裙摆上绣着黄鹂戏花，容貌甚是姣美，回眸之间竟令人有艳光四射之感，难怪让商九宫念念不忘。

今日茶铺内人满为患，但青姬仗着自己有功夫在身，手底暗暗使力，将拦路的都拍到一边，犹如抽刀断水般，硬生生分出一条直线，然后一路走到唐娇面前，伸手扣住她的手腕。

"是你？"唐娇已认出来人。

青姬对她没什么好脸色看，她向来讨厌妖妖娆娆的女子，觉得这种女人恬不知耻只会靠脸吃饭。知道商九宫被唐娇迷得神魂颠倒，如今又见她在茶铺里卖笑，心下已将唐娇当成那种女人，鄙夷之下，手上的力气更是大了三分，一边将人往茶铺外面拖，一边不容置喙道："随我来，我有话要跟你说。"

唐娇一边朝店里伙计使眼色，一边抱着她的胳膊大声喊道："你死心吧！我是不会帮你遮掩丑事的！"

青姬脚步一顿："你说什么？你再说一遍！"

她不让唐娇开口还好，她让唐娇再说一遍，唐娇立马就跟吊嗓子似的喊道："你这厮抢了人家的未婚夫婿不说，还骗光了人家身上所有值钱的东西，害得男方穷困潦倒，还害得女方一时想不开自尽了，你怎还有脸来封我的口？"

她有心将水弄浑，故意说得极为大声，将茶铺内外的人都吸引了来。

面对众人的指指点点，青姬简直气炸了肺，她冷冷道："红口白牙，却只知道血口喷人，看来今天是饶不得你了，跟我来！"

来者不善，善者不来，唐娇怎可能跟她走，那不是肉包子打狗有去无回吗？她立刻绞尽脑汁拖延时间："你该不会是想杀人灭口吧？哎呀，救命啊！"

有些茶客看不下去了，拦了青姬的去路，一时间指责声更多，一些碎嘴的大妈几乎是指着青姬的鼻子唠唠叨叨道："都是妈生的，你怎么做得出这样的缺德事，莫非你妈不是人？"

论骂街的艺术，当朝状元都骂不过街头大妈，青姬有心辩解，但很快就发现对面的大妈们简直深不可测，决定还是换个道行浅些的对手，于是转头对唐娇道："够了！你哥哥看不得你每日倚楼卖笑，为你张罗了一门婚事，你速速跟我回去！莫要为了拒婚，就随便往我身上泼污水！"

"你这骗局早就过时了，假扮家长，掳掠无亲无故的孤女拿去卖，这不是五年前流行的招数吗？"唐娇笑嘻嘻道，"况且我也没往你身上泼污水啊，苦主陈青生就住在隔壁那条街，我让人把他叫来，跟你对质如何？"

听到这个名字，青姬顿时没了言语。

她的确将他从石娘子手里抢了过来，又的确骗走了他身上最值钱的东西——菩萨脸谱。即便她想矢口否认，她与他手牵着手在街上走的画面，却已落在很多人眼中，偏生这陈青生长得太过鬼斧神工，只要看过

他一眼的人，下一次见到，一定能轻而易举地将他认出来……也顺带将她给认出来。

青姬满嘴苦涩，她并不想做这事，还不是太子的命令。可她也只能在心里发发牢骚，断不敢说出嘴，以免传到太子耳中，于是只能咬牙辩解道："陈青生自己嫌丑爱美找上了我，与我有什么关系？一个男人若想在外面找女人，即便不找上我，也会找上别人。至于他家娘子的死，就更与我没关系了，石娘子分明是被他亲手掐死的！"

"哈哈，就凭他？"唐娇"哈哈"一声打断她，"石娘子那等力拔山兮气盖世的人物，手里提把柴刀的时候，连杀人犯见了她都要绕道走！似陈青生这等瘦猴，石娘子一根手指头能碾死十个，你说她会被陈青生掐死？你还不如说她是吃饭噎死的！"

人群里也有人是认得石娘子的，回忆起她那张阴森的面孔，以及威武雄壮的身躯，不由得点头道："嗯，说得不错，石娘子除非自尽，否则区区人类是杀不死她的。"

青姬险些被这些不讲理的围观人士气死。

唐娇一副小人得志的样子，对她"嘿嘿"直笑，心里却问心无愧。

在她看来，石娘子的确是自尽的。

明明一只手就能把陈青生捏死，明明只要一个念头就能活下来，可她放弃了抵抗，心甘情愿地死在那个她亲手养大的孩子手里，这不叫自尽，什么叫自尽？

这时候被她打发出去的铺子伙计也回来了，还带来了救兵。

"唐姑娘！"暮蟾宫带着人急匆匆地赶来，将唐娇护在身后，警惕地看着青姬，"原来是你，你找唐姑娘有什么事吗？"

事情闹成这样，青姬也不好待下去了，她望着侥幸逃过一劫的唐娇，危险地眯起眼睛，冷笑道："倒是小看了你，下次见面，定不会再听你废话。"

说完，她用剑格开人群，头也不回地离去。

暮蟾宫面色凝重，回头询问："她来找你做什么？"

唐娇摇摇头，她也是一头雾水。

暮蟾宫沉吟片刻道："今天茶铺不要开了，先回家休息吧，我去找人问问，看看究竟是个什么情况。"

"嗯，我听你的。"唐娇点点头，给茶客们赔了不是之后，便关了铺子，早早回家等消息去了。

她的屋子布置得清雅但不华丽，虽然双手已废，但桌上还是习惯性地放着文房四宝，同样是习惯使然，唐娇在书桌边坐下，从山形笔架上取下一支狼毫，没有蘸墨，就这么随意地在宣纸上写写画画着。

唐娇有事想不明白的时候，就喜欢这么乱写乱画。

一双黑色靴子出现在她身后，无声地走近她，然后，熟悉的嗓音在她耳边响起："她是来当说客的。"

手往桌子上一拍，唐娇跳起身来看着对方。

两人四目交接片刻，天机扫了眼她背在身后的右手，平静道："手麻了吧？"

唐娇努力不让眼眶里的泪水流下来，她这不是一激动，忘了自己手残吗……

"手给我。"天机朝她伸出手。

唐娇后退一步，不肯接受他的好意。

天机缓缓收回手，也许是她的错觉，她觉得他看起来有一瞬间的黯然。

那黯然转瞬即逝，天机又恢复到往常面无表情的样子，对她道："青姬是替商九宫来当说客的，商九宫对你还没死心，他希望能纳你为妾。"

"她不是太子的人吗？"唐娇奇道，"为什么要帮商九宫做事？"

"商九宫手里有一张脸谱，"天机淡淡道，"世上最昂贵的脸谱……她现在的任务就是不惜一切代价得到它。"

"原来如此，"唐娇上下打量他，眼中充满怀疑，冷笑道，"你为什么要告诉我这些？你跟青姬是二人转组合啊，一个跟我唱黑脸，一个

跟我唱白脸？”

天机深深凝视她，自肺腑之中，发出声音：“我想保护你。”

“哈！我为什么要相信你！”可唐娇已经不再信任他了，无论他说什么，在她看来都是鬼话连篇，她看他的眼神也不再有爱，里面只有露骨的猜忌和怀疑。

“不需要信任我，”天机注视她的双眼，艰涩道，“只需要随意使唤我就好。”

又是这样的话。

又想接近她，利用她拿到脸谱，然后抛弃她。

唐娇一下子怒火中烧，桌上放着一杯茶，茶水极烫，她还没来得及喝，听了天机这番话，她伸手把茶盖揭了，将水点桃花的杯子举高，冷冷笑道：“你要我随意使唤你？好，你站着别动！”

天机望着她，身姿笔挺，犹如石像，当真一动不动。

唐娇不知道自己是不是被怒火烧晕了头，但此时此刻，她心里就一个念头——她不信他不躲。

于是她倾了杯沿，任由滚烫的茶水浇下。

他站在她面前，没有避没有让，只轻轻闭上眼睛，任由茶水劈头盖脸地淋下，总是冰一样的面皮，竟一下子被烫红。

唐娇愣住了，还有半杯茶在杯子里，却怎么也淋不下去。

为什么这么蠢，为什么这么蠢，为什么这么蠢……

唐娇不知道自己心里在骂谁，只是手一抖，杯子就落在地上，摔成碎片，她拽着天机的袖子，一路将他拉到后院，院子里放了个水桶，里面冰了个西瓜，她没好气地喊道：“过来！”

天机走过去，顺着她的意思蹲下。

唐娇拿起桶里的木勺，一勺子一勺子地从桶里舀水，又一勺子一勺子泼在他的头上、脸上。

“我想去地牢找你。”水顺着天机的脸颊滑落，他闭着眼睛道。

唐娇的动作顿了顿，然后继续往他脸上泼水。

“但探子骗了我，”天机道，“他们说你没事，说你一切都好。”

“我不好，我非常不好，”唐娇出言打断道，“你一次也没回来看我，你跟我说的话也没几句是真的，所以你别跟我说对不起，我永远都不会原谅你。你也不要跟我说什么随便使唤你之类的话，因为我不会感激你，我真的只会利用你……”

“这样就够了，”天机慢慢睁开眼，睫毛上还沾着水珠，温柔而悲伤地看着她，“我很高兴，我对你还有利用价值……这样，我就能继续留在你身边吗？”

唐娇先是一愣，然后唇角渐渐扬起，最终抑制不住地大笑起来。

说不清为何发笑，或许是嘲弄，或许是喜悦，又或许是终于等到这一天，风水轮流转，不再是他折磨她，而换她来折磨他。

“好啊，这可是你自己说的！”她拽着天机的衣襟，面带微笑，两眼闪闪发光，“你送上门来让我虐，我是绝不会手软的！是不是只要能待在我身边，我让你干什么都行？”

“除了让我杀太子，其他什么都可以。”天机平静地道。

唐娇心里的喜悦之情顿时消了大半，一把推开他道：“那太子让你来杀我呢？”

“我不会让这件事发生。”天机斩钉截铁道。

如果被任何一个熟悉他的人看见此幕，都会惊得眼珠子都掉下来，包括天机本人在内，他过去从来不知道会有这么一天，会有那么一个人，在他心中与忠诚等价。

可唐娇还是不满足。

她恨天机，但更恨太子，有时候她会忍不住想，若是没有太子的话就好了，那她就能跟天机长相厮守，他们之间的一切误会和坎坷都不会发生。

天机越不想让她动他，她就越想动一动那位太子殿下，即便不能杀他，也要给他找些麻烦。

“如果我要商九宫手里的那张脸谱呢？”于是她莞尔一笑，就像过

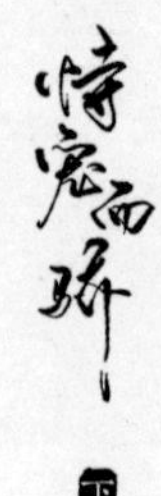

去那样，抱着天机的手臂道，“你会给我吗？”

曲径通幽处，禅房花木深，一记钟磬声响起，回荡在幽静的寺院当中。

大雄宝殿内，商九宫双手合十，跪在蒲团之上，露出腕间的红色相思扣来。

一名白衣女子在侍女的搀扶之下，跨过门槛，在他身边的蒲团上跪下，斗笠上垂下层层白纱，将她的面容笼在一层朦胧下。

“商老板在向佛求什么？”她同样双手合十，却不曾看佛一眼，目光潋滟，全凝在商九宫身上。

商九宫慢慢睁开眼睛，笑道：“娘娘又在向佛求什么呢？”

两人相视一笑，然后齐齐起身，朝寺后厢房走去。

领路的僧人笑如弥勒，态度极为热情，原因无他，商九宫每年都要给寺院捐很多钱，故在许多僧人心里，商九宫不是人，他是一名会行走的散财童子……

将他们两个领到厢房之后，僧人便知情识趣地离去，两人的侍卫、侍女也都留在门外，玉珠摘下头上的锥帽，环顾四周道：“倒是个清净地方，商老板平日就喜欢来这里参禅悟道吗？”

禅房内有僧人摆放的茶具，商九宫坐下，一边沏茶，一边笑道：“参来参去，还是一身铜臭。娘娘也是为那脸谱来的？”

玉珠微微一笑，挨着他坐下，柔声道：“你既然知道了，还不快点将脸谱拿出来，给我看看。”

“娘娘请自重。”商九宫笑道，却并不推开她，任由她将脸颊靠在自己肩上。

玉珠一脸娇羞地垂着眼眸，纤纤玉指却如织网的雌蛛般，顺着他的腿一路到胸，然后圈圈点点起来。

商九宫一把握住她的手，也不放开，低着头对她笑。

若说玉珠是雌蛛，那他就是雄蛛了，这两人一路货色，贪婪好色，野心勃勃，并且同样擅长利用自己的姿色俘获异性，以便达到自己的目的。

玉珠头一次碰到这种类型的男人，觉得有些惊险，有些刺激，还有些口干舌燥，但她并没忘记正事，反握住他的手，笑着说："唐娇哪点比我好，为什么你总向着她，却不肯看看我。"

"你还是老样子，"商九宫抚着她的玉手，笑道，"只要是你姐姐有的，你就一定要抢到手。"

"这能怪我吗？"玉珠叹了口气道，"记得小时候我第一次见到她，她穿着绫罗绸缎，头上还戴着两朵很好看的粉花，我可喜欢了，伸手问她要一朵，她理都不理我。"

不过事后她还是得到了那对粉花，因为她转头找爹哭诉，爹二话没说，夜里就从周明月的首饰盒里将那对粉花偷了来，送给她戴。

"现在你再也不必羡慕她，"商九宫温情款款道，"你现在已经贵为娘娘，而她依然是茶铺里一个朝不保夕的说书先生，她有的你都有，她没有的你也有。"

"我哪是羡慕她，我是恨她。"玉珠笑道，"她看不起我，就像她娘看不起我娘。枉我喊她一声姐姐，她手里的好东西从来不肯分我，既然如此，我只好自己去取咯。"

她一边说，一边将商九宫的手拉到唇边，用鲜红的舌头与唇，玩弄着他的手指，一双幽黑的眼望着他，充满诱惑道："她能给你的，我照样能给你，与其将脸谱给她，倒不如给我，你说呢？九爷……"

她犹如一根已经隐隐起了火星的干柴，只需他轻轻吹口气，便能烧起烈火。

商九宫却轻轻推开了她，似笑非笑道："你要的真的是脸谱？"

玉珠顺势坐倒在地，摆出一副任君采撷的姿态，撑着脑袋对他笑道："你要的真的是唐娇？"

两人再次相视而笑，别有心机，各怀鬼胎，此时无声胜有声。

"起来吧，"商九宫笑着，眼角荡开微微细纹，朝她伸出一只手，"咱们来仔细合计合计，你来帮我一个忙，我也帮你一个忙……"

外人并不知道商九宫与玉珠谈了什么，只知道他们之间相谈甚欢，临走，商九宫还送了她不少礼物。

这让青姬的处境变得更为艰难。

太子对她的耐心极为有限，她不得不几次三番地拜访商九宫，提出一样又一样条件，被他一次又一次拒绝，最后她再也拿不出像样的东西，只得将目光重新投到唐娇身上。

汲取了上次的教训，这一次她本打算直接付诸武力，于是半夜潜入唐娇家，用烟管戳破窗户，她刚打算将里面的迷烟吹进去，“噗”的一声，对面不知道谁居然抢在她前头，把烟倒吹出来。

青姬两眼一闭，倒在地上人事不省，第二天发现自己被人安了入室偷窃的罪名，丢在牢里，被人赎回去后，不得不面对太子阴云密布的脸。

第二次她弃了迷烟，只提一把绣春刀和几样便于携带的刑具过去，打算先给唐娇一些颜色看看，之后便可轻易叫她屈服。岂料刚刚摸黑进屋，对面就扑过来一人，青姬莫名其妙就跟对方打了起来，然后乒乒乓乓……又把衙役给引了来，嘴里还不停喊“采花贼”！

若她被人安了这个罪名丢进牢里，太子肯定任她自生自灭，绝不会再赎她。青姬只得拼了老命逃出来，然后将绣春刀往地上一摔，暂时绝了以武力相逼的念头。

好女不吃眼前亏，第二天傍晚，青姬直接携了礼物登门造访，打算动之以情，晓之以理，不料有人捷足先登，商九宫竟抢在她前头来访。

青姬在门口徘徊许久，最后随手将手里的糕点丢给了路边的野狗，自己则轻车熟路地潜入唐娇家里，决定窃听一下他们两人的对话。

夜幕低垂，她的身影轻巧如猫，踩在唐娇家屋顶的瓦上，伸手揭了几片破瓦，然后俯视里面坐着的三个人。

在青姬落脚的那一刻，小陆忽然放下手里的桂花糕，转头对唐娇道：“喂，你家有老鼠，要我帮你打死吗？”

“多少钱？”唐娇很清楚他的为人。

“友情价，一百两吧。”小陆理所当然道。

“你抢啊！”唐娇大怒，“还是让老鼠淹死在我家米缸里算了！”

小陆用看穷鬼的眼神看了她一眼，摇摇头，转向商九宫道：“你呢，需要我灭鼠吗？”

商九宫思忖一番，然后笑着摇了摇头。

没人付钱，小陆可不会白做工，眯起细长的眼，轻描淡写地扫了屋顶一眼，便重新低下头，吃起手里的桂花糕来。

屋上的青姬心中为之一寒，小陆一眼扫来，她浑身汗毛竖起，这种眼神她见过，那是顶级刺客的眼神，杀人如麻，无血无心，万幸屋里没人肯出钱，而没人出钱，刺客是不会动手的。

“咱们继续，”商九宫道，“娇儿，嫁给我吧。”

“门在那边，好走不送。”唐娇指了指大门。

“这次可不是让你当妾，”商九宫倾身看着她，柔声道，“是正室。”

“……你晚上吃错什么了，怎么变化如此之大？”唐娇狐疑地看看他，“你不是铁了心要娶一个身份尊贵、出身不凡的女子当正室吗？”

“你还不明白吗？”商九宫喟叹一声道，“你道我为什么要远离京城，四处奔走？你道我耗费巨资，满天下在找谁？你道我空悬正室之位那么多年，究竟是为了谁？”

他忽然握住唐娇的手，满眼激动地看着她道：“是你啊！”

“等等，我鸡皮疙瘩出来了，你让我缓缓。”唐娇抽回手，然后不留痕迹地往大门边上靠，准备事情不妙，就立刻夺门而逃。

商九宫的表演在她眼里，还真就只是表演，她早从天机和暮蟾宫那里得了商九宫的资料：家里有一百零八房小妾，最大的儿子跟她差不多大，最小的女儿上个月刚出生……唐娇听完恨不得捶胸自问，当初她到底瞎了几只眼，才会信了他的鬼话，以为他是真心喜欢她的。

商九宫也许有真心，但那真心起码被分成了一百零八份。

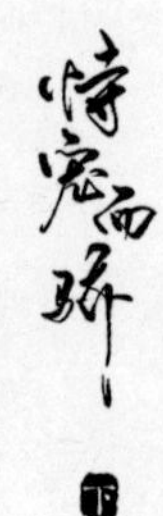

也有可能从未给过别人，那颗心从头到尾完完整整地爱着他自己。

“你已经知道了？”唐娇望着他道，“知道了我那劳什子的公主身份。”

“商家与王家、白家一样，也是先帝安排下来的托孤之臣，”商九宫扼腕长叹道，“可惜我得到消息太晚，等我准备妥当，要去支援先帝时，先帝已经遭遇不幸，我势单力薄，哪里是唐棣的对手，只得先隐忍下来，然后四处寻找你的踪迹……却不想众里寻她千百度，那人却在灯火阑珊处。”

唐娇内心十分庆幸，还好他没有找到自己，否则她如今搞不好已经嫁了，然后每天一睁眼，就要面对梁山好汉那么多的姐妹，还要被几十个或大或小的孩子喊妈……此情此景，光是想想就不寒而栗啊！

“天意如此，天意如此啊，商老板不必介怀，哈哈！”唐娇心情愉悦到笑出声来，她突然觉得老天爷对她还是挺不错的，虽然让她的初恋栽在商九宫手里，但至少没让她一栽到底。

商九宫原本是想晓之以情的，但见她嘴都要笑歪的样子，便知道事不可为，心里有些后悔，早知如此，当时在胭脂镇时就不该玩什么小情调，直接拿下她多好？如今他只得收敛起虚情假意，公事公办地对她道：“好吧，以前的事情咱们就不要提了，来说些正事吧。”

“太子可不认我这个妹妹，我只是唐娇，不是公主，”唐娇已经知道他在打什么主意，不等他开口，就开始堵门关窗，“你娶我，半点好处都没有。对了，你女儿那么多，不如试试跟太子当亲家吧。”

她也是随口一说，哪知道商九宫竟认真回答：“商人卑贱，我的女儿就算嫁过去，也只能当个妾，没什么地位不说，太子说不定还会以此为由让我出钱出粮出兵器供养他。而他即便打赢了，我和女儿也分不到太多好处，仍会因商贾身份受排挤，这样的亏本买卖，哪里能做？”

唐娇听得无语。

她第一次发现商九宫是这样厉害的商人，他身边的一切，包括他的女儿，在他眼中都是明码标价的商品。

“我也给不了你好处啊。”能给也不给，唐娇不大想跟他扯上关系。

“不，你可以，”商九宫正色道，“太子和皇上无法共存，但你可以！皇上膝下无儿也无女，你只要认他为父，他自然不会为难你这女流之辈，到时候你就是齐国长公主，荣华富贵，享之不尽，高高在上，凡人不可仰视！”

说到这里，他对她微微一笑，声音低沉温柔，充满诱惑：“当然，这事要做成，还得靠我，万幸我手里有这张脸谱，刚好可与皇上谈上一谈……娇儿，这是关系你终身的大事，你要考虑清楚。”

屋檐上的青姬听到这里，已经遍体生寒，只觉一刻也待不下去了，她要立刻把这事告知太子！

她行色匆匆地离开，几乎是一路狂奔回了太子居处，所幸太子此刻还没就寝，听说她有紧要情报禀报，便召她进了书房。

两人之间隔着一张垂帘，青姬跪在地上，将今夜探得的消息与他说了，然后垂首道：“殿下，请下指示。”

“哼！”太子将手里的书狠狠掷在桌上，面色不善道，“这个贱人！我可是她唯一的亲人，她不帮我的忙，居然还要拖我后腿！真叫我忍无可忍！来人，传天机来见我！”

侍卫领命而去，结果竟一去不复返……太子足足等了一个时辰，其间还吃了一份夜宵，天机才姗姗来迟，对他拱手道：“太子深夜寻我，有何吩咐？”

“深更半夜，你不在屋里睡觉，跑哪里去了？”太子冷冷看着他。

天机沉默片刻，面不改色道：“左右无事，出去找些乐子。”

太子上上下下打量他，不大信他这话：“你也会找乐子？”

在他的记忆里，天机要么在做任务，要么在做任务的路上，要么就是在锻炼武艺准备做任务。总之在太子眼中，天机身上一点人气都没有，压根就是个会说话、会走路、会消耗粮食的兵器，他很难相信一把

刀或者一把剑会自己跑出去找乐子。

“是男人，总会有这方面的需要的。”天机平淡地回道。

太子哑口无言，觉得他说得很对，可又觉得哪里不对……

“算了，”跟他讨论这事实在别扭，太子索性不再追究，目光透过垂帘落在天机身上，对他说，“现在你有任务了，天机，我要你去杀一个人。”

“谁？”天机问。

“我的妹妹——”太子淡淡道，“唐娇。”

第十六章 不速之客夜里来

这天夜里，唐娇梦见天机走到她身边，对她说：“太子让我过来杀你。”

这真是个噩梦。

结果她猛一睁眼，就看见天机手里提着一柄剑，站在她床头，透过微微晃动的帐幔，面无表情地俯视着她。

万幸他手里的剑没出鞘，否则她连逃命都省了，直接就吓晕过去了。

“衣服都不穿，往哪儿跑？”天机将她从窗口提了回来，放回床上，然后拉了张凳子过来，坐下道，“天还没亮，你可以多睡一会儿，早饭我来做。”

“……断头饭的话，我不想吃得太清淡，”小命休矣，唐娇决定为自己谋最后的福利，“至少给我一只烧鸡。”

一束白月光穿过雕花窗，自他肩头，滑落到她的脸颊上。

“我不会杀你，”天机伸出手，冰冷的手背，慢慢贴上她温暖的脸颊，“也不会让别人杀你。”

在那一刻，唐娇望着他道：“别碰我。”

手指顿在空中，天机望着她，无声微笑。夜色低垂，看不清这笑容是自嘲还是悲哀，只见他缓缓将那只逾矩的手收回，抱紧怀中长剑，坐在椅中，守在她身旁，不言不语，不离不弃。

云母屏风烛影深，长河渐落晓星沉。嫦娥应悔偷灵药，碧海青天夜夜心。

是夜，唐娇睡不安稳，太子等得焦急，三天之后，他耐心耗尽，令青姬前去探看一番。青姬得令，把能带上的暗器都带上了，但仍觉不保险，不禁摸着手中小刀，叹息道：“风萧萧兮易水寒，我一去兮……不知道能不能活着回来……”

连天机都一去不复返，看来唐娇身边定然有埋伏，天罗地网，杀机四伏，以至于连天机那种人都有去无回。

打起十二分精神，青姬趁夜而来，翻过女墙，来到唐娇家中。

一路有惊无险，等她摸到唐娇窗沿下时，早已紧张得浑身是汗。

烛火透窗明，纸糊的窗面上倒映着一个人影，侧身坐着，曲线婀娜，手里拿着一把梳子，正在梳头。

青姬等了好一会儿，见屋内无人说话，似乎只有唐娇一个人在，便舔了一下拇指，小心翼翼地戳破窗户纸，朝里面张望。

闺房秀雅，一张垂着杏色帐幔的架子床，旁边的梨花木桌上放着一张黄铜镜，以及一个两层的妆奁，一层微微打开，露出几朵或牡丹形，或桃花形的绢花来。

靠窗处放着一张红木贵妃榻，瑞草卷珠外翻球式直腿，牡丹雕花繁复美丽，唐娇似乎刚刚洗完头，她歪在榻上，指尖握着一把桃木梳子，梳齿插进湿漉漉的发里，一下一下向下梳着。

而贵妃榻前，单膝跪着一名男子，单手捧着她的一只赤足。那足小巧，放在他宽大的手心里，堪堪一握，犹如白鸽。

他眼眸低垂，另一只手揉上纤细脚踝。

唐娇“啊”了一声，声音巍颤颤的，分不清她是痛苦还是快意，只是迅速闭了眼，别过脸去。

这旖旎景象落在青姬眼里，她觉得自己心里有什么东西正在土崩瓦解。

那个她一直在追逐的人，那个遥不可及的背影，那个最强的锦衣卫，那个世上最冷漠无情，也最无所不能的人，他怎能露出这种表情？他怎可如此卑微低贱？他怎能屈从于一个女人？他怎能做出这样的事！

“天机！”青姬踹门而入，夜风吹起她的青丝，她用一种极其失望的目光看着里面那奴仆般的男子，“你要背叛太子吗？”

天机头也不回，仍揉着唐娇的细足道：“没有。”

青姬盯向唐娇道：“那你还不动手？”

“现在不是动手的时候。”天机仍然头也不回道。

青姬冷笑一声，拔剑朝唐娇刺去：“那就让我来帮你一把。”

剑光湛湛，化作一道青光，笔直地朝唐娇射去。

天机抬起手，动作不快不慢，两根指头一开一合，便将那道青光夹在指缝间。

“大小姐不适合这种死法。”他背对着青姬，声色平淡。

青姬背脊生凉，问他：“那她适合什么死法？”

天机想了想，回道：“老死。”

青姬：“……”

天机忽一用力，青姬只觉手心一疼，再看之时，宝剑已然易主，被他夺了去。见他手握剑柄，转身刺来，青姬只觉得眼前一黑，心中一片绝望。

“铿锵”一声，天机那一剑并没有刺穿她，而是精确无误地刺进她的剑鞘里。

青姬僵立原地，在鬼门关上转个来回，她浑身已被汗浸透，好半

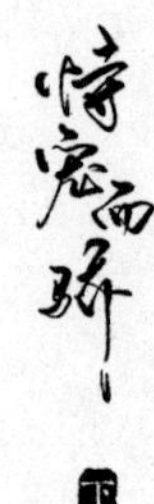

晌，才干涩道：“今日之事，我定会一字不差地告诉太子。”

“你以为扳倒我，就能取代我？”天机淡漠的目光直刺她的心底，“你未免太高估你自己了。”

青姬脸色一白，眼中闪过心事被戳破的尴尬，被人当面嘲笑的恨意，以及恨不得杀之后快的怒意，她深深看了天机一眼，然后头也不回地离开了。

“她恨死你了，”唐娇目送她离开，转眼望着天机道，“她以后肯定会处处针对你。”

“针对我，总好过针对你，”天机走过去将门关了，“现在信了吗？太子想杀你，今天是青姬，明天是别人，刺客会一拨儿一拨儿地来，试图摘了你的脑袋。”

唐娇双手撑在贵妃榻上，想要站起来，却脚踝一疼，跌坐回去。

“别再翻窗逃跑了，省得像夜里一样，差点摔断腿。”天机走到贵妃榻前，单膝点地，握住她那只受伤的足，用手指匀开药膏，一边揉捏着，一边垂眸道，“待在这里，我会保护你。”

“那你自己怎么办？”唐娇歪着脑袋，俯视他道，“你公然违抗你家主子的命令，就不怕他赐你白绫一条，命你速速自挂东南枝？”

“你在关心我？”天机抬眼看她。

因她一点小小的关心，他便露出心满意足的微笑，这笑容搅得唐娇心里一乱，但立刻硬起心肠，冷哼一声，别过脸去：“自作多情，谁关心你啊？我是关心我自己……明天我就去找暮少爷，让他借我三百监市防身！”

监市又叫城管，作为齐国神秘准军事组织，其在老百姓眼中充满力量，据说三千监市足以统一天下，想来三百监市也足够对付太子派来的刺客了。

所幸青姬人已经不在这儿，若听见她要以监市来对付她，即便知道她是戏言，也得气得吐血三十升。

青丝飞扬而起，青姬一路脚步不停，奔回温府，正要去寻太子，却在长廊拐角处撞上一人。

白玉烟枪被她撞落在地上，那人踉跄着退了几步，一边俯身去捡烟枪，一边无奈道："怎么这样不小心？"

"对不起！"青姬一边说，一边俯身去捡烟枪。

结果额头碰着额头，手指触着手指。

青姬愣了愣，然后被火烫了似的弹开。

"怎么了？"温良辰蹲在地上，没捡那杆他深爱的白玉烟枪，而是抬头看着她，目光温柔，关切地问道，"被我撞疼了吗？"

走廊上一路挂着灯笼，风过灯动，灯动心动，那灯笼仿佛七夕节时放在河水中的花灯，一盏一盏汇成光带，飘在温良辰的头上，照得他浑身明亮。

埋藏在心底的委屈涌了上来，她不知怎么了，突然很想对他倾诉一切，觉得倾诉过后，他会安慰她、指点她。于是她握紧手里的宝剑，低声道："温侯……我该怎么办？"

温良辰闻言，打了个响指，身旁的侍从便退到十几步开外，能看见他们，却听不见他们说话。

"出什么事了？"他温柔问。

"是天机，"青姬咬牙切齿道，"他背叛了太子！"

说完，她将今天晚上看见的事情一五一十地说给他听。

"我打不过天机，"青姬又黯然又恼怒道，"为今之计，只有请太子调集人马，先将叛徒杀了，才能杀唐娇。"

温良辰可不认同她这话。

在他看来，天机其实并没打算背叛太子，但他同样不打算背叛唐娇，这两人对他而言同样重要。可若是再逼下去，他就不得不在两人之间作出选择，若他选择太子还好，若他选择唐娇怎么办？真是平白树一大敌，身为己方举足轻重的人物，他手里几乎握着所有人的资料，知道每个人的弱点，甚至知道接下来的每一个计划，若他反过来对付他们，结果将不堪设想。

想到这里，他忽然抽抽鼻子："咦，什么味儿？"

青姬愣了愣，然后迅速低头嗅了嗅自己。

果然，一股汗味。

青姬的脸顿时一红到底，恨不得地上有个坑让她跳进去，然后徒手挖穿一条路，蹿回屋子里洗澡。

"你是一路跑回来的吧？"温良辰似笑非笑地看着她，"你现在这样子，可不大适合见太子，且回去洗漱一番，我帮你把这事告诉太子，看他怎么说吧。"

青姬急忙点头："那就有劳温侯了。"

目送她离去，温良辰收敛起笑容，心事重重地前去面见太子。

太子果然大怒，挥袖扫落桌子上的笔墨书籍："吃里爬外的东西！我要杀了他们这对狗男女！"

"要杀他们，也不必急于这一时，"温良辰道，"以免天机狗急跳墙，彻底倒戈到伪帝那边。"

太子清楚天机的能耐，对他也是颇为忌惮，闻言总算按捺下自己的脾气，沉声道："那你说怎么办？放着他们不理？万一我那便宜妹妹禁不住诱惑，嫁给商九宫怎么办？"

"商九宫并不是真的喜欢她，他喜欢的是她的身份，他想要借她的身份，获得皇亲国戚的权利，"温良辰道，"这一点，您也能满足他。商九宫有许多女儿，选一个适龄的，纳进府中，封之良媛，便足以将他绑在我们的马车上。"

"那可不行，"太子想都没想就拒绝了，"我可是齐太子，齐国最正统的继承人，怎能纳一贱人为妾，辱了我身上的尊贵血统？"

"殿下，"温良辰苦口婆心地劝，"事急从权，况且又不是了不得的大事，赏她一个良媛而已，又不是正妃。"

"我乃太子，我的事便是天下事，自然是了不得的大事，"太子态度强硬，挥挥手结束了这话题，开口唤道，"青姬呢？唤她过来！"

青姬正在洗漱，听了太子的传唤，急忙擦了把身子，换了身干净衣裳过去。

“殿下，”仍是一身青衣，鲜嫩如新叶，她跪伏在地道，“青姬来了。”

“青姬，”垂帘之后，太子漫不经心地望着她，“你可愿为我之大业牺牲？”

青姬打了个寒战，一股不祥之感涌上心头，但此时此刻，哪容她说一个“不”字，只得望着地面，艰涩道：“青姬愿意！”

第二日，太子命人给商九宫送去一礼物。

那是口红木的大箱子，雕着石榴花，枝繁叶茂，栩栩如生，由四人抬下马车，送进商府里。

“替我谢过太子。”商九宫笑着接纳了这件礼物。

“此物原先乃太子的心爱之物，转送于君，还望珍惜。”温良辰奉命送来此物，他脸上的表情看起来颇微妙，似不忍，似无奈，似犹豫，最后叹息一声，将一把钥匙递到商九宫手里。

商九宫收下钥匙，心里却有些莫名其妙，还有些好奇，待送走温良辰之后，他独自回屋，用手中钥匙打开那箱，才知温良辰为何要对他说那番话。

只见玉体横陈，青丝如瀑，箱内赫然是一女子，姿容不算绝丽，眉毛生得却极有特点，像两把剑横插面上，斩去了一丝女儿家的柔情，带来一丝不输男子的英气，正是青姬。

青姬抬头望着他，两手掩着身体，眼中闪过一丝悲哀与屈辱，太子为了取悦商九宫，甚至不许她穿衣服，她除了自己，什么都没能带来，甚至连父亲留给她的那把青冥剑，都被太子扣下了。

“这不是青姑娘吗？”商九宫惊讶道，“你怎么会在箱子里？”

“商老板，”青姬声音艰涩道，“太子让我来伺候你。”

“这如何使得？”商九宫撩起她的一把青丝，在指间把玩道，“青姑娘可是太子的枕边人，我不过一介卑贱商贾，何德何能，能叫青姑娘来伺候我？”

“太子让我给你传句话，”青姬说着说着，眼中便滚下泪来，“从今天开始，青姬就是你的人了，三个月内尽情享用，三个月之后再交还给他，届时若是我的肚子里有了孩子，无论孩子生父是谁，都算在太子名下，日后会让此子拜你为师，由你来教导长大，敢问商老板意下如何？”

“哎，你怎么哭了？”商九宫一边抬手擦拭她的泪水，一边若有所思。

被他碰触到的地方，犹如被毒蛇芯子舔过，叫青姬不寒而栗，打心眼儿里觉得恶心。

“……一个皇子，这就是太子出的价吗？”商九宫忽然笑了起来，手指捏住她的下颌，滑腻的舌头钻进她嘴里，“的确算得上是无价之宝。”

青姬打了个寒战，痛苦地闭上眼睛。

噩梦般的三个月开始了，她被关在一间屋子里，商九宫每隔几天来一次，之后又出去找别的女人。青姬每每看着头顶晃动的石榴帐幔，都觉得自己正在腐烂，无论是肉体还是梦想。

有了这样的经历，回去以后，她就别想待在太子身边了，太子的女人们会用闲言碎语戳烂她的脊梁骨，谁叫她已经不干净了呢？

但没关系，她可以不结婚，也可以咬牙伺候不喜欢的人，只要太子能记得她的付出，记得他对她许下的承诺，回去以后，让她取代天机，成为指挥使。

在这恶心的日子里，这是支撑青姬活下去的唯一信念。

而唐娇的信念则是，在源源不断的刺客袭击中存活下来。

自从与商九宫达成共识之后，太子便转头对付起她与天机来，他还是没有听温良辰的话，在他看来，那两个都是叛徒，两个都对他不忠不义，实在没必要活在这世上。

于是一个寂静夜里，十名最好的刺客接到命令，来到唐娇家中，迎接他们的是一名黑衣男子，孤身一人坐在院中，膝上横一柄长剑，身披月光，鬓角、衣角被夜露沾湿，显然已经等了他们许久。

在他身后，门微微开了条缝，唐娇左手菜刀右手锅地躲在门后，透过门缝看着他们。

原以为会有一场惊天动地的大战，岂料一名刺客缓缓走上前来，拉下脸上的黑巾，看了天机一会儿，竟哆嗦着嘴唇，哭了起来。

“大人！”他单膝跪在天机面前，声嘶力竭道，“你为什么要背叛太子啊！大人！”

“阿虎，我没有背叛太子，”盘腿坐在地上的天机缓缓睁开眼道，“但我不许你们对大小姐动手。”

“……我明白了。”阿虎低着头思考了很久，忽然朝唐娇所在的方向喊道，“公主，请你善待大人！”

唐娇听了这话，简直莫名其妙，他到底明白什么了？她怎么什么都没明白！

原以为这伙人已经够奇葩，哪知过了几天，第二批刺客来了，与上次相比，这一次的刺客们有一个显著的特点——都是满头白发、目测平均年龄超过五十的老爷爷！

天机又早早在院中闭目假寐，等候着他们，刺客们在他不远处停下脚步，摘下面巾，露出一张张苍老却坚毅的面孔。

“天机！”一名性烈如火的老人直截了当地拔出佩刀，“老子砍死你！”

“别冲动，有话好好说，”旁边的独眼老人急忙拉住他，然后用恨铁不成钢的眼神看着天机，“天机啊，你是我们这些老头子看着长大的，你一直是个好孩子，是你爹的骄傲，我们都相信你能继承你爹的遗愿，辅佐太子，重掌大权。如今正是最关键的时候，大事需要你，太子需要你，我们也需要你，你真要辜负大家的信任，在此沉迷女色吗？”

“我没有沉迷女色。”天机淡淡道。

老头们面色大喜。

结果他下一句便是：“我又配不上大小姐，只要能守她安全，让她

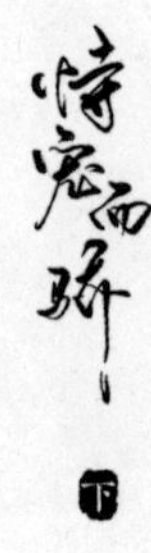

无忧无惧，平安喜乐，我就已经心满意足了。此事非关风月，而是我的一片执念。”

老头们听完，哭了。

“怪我，这都怪我！”独眼老人捶胸顿足，涕泪横流道，“你爹死前将你托付给我，我教了你武艺，教了你刑讯方式，我教了你那么多，最后却忘了教你怎么跟女人交往，结果……结果你变成了个大傻瓜啊！”

唐娇在门缝后眼角抽搐，这一夜又没打起来，整个夜晚就看见天机在不停地安慰那些失意的老人。

“他们是谁啊？”两次都这样，唐娇终于忍不住找了个机会问他，“他们真是刺客？怎么没人来杀我，全奔你那儿哭去了？”

“我的下属，还有我的长辈，”院中枣树下，天机坐在树荫下，撸起袖子，一边削土豆，一边淡淡道，“太子命他们来杀我，他们固然会听从命令。但在杀我之前，他们会先用尽所有办法来挽回我。”

他话音刚落，一声声惨厉的哀号声便接连响起。

第三批刺客冲了进来，看见正在削土豆的天机，这批年纪明显小一些的刺客都哭了，一边哭，一边冲上来道：“师父！你怎么可以削土豆！不，不，不！这种低贱的活儿还是让徒儿替你做吧！”

暗杀对象唐娇再一次被人遗忘，她孤零零地站在树底下，看着那群刺客撸袖子的撸袖子，削土豆的削土豆，砍柴火的砍柴火，在天机的指示下，一个个如被抽动的陀螺，热火朝天地干活去了……

看得久了，她不禁喟叹一声。

他有同僚、有长辈、有徒弟，他怎可能抛弃太子选择她？他若抛弃太子，就是抛弃自己的整个儿过去。

爱情很重要，但亲情、友情也很重要，她理解天机的做法，身边所有的人都在做一件事，他不可能不做。但理解并不代表原谅，他也许是个优秀的锦衣卫，但不是个合格的爱人，他成就大业的那一刻，就等于抛弃了她。

所以，他们怎能在一起？

唐娇正陷入沉思，冷不丁听见有人喊自己的名字，抬头张望去，却见院中鸡飞狗跳，那群刺客在天机的命令之下，像一群兔子似的，或蹦入草丛，或翻身入窗，转眼之间就将自己给藏了起来。

最后，连天机都消失无踪。

院子里突然间只剩下她一个人。

"唐姑娘，"敲门声再次响起，"是我。"

唐娇过去将门闩取下，将门外那人迎了进来。

暮蟾宫抬脚走进院子，环顾四周，有些疑惑道："我还以为你有朋友在呢，之前明明听见很多人的声音。"

草丛里、枣树后以及各个隐蔽的角落里，刺客无声，将手搭在刀柄上。

"没有啦，是我在自言自语！"唐娇道。

暮蟾宫欲言又止地看了她一会儿，斟酌着词语道："嗯……唐姑娘，你最近压力是不是很大？"

"不，我没病，我不需要吃药，"唐娇怕他以为自己疯了，急忙解释道，"我只是想了个新话本，刚刚在设想对话呢。"

"原来如此。"暮蟾宫恍然大悟。

"别说这个了，"唐娇试图转移话题，"这么晚了，你还来找我，是不是有什么急事？"

"不错，"暮蟾宫果然抛开之前那话题，面色凝重道，"唐姑娘，我今日过来，是来做说客的。"

唐娇心中一沉，明知故问道："什么说客？"

"商九宫最近跟太子走得越来越近，皇上心中十分忧虑，后经人打听，知道他曾跟太子索要一个人，"暮蟾宫绷着脸道，"那人就是你。"

"所以呢？"唐娇笑着看他，"你是来劝我嫁给他的？"

"不，"暮蟾宫脸上表情一松，露出温柔笑容，"我是来劝你别理

他的。”

唐娇愣了愣：“可是……”

“没什么‘可是’，”暮蟾宫难得强硬了一次，他语重心长道，“我一听到消息就过来，为的就是告诉你，无论谁来当说客，无论说客跟你说了什么，你都不要听。商九宫不是好人，他……总之你别理他，明白了吗？”

“明白了，”唐娇沉默片刻，道，“如果我拿到脸谱给你，你会高兴吗？”

“不，我不高兴，”暮蟾宫想都没想就回道，“若要牺牲你，才能拿到脸谱，那这张脸谱不要也罢。”

唐娇眼中流露出淡淡感动，与之相顾无言。

“要说的话，就这么多了，”半晌，暮蟾宫伸手将她的鬓发撩至耳后，温言软语道，“我先回去了，你自己小心。”

“嗯。”唐娇倚在门前，目送他离去，马车渐渐走远。她身后忽然响起阴冷的嗓音：“师父，我帮你杀了那小白脸！”

唐娇急忙回头，只见一列刺客站在她身后，望着马车离去的方向，杀气腾腾，目露凶光，似乎只要天机略略点一下头，他们就能像脱缰的野狗般，冲出去将猎物咬成碎片。

唐娇原先还想问暮蟾宫借人保护自己，现在想想，还是算了，比起她自己，暮蟾宫更需要人保护……

“有话好好说，”她决定先稳住他们，“别动手啊。”

“有人来了，”天机忽然张口道，“先躲起来。”

一群刺客又动如脱兔，东奔西走，把自己藏了起来。

看着新来拜访的那人，年轻刺客心中不平，用唇语对天机道：“走了一个小白脸，又来一个老白脸！”

天机沉默不语，望着从马车上下来的商九宫。

商九宫脚步有些虚晃，显然有些醉了，以至于说出来的话比平日轻佻不少：“娇儿，长夜漫漫，我无法入睡，你也一样吗？”

“哪儿来的醉鬼？”唐娇嫌恶地扇扇鼻子，便要关门。

商九宫单手往她身边一撑，酒气直喷在她的脸上，笑盈盈道：“三天以后，我就要决定脸谱的主人了，你现在后悔还来得及。”

“啊！打！”唐娇往这醉鬼身上打了一整套降龙十八掌，可惜手残无力，力道约等于降蚊十八掌。

商九宫笑着退了几步，被身后的小陆扶住，指着唐娇，口齿不清地道：“你还记得吗，你曾对我说，再会之时，定要叫我后悔！”

他打了个酒嗝，慢慢悠悠解下手腕上的相思扣，掷向她道：“可惜，我一点也不后悔。”

唐娇没去接，任由那条相思扣落在脚下，蒙上一层脏兮兮的灰，从此不再无垢，就像他们两人间的过去，原是一把声音动听的琵琶，却不知从何时开始，只能发出沙哑难听的破音，从此听不得，也见不得。

“三个铜币，”唐娇忽然转头看着他身旁的小陆，“我给你三个铜币，你将这醉鬼扶走。”

小陆扶着商九宫，细长眉眼宛若黛笔描过，虽无感情却也动人，他慢慢朝唐娇伸出一只手。

眼不见为净，唐娇立刻掏出三枚铜币，放在他掌心内。

小陆果然是个收钱立刻办事的妙人，把钱往怀里一塞，立刻将商九宫扶走。

“小陆，”商九宫不满地喊道，“你怎么总帮她？放开我，我给你钱……”

“你的钱都布施给寺庙了，现在你身无分文。”小陆将他塞进马车。

马车载着商九宫离去，空气中只余下他身上的猛烈酒气，以及一股藏在酒气底下的，甜美、妩媚、动人心弦的……女人香气。

第十七章 鸳鸯帐里寝何人

芙蓉帐暖，鸳鸯被底。

“你又去找唐娇了？”温存过后，青姬忍着恶心，伏在商九宫胸口，深深嗅着他身上那股不属于他的香气，问道。

甜美、妩媚、动人心弦的……女人香气。

“是啊，”商九宫右手抚摸她背上的青丝，酒微醒，笑着说，“怎么，我的青姬嫉妒了？”

“怎么会呢？”青姬的嘴角缓缓向上弯起，脸上的笑容越扩越大，接近狰狞，“我怎会嫉妒呢？我高兴还来不及呢……”

夜夜新娘的生活到今日为止，因为今天大夫来后，告诉她，她已经怀孕了。

她不爱这个男人，也不爱这个孩子，这男人、这孩子让她痛苦不堪，但她不会白白受苦，苦尽甘来那天，她会将这痛苦还给仇人。

三月之约结束，第二天，怀着身孕的青姬被送回太子处，并为商九宫带去口信，两天之后，他会献出手里那张脸谱。

太子拊掌笑道：“好，很好。”

“殿下，”青姬跪在地上，满怀期望地看着他，“那您答应过青姬的事呢？”

“我说到做到，”太子毫不在意道，“等你将孩子生下来，你就是锦衣卫指挥使了。”

青姬心中阵阵欢喜，又阵阵失落，她总算是达成了夙愿，但却是用自己最不齿的方式。连她自己都看不起自己，想必卫所里的其他人更看不起她，她已经可以想象得到，在她取代天机成为指挥使的那天，其他人会用怎样蔑视、鄙夷的目光看她。但不要紧，她连这种事情都忍耐下来了，区区蔑视与鄙夷怎可能打垮她？她会用时间来证明自己，证明自己不靠美色，靠实力也能登上这个位子，她要让所有人心服口服，然后……将有关商九宫的这段黑历史悄然抹去。

“谢殿下！”青姬跪在地上，握紧双拳道，“青姬定会对殿下忠心不贰，绝不辜负殿下对青姬的厚望！”

太子心情不错，又赞美了她几句，便让她先行退下了，以免地面太凉，跪坏了身体。青姬恭顺地退出去之后，立刻找人问起天机的踪迹，她已经迫不及待地想要向他宣布这个好消息了。

结果对方的回答却让她大吃一惊。

“你说什么？”她愕然道，“天机还在唐娇那里？”

“是啊，”眼前的锦衣卫与她有些交情，被她拉住问话，便将自己知道的告诉她，“不过指挥使大人并没有背叛太子。”

“他连太子的话都不听。太子叫他去刺杀唐娇，他不但不杀，还反过来包庇她，”青姬冷笑道，“这都不叫背叛，那什么叫背叛？”

“话可不能这么说。”那锦衣卫顿时不高兴了，“那位平安公主是指挥使大人喜欢的人，你只让他卫国，就不许他保家？说起来太子这命令本就下得莫名其妙，我就不明白了，平安公主难道不是他的妹妹吗？

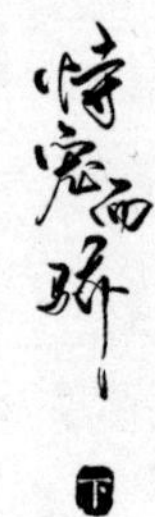

她难道就不是先帝遗留下来的血脉，不是他在这世上唯一的亲人吗？他不认这个妹妹就算了，为什么还非得置她于死地？”

“这么说，你觉得天机这么做是对的咯？”青姬沉默片刻，缓缓道，“这话是你自己想的，还是别人告诉你的？这么想的人多不多？”

那锦衣卫立刻警惕起来：“你问这个做什么？”

察觉到他眼中的怀疑，青姬苦笑道：“我只是问问。”

那锦衣卫却不愿跟她多说，随口敷衍了一声：“回头再说吧，我还有点事。”

说完，他便撇下青姬，走向不远处的几名锦衣卫，几个年轻人远远看着青姬，虽没有当着她的面指指点点，但流露出的疏远与轻视依然刺痛了青姬的心。

她握紧双拳，一脸阴郁地转过身，朝大门外走去。

路上她被一名女子拦了下来，那女子同她一样，也是太子身边的侍婢，身娇腰软，颇受太子宠爱，过去一直由这女子来管着其他侍婢。她挡在青姬面前，笑道：“妹妹这是去哪儿？你已经是有孩子的人了，可别像以前那样上蹿下跳，没个正形，快跟姐姐回去。”

她伸手来拉青姬，却被青姬一把推开。

青姬目含戾气地望着她，之前的锦衣卫是这样，现在她也这样，青姬不得不一字一句地告诉她：“我已经是锦衣卫指挥使，不是以前那个小婢。”

她已经与过去不同了，所以他们怎能像对待小婢那样待她？

丢下满脸愕然的婢女，青姬快步走出门去。

秋风萧瑟天气凉，时间转瞬即逝，转眼便是金秋十月，是一年中天气最好的时候，青姬来到唐娇家门前，敲开门，直截了当地问道：“天机在哪儿？”

唐娇第一眼没认出她，因她变了太多。三个月前，她轻灵秀美，散发着一股枝头新叶般的清爽，而今她胖了一些，眼中的戾气多了一些，整个人看起来沉甸甸的，仿佛被压弯的枯枝，上面没有鲜花没有绿叶，只有一颗巨大的腐烂的果实，将枯枝扯得将断未断。

不过她是谁无所谓，来的是谁更无所谓，唐娇直接将人往自家院子后面引，一边引，一边别有用心地笑道：“天机不会回去了，你何必在他身上白费工夫呢？太子身边能人那么多，总不会一个替代品也找不出来吧？”

身为替代品的某人眼角抽搐。

等看见了天机，她眼角抽搐得更加厉害。

只见后院树下，天机坐在凳上，身旁放着一盆土豆，他手里还拿着一个，已经削了一半皮。

唐娇转头看着青姬，继续挑拨离间道：“你看，他宁可在我这里削土豆，也不愿回太子身边过锦衣玉食的生活呢。”

青姬的眼神是崩溃的，她喃喃道：“这不可能……”

“其实我也不想要他，是他死皮赖脸不肯走。”唐娇毫不留情地奚落道，“你是他的属下还是说客？过去劝劝他吧。”

劝什么劝？什么属下？

青姬冲上前去，一脚踢翻那盆土豆，对他尖声笑道：“天机，太子已经解了你的职，如今的锦衣卫指挥使是我！”

天机一手拿土豆，一手拿刀，缓缓抬起头，面无表情地对她说：“捡起来。”

青姬笑声一窒，满脸不悦道：“你没听清楚吗？那好，我再跟你说一遍，太子已经解了你的职，新任的指挥使是我——青姬！”

“我不会说第三次，”天机神色平静，目光犹如即将出鞘的剑，“捡起来。”

他积威甚重，青姬被他目光扫过，膝盖一软，险些跪在地上捡土豆……

两手狠狠往腿上一掐，她总算没当着他的面跪下来，但一股莫大的屈辱感却如同火焰般，灼烧着她的身躯，尤其是看见几个年轻的锦衣卫站在他身后，眼神冷淡地看着她，如看一条自不量力的野狗。

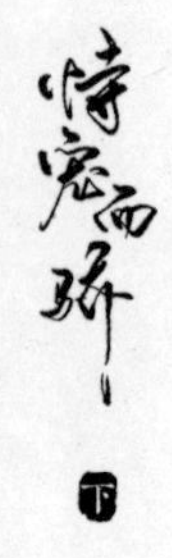

“……天机公然背叛，视太子的命令如无物，这样一个玩忽职守的上司，你们为何处处维护他？”青姬望着他们，心中又是酸楚难过，又是嫉恨愤怒，她指着自己说，“我跟他不一样，为了完成太子交代的命令，我忍受了难以想象的折磨，牺牲了自己的一切！我才是一个合格的锦衣卫！一个足以作为你们的榜样、带给你们光荣的指挥使！”

“你可以拒绝的。”天机忽然说。

青姬愕然。

“如果你真的觉得无法忍受的话，你可以选择拒绝任务的，”天机声色平静，“可你最后还是接受了，所以你真的无法忍受吗？”

“你懂什么！”想起三个月来噩梦般的生活，青姬变得有些歇斯底里，“你知道我付出了什么吗？你知道我失去了什么吗？你知道我是怎么被商九宫那个贱人玩弄的吗？”

“我不知道，但看你的样子，我可以猜测到一二，”天机平淡道，“能够做到这一步，我承认，你是个合格的锦衣卫。”

青姬没想过会从他嘴里听到这番话，她愣在原地，心底竟浮现出一丝欣喜，这欣喜之大，甚至超过从太子手中接过指挥使权柄的那一刻。

连这个高高在上的天机都承认了她的才华，她果然是块金子，只是过去被埋没了，才一直没有发光……

“可你不是个合格的指挥使，”岂料，天机下一句便将她打落谷底，“因为你总是太过轻易地被牺牲。青姬，你连自己都保护不了，你怎么保护其他人？怎么保证你的属下不会被随随便便牺牲掉？你怎么带给他们光荣和前程？”

“你住口！”青姬尖叫一声，打断了他的话。

她受不了旁人看她的目光，天机看她的眼神依旧是一扫而过，即便她已经夺了他的指挥使宝座，他依然没将她放在心上，其他锦衣卫同僚看她的眼神则是幸灾乐祸，还有唐娇……她刚刚是不是偷偷从荷包里掏瓜子了！

青姬简直悲从中来。

明明她才是胜利者，她夺取了天机的位子，可为什么显得一败涂地的人是她？青姬无法接受这样的结局，她要将自己的痛苦加诸在天机的身上，于是她指着唐娇道："天机，你就是为了这个女人背叛太子的，呵呵，那你知不知道，这个女人跟商九宫是什么关系？"

唐娇吐了嘴里的瓜子壳，明媚的大眼睛望向天机，笑道："他当然知道。"

"我挖了商九宫的墙角，"天机大方地坦白道，"他对大小姐又不好，我把大小姐挖过来，有什么不可以？"

他身后的锦衣卫们集体捂脸，无法直视自家大人的无耻。

青姬也被他的无耻和坦然惊呆了，但她很快回过神来，阴阳怪气地笑道："你挖了商九宫的墙角？我看不见得吧，这个女人跟商九宫牵扯不清，商九宫每次拜访完她，都会带回一股子浓腻的香粉味儿，还有一堆指痕、牙印……你不妨问问你的大小姐，他们到底做了什么？"

"掐不过他，就来掐我？"唐娇没想到青姬居然将矛头指向她，真当她是软柿子好揉？她顿时柳眉倒竖，不客气地反击道："我就不说他家那堆女人了……你看一眼他身上的指痕牙印，就知道是人？你怎么证明不是狗？"

"如果是狗，那也是条不知廉耻的母狗。"青姬笑了。

"青姬，住口。"天机语气虽平淡，但已经有了警告的意味。

青姬怎肯住口，她要揭发唐娇，她要激怒天机，她要看着天机亲手杀了这女人，然后痛苦不堪，后悔不已。

"七月十五，七月二十一，七月二十二，七月三十，八月四日，八月十日……"于是青姬详详细细地罗列出一长串日期，然后对唐娇冷笑道，"这些日子，商九宫是不是来找过你？"

"我跟他又不熟，我为什么要记这些？"唐娇冷笑，"倒是你，记得很清楚嘛。"

"是，我记得，"青姬笑得阴鸷，"我记得清清楚楚……商九宫每次出门回来，身上都带着同一个女人的味道，起初我不知道是谁，直到

七月三十那天，我问他去干吗，他说他去找你了……”

在那段痛苦的日子里，只有这些特别的日子，才会让她感到喜悦。

她简直要迫不及待地从这牢笼里飞出来，将这笔证据摔在天机脸上，看他痛苦绝望、悔恨扭曲的脸。

“你喜欢的女人，就是这么一个人。天机，你感觉如何？你觉得你为她所做的一切，值得吗？”青姬转过头，眼睛一眨不眨地看着天机，生怕错过了他脸上的表情变化。

可惜，天机仍是那张无动于衷的脸。

“你不信我？”青姬面沉如水。

“信你？”天机毫不留情地戳穿她的心思，“现在的你，只是想拖些人下水，陪你一起受苦罢了。”

“我没有！”青姬尖叫一声。

“七月十五那天是不是佛欢喜日法会？”唐娇若有所思片刻，忽然看向青姬道，“你在说谎，那天商九宫根本不可能私会女子。他可是信佛的，那一整天他都会在庙里度过。”

青姬微微一愣。

“事情就是这样，”天机淡淡瞥向她，“你若是仔细看过商九宫的个人情报，就该记得这点。”

“不，不，那不可能，”青姬绞尽脑汁地回忆道，“那天他衣服上有香烛味，他的确去过庙里……可除了香烛味，还有女人的香粉味儿，那个莲花的味道绝对错不了……跟以前一样，还是那个女人……是你，是你！”

她指着唐娇，歇斯底里地喊道。

“青姬，”天机挡在唐娇身前，毫无起伏的平缓声线让青姬稍微冷静了一点，他道，“包括七月十五在内，商九宫这些天以来，一直在外面幽会一名女子？”

“是。”青姬艰涩地答道。

“商老板幽会女人有什么好稀奇的？”唐娇不懂他们为何大惊小

怪，“等他幽会男人的时候，你们再惊讶也不迟啊。”

“平时不稀奇，但发生在眼前这节骨眼上就有些稀奇了。”天机意有所指地看着青姬。

青姬脸色有些泛白。

太子和商九宫约定的时间是三个月，这荒诞不经的约定，若是商九宫真的上心，哪会将时间浪费在别的女人肚皮上？

青姬不禁摸了摸自己的肚子。

他也的确在她身上用了心，鸳鸯帐暖，夜夜流连，除了偶尔间出去与那名神秘女子幽会，其他时间几乎都花在她身上。可越是如此，她就越忍不住想，那个女人是谁？是谁能够在这个节骨眼上，用什么理由，将商九宫这个野心勃勃的家伙给吸引走？

想到这里，青姬狠狠瞪了他们一眼，然后转身就走。

可出了院门，她却又两眼茫然，石雕似的僵在原地。

她在商九宫家的床上待了三个月，睁开眼的时候，是各种补品和保胎药，闭眼的时候，是商九宫的抚摸和亲吻。如今好不容易完成任务，得以逃脱那牢笼，却发现自己早已跟外面的世界脱节。她不知天机为何还活着，不知太子为何还能容忍他至今，甚至不知七月十五那天，商九宫究竟去了哪家寺庙……

门扉在她身后“吱呀”一声打开，天机和唐娇从里面走出来。

“走啊，”唐娇催促道，“带我去庙里看看，商九宫究竟在搞什么名堂。”

“……”青姬难堪地看着她，咬牙道，“京城庙这么多，我怎知是哪座！”

两人大眼瞪小眼，最后，天机沉默半晌，无奈开口：“跟上来。”

他抬脚走在前头，两女狠狠对视一番，抬脚跟在他后头。

三人一路无话，直到来到白龙寺门前，门上挂着一方厚重牌匾，香客往来不绝，木鱼声、唱经声从里面飘出来，带着一股令人心静的肃穆。

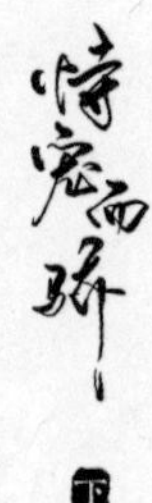

青姬一马当先走进庙里，将唐娇二人甩在身后，头也不回地说：“接下来的事你们别管，我自己会弄个水落石出！”

唐娇马上转头，用青姬能够听到的音量喊道：“你觉得她行吗？”

“恐怕不行，”天机很认真地回道，“一孕傻三年。”

青姬一个踉跄差点没跌地上，站稳之后，用更快的速度消失在人群中。

见她吃瘪，唐娇痛快地“哈哈哈”三声，待看清天机宠溺的目光，立刻止住笑，冷哼一声：“还等什么，快把商九宫的秘密找出来，我好拿去羞辱商九宫和青姬，我要叫他们知道什么叫作‘辱人者，人恒辱之’！”

“好。”对她，天机无有不从，立即带着她在庙里乱转。

起先还以为他是在兜圈，岂料他问了几个僧人之后，便一路带着唐娇来到寺庙后的塔林中。

灰白色的石塔有的高，有的低，有的刻着经文，有的刻着飞天造型，风吹过，呜呜有声，如泣如诉。

“我们来这里干吗？”唐娇不明所以地看着天机。

天机竖起一根手指头，“嘘”了一声。

“唉，福广啊福广，你怎么一点福气都没有啊。”

一个带着哭腔的声音在远处响起。

唐娇循声望去，只见一大一小两个和尚朝这边走来，小些的那个怀里抱着一个灰白色的骨灰坛子，哭丧着脸道：“你为什么要一次性吞两个鸡蛋，你为什么会被鸡蛋给噎死呢？”

“偷吃鸡蛋还有理了？”大和尚摇着头道，“要我说，这种不守清规戒律的弟子，死了就不该埋在塔林里，和鸡蛋壳葬一起就行了。”

“师兄，你怎么能这么残忍？”小和尚怕他说到做到，把怀里的骨灰坛子抱得更加紧了，“连色空师叔都能被埋在塔林里，福广怎么就不行呢？”

“嘘！”大和尚怒道，“闭上你的嘴！”

“我说的是实话嘛，”小和尚委屈地低下头，“福广只是犯了荤戒，可我听人家说，色空师叔犯了色戒……哎哟！”

小和尚被大和尚狠狠捶了几下，忍不住“呜呜咽咽”地哭了起来。

“以后再不许提色空，知道了吗？”大和尚怒道，“尤其是在人前的时候！”

小和尚一边哭，一边指着他身后道：“可你自己也提了，还是在人前。”

大和尚吃了一惊，回转身来，看着不知何时走到他身后的那对男女，神色警惕道：“二位施主，为何会在我寺禁地？”

“我是来找色空的。”天机面无表情道。

“色空前些日子因病去世，”大和尚双手合十，念了一声“阿弥陀佛”，“不知这位施主找他，所为何事？”

“明人不说暗话，”天机冷冷一笑，像极了上门寻仇的恶客，“色空做出那档子事来，真以为能一死了之吗？”

大和尚狠狠瞪了小和尚一眼，然后笑着说：“贫僧不知道施主在说什么。”

“既然大师不想私下解决，那就放在明处解决吧，”天机淡淡道，“我这就将此事报与青云寺以及苦主一家。”

说完，他转身便走。

大和尚脸上的肥肉剧烈抖动起来，眼见天机和唐娇就要走远，连忙伸出一只手喊道：“等等！有话好说！”

静如胖猪，动如脱兔，他球一样滚到天机身边，觍着脸笑道：“这其中必有误会！来来，我为两位引荐一下住持！”

住持与他正好相反，那是个极干瘦的老人，见到天机的第一句话便是：“阿弥陀佛，此事必有误会。”

“能有什么误会呢？色空祸害的那名女子，刚好是我认识的人，又刚好最近怀了身孕，”天机抬眼看向眼前的老人，淡淡道，“你说这件事，我当不当告诉苦主？”

住持沉默不语，雪白的眉毛下，一双苍老的眼睛看着他。

厢房静谧，房里只有四个人，住持、天机、唐娇以及大和尚，四个人谁也没有说话，只有佛前的香烛在静静烧着，化作丝丝缕缕的香气，在众人身旁蔓延。

住持忽然起身，走进里屋，回来时，手里捧着一个小盒子，坐回蒲团上，将盒子推到天机身前。

天机打开盒子，里面是整整齐齐的银锭。

“色空罪孽深重，我不想为他辩解，”住持数着手里的念珠，一脸悲苦道，“可小孩子是无辜的，还请这位施主发发善心，收下这笔钱，给他留一条生路，给他们母子留一条生路。”

天机看了他一眼，伸出手，缓缓将盒子推了回去。

住持脸上的悲苦之色更重，他取下手腕上的那串檀香念珠，放在盒子上，又将盒子推了回去。

“我不要钱，”天机望着他道，“我可以守口如瓶，让你得以保住寺院清誉。”

住持犹豫了一下：“你想要什么？”

“贵寺有一位居士，名叫商九宫，”天机道，“我想知道，七月十五这天，他是不是在贵寺参加佛欢喜日法会？”

“不错。”住持点点头。

“与他一同参加法会的女子是谁？”唐娇等了半天，总算等到了正题，忍不住发问道，“他是不是时常在此幽会那女子？”

住持闻言，迅速与大和尚对视一眼，然后转眼盯着她与天机。

不好！唐娇见他脸色，顿觉自己刚刚说错了话。

果不其然，下一刻，住持便合上双眼，双手合十，阿弥陀佛道：“慧正，送客。”

大和尚早已收了先前那笑哈哈的模样，抖着脸上的横肉，鼻子不是鼻子眼睛不是眼睛地喊道：“两位，请吧！”

唐娇虽然知道自己说错了话，可一时半会儿还搞不清自己错在哪里，更不知道如何补救，只好拼命朝天机使眼色。

天机却看着他们，一副若有所思的样子。

“怎么还不走？等着请吃饭啊？”大和尚赶苍蝇似的，只差拿出苍蝇拍子来了，“走走走，立刻走！住持忙得很，哪有空陪你们浪费时间！”

唐娇和天机被他一路连赶带推，出了厢房，几乎是后脚刚刚跨出房门，大门就在身后“轰”的一声关上。

“怎么会这样！”唐娇又怒又恼，抓着头发道，“我总共就说了一句话，居然还说错话了！”

“没关系，”天机沉吟道，“他们透露得已经够多了。”

“是吗？他们透露了很多吗？”唐娇闻言更怒，“我怎么不知道啊？难不成我也孕傻了不成？”

天机将手指放在唇上，吹了声口哨，唐娇随口问道：“吹什么狗哨？”

话音刚落，就看见草丛中跳出几个一脸晦气的锦衣卫来……

“去查一下色空这个人吧。”天机对他们道。

“可我们的任务是杀了她。”锦衣卫扫了唐娇一眼。

唐娇心道：胡扯，你们的任务分明是每天过来参拜天机，然后替他削土豆、烧火、做饭……

“照我说的去做，”天机命令道，“做你们现在应该做的事。”

锦衣卫们对视一眼，然后对他恭敬地行了一礼，之后退了下去。

渗透、查探、威逼、利诱，他们将一身本事发挥到极致，最后得到了一份足以改变局势的情报，当下派出腿脚最便利者，将这情报送往太子处。

太子现在只想杀人。

时间是两天后，朱门石狮，四壁脸谱，他踌躇满志地来到白老爷子家中，本是来接受胜利果实的，岂料现实却给了他当头一棒。

商九宫跪在唐棣身旁，双手献上手中脸谱，眼角余光扫过太子，朝

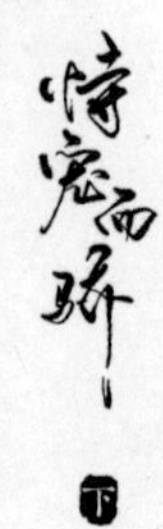

他露出怜悯的微笑。

太子再也无法保持风度，他一拍桌子站了起来，指着商九宫怒道："这跟之前说好的不一样！"

"我不懂您的意思，"商九宫彬彬有礼地笑道，"我们之前说好了什么？可以请您当着大家的面复述一下吗？"

太子顿时被噎住了，那等阴私之事，他如何说得出口？

"你耍我！"他只能咬牙切齿地盯着商九宫。

"呵呵，您又何尝不是在耍我。"商九宫微笑着看他，笑纹一道一道绽放在眼角，像大人看着不知天高地厚的孩子，摇摇头道，"您许下一个压根没打算兑现的承诺，摆明只想玩玩，既然如此，我又何必认真？陪您玩玩就好。"

太子愤怒得说不出话来。

温良辰对此也无话可说，端起白玉烟枪抽了起来。

太子一意孤行，非得用这美人计，诚然此计有成功的可能，但也有失败的可能啊，而且失败的可能性远远大过成功。

可惜太子自视甚高，愣觉得他这计划完美无缺，可行性极高，温良辰觉得他要么是高估了青姬的美貌，要么就是低估了商九宫的智商，但青姬并非倾国美色，商九宫也并非天生智障，相反，他不傻，他又怎会看不出来，太子连娶他女儿当妾都推三阻四，哪里可能收下他的儿子当义子？

"天机，你走了也许是好事，"温良辰只能在心中无奈地想，"留在这里，简直是自取其辱。"

眼前简直是一场闹剧。

而闹腾得最凶的便是太子。

在众人或嘲或怜的目光中，他一会儿斥责商九宫背信忘义，一会儿指责唐棣弑君夺位，一会儿慷慨激昂试图拉拢人心，最后目含泪光望着白老爷子道："白爷爷，您一世英雄，真要因为两张脸谱就帮着这两个无情无义的恶棍，就不怕被他们累了自己的名声吗？"

白老爷子掏了掏耳朵，把塞在耳朵里的棉花掏出来：“你刚刚说啥？老夫年纪大了没听清。”

太子紧了紧手指，又慢慢松开，深吸一口气，尽量心平气和地将刚刚的话重复了一遍。

“呵呵，他们的确无情无义，不过你也算不上有情有义吧，”白老爷子对此付之一笑，“你也不必拿话激我！老夫这辈子最不稀罕的就是名声！来来，将脸谱拿来！”

“好。”唐棣从几案后站起，亲自拿着脸谱走过去，岂料走到半路，大门忽然打开，伴着门外清冷的夜雨，冲进几名锦衣卫来。

“殿下！”他们几步走到太子身前，单膝跪下，双手捧上一本被微微淋湿的册子，“紧急消息，请您过目！”

这个节骨眼上，能有什么好消息？

太子脸色难看地接过册子，心烦意乱之下，看都懒得看一眼，就丢到桌上，还是温良辰伸手拿过，仔细翻阅了一下，忽然眼前一亮，重新将册子呈献给他道：“殿下，请看这个。”

太子这才耐着性子扫了一眼，目光一顿，继而从温良辰手里抢过册子，仔仔细细、来来回回将上面的信息看了好一会儿，这才哈哈大笑，转头看着唐棣，目光在他与商九宫之间来回移动，满脸嘲讽道：“好啊逆贼，为了拿到这脸谱，你竟做出这样下贱的事来，就不怕列祖列宗从地里爬出来找你吗？”

唐棣满脸不悦道：“黄口小儿，屋子这么小，你还放这么臭的屁！”

“总好过你遗臭万年，”太子冷笑道，“拿自己的后宫妃子跟他换一张脸谱，这样的事亏你做得出来！”

唐棣闻言一愣，狐疑地扫了商九宫一眼。

“陛下莫要受奸人蒙蔽，”商九宫面色如常，不露半点破绽，“某些人不过是输不起，想用各种方法赖账。”

“究竟是谁在蒙蔽谁？”太子将手里的册子掷向唐棣。

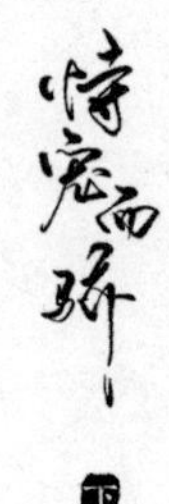

侍卫抬手接下了册子，然后在唐棣的示意下，将册子递给了他。

唐棣盯了太子一会儿，然后低头看着手里的册子。

每翻一页，他的脸色就难看一分。

商九宫站在他身旁，面上依旧带着温和笑容，但背后已经慢慢沁出汗来。

这件事是一场豪赌，赌赢了一飞冲天，赌输了满盘皆输。

“你还有什么可说的？”唐棣慢慢转过脸来看他，眼睛如狼一样阴鸷凶恶。

“陛下为何要相信他们的片面之词？”为今之计，只有死不承认，商九宫扫了眼他手中的册子，笑道，“这册子里写的是什么？字迹可以模仿，事实可以捏造，就连口供都有可能是严刑拷打来的。”

“呵呵，你与玉嫔之间当真是清白的？”唐棣冷笑道。

商九宫努力保持平静道：“当然，我与娘娘之间清清白白，还请陛下不要因为外人的一两句话，就怀疑自己人的忠诚。”

唐棣不说话，太子却哈哈大笑，指着商九宫道：“这个时候还为玉嫔说话，你真是个忠心耿耿的人，行，行，我们就信你是清白的……”

说到这里，他话锋一转，不怀好意地笑道：“看来不清白的人，就只有玉嫔一个了！”

“我不懂您的意思。”商九宫皱皱眉道。

“自己去看！”唐棣冷哼一声，将手里的册子丢给商九宫。

商九宫捡起一看，嘴唇不由得抿成一线，匆匆翻了几页，脸色竟变得比唐棣还要难看。

他没猜错，这册子里果然充斥着各种情报与口供。

可是针对的人并不是他，而是玉珠。

从第一页开始，详细记录她出宫的日期、会见的人、见面的地点，滞留的时间以及旁人的口供。

作为唐棣派遣的说客，她会见的人自然是他……

“商老板真是个小心谨慎的人，”太子悠然道，“每次与玉嫔见面，身边都带着大批的护卫，以便将你们围得密不透风，防止外人探听到你们的谈话内容。呵呵，可惜，你虽然足够小心，但玉嫔却不够小心……”

商九宫面色苍白地看着他。

玉珠会见的人是他，却不仅仅是他……

“但就一例，七月十五，你与玉嫔相约于白龙寺内，巳时见，申时散，之后你继续留在寺内礼佛，而玉嫔则先行离开，你可知她去哪了？”太子笑道，“她压根就没走远，就在这寺中，幽会僧人色空。”

且不仅仅是色空，便如册子上所记载的，玉珠每次会见商九宫之后，都不会急着回宫，而是尽可能地压榨出每一分每一秒，去与其他男子幽会乃至于苟合。

“她幽会的不只是这僧人，还有客栈的小二哥、身边的侍卫，等等，真是饥不择食、来者不拒啊，”太子瞥了唐棣一眼，讥讽道，“不过我也能理解她的心情，谁让某人已经不行了呢。容颜易逝，恩宠难长，想要在后宫活得好活得长，膝下总得有个儿女傍身，你说对不对？”

唐棣怒不可遏，只觉得自己的头发从发梢一路绿到发根，忍不住破口大骂：“这个贱人！”

商九宫比他还要愤怒，咬牙切齿吐出一声：“这个贱人！”

两人说完，对视一眼，都从对方脸上看出了些不同寻常的东西。

见他们一脸憋屈，犹如绿毛王八看见绿毛龟，太子忍不住大笑出声，笑完瞅着商九宫道：“你指望玉嫔给你生个孩子，然后将他运作成太子，啧啧，真是好算计，可惜你算计我，却也被人算计，玉嫔的孩子可不一定是你的哦。”

说完，他转头看向唐棣，嘲道：“当然，更不可能是你的。”

“混账东西！”唐棣已经忍无可忍，狠狠一摔，将手里那张世上最昂贵的脸谱摔在地上。

商九宫心中一凉，艰涩道：“陛下，您可千万别受人挑拨……”

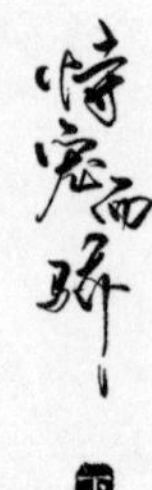

“滚吧！”唐棣一脚将他踹开，对周遭的侍卫道，“你们还等什么，还不快将这人抓起来！”

“陛下，我是无辜的！”商九宫坐在地上，手边正好摸到脸谱，急忙扑过去，如举保命符般将它举了起来，“看在脸谱的分儿上，给我一个解释的机会！”

“让这脸谱去死吧！”唐棣怒目圆瞪，挥手指着他喊，“朕现在只要你的命！”

人活一世，有时候面子比里子更重要。

事情闹到这一步，唐棣无论如何也不可能收下这脸谱，否则天下人会如何说他？臣子们会如何笑话他？他如何咽下这口气？

眼见四周侍卫都提着武器，围了过来，商九宫心知大势已去，这一场赌输了，却不是输在自己的能力上，而是输在一个猪队友的疏忽大意上。他心有不甘，哪里肯就此俯首就擒？于是她坐在地上，大吼一声：“小陆！”

打从进门开始，就一直被人忽视的青衣小斯走到他面前，细长眉眼望着眼前众人，没有半点紧张，也没有半点畏惧，两手一抖，两把黑色匕首就握在手中。

商九宫披头散发地站起，从他背后，望向唐棣与太子，脸上是功败垂成、但求一条活路的颓废，他苦涩地道：“皇上，太子，让我走吧。”

太子冷笑一声，唐棣则直截了当地喊：“不可能！”

商九宫只得叹了口气，对护卫在他身前的少年刺客道：“小陆，这是最后的任务。”

“听着呢。”小陆淡然道。

“带我突围，”商九宫狠狠道，“若我不幸身死，就杀了皇上或者太子中的一人，来为我殉葬！”

“然后呢？”唐娇问。

窗户紧闭，风透不进，雨打不进，但风雨声声入耳。

她伏在桌上，脑袋斜趴在手臂上，两段桃色的袖子，颜色由浅入深，仿佛将由开至落的桃花都缝在袖里，人面桃花相映红。

天机正在剪烛烛芯，烛光跳跃在他脸上，他平静道："然后，小陆就带着商九宫突围了。"

"……他竟有这凶残能力，"唐娇一阵错愕，"我一直以为他就是个死要钱的小厮。"

"但实际上，他是商九宫给自己准备的最后一条退路。"天机将烛火剪得"啪啪"作响，明灭不定的火花拂过天机的脸颊，他淡淡道，"小陆是个刺客，带人突围很难，但是十步之内，取一首级却很容易，以当时的情况来看，小陆多半会选择放弃商九宫，直接取走一颗头颅，就是不知道他会选唐棣还是太子。"

"所以他们不愿冒险，就把人放了对吗？"唐娇问。

"是啊，"天机淡淡道，"可是一路突围出去，小陆还是杀了不少人，他这种刺客杀人是按人头收费的，杀皇帝和杀小兵是一个价钱……"

说完，他又补了一句："天价。"

"商九宫有的是钱。"唐娇觉得这一点完全不必为他担心了。

"可商家现在已经被查封了，"天机微微一笑道，"我不知道商九宫现在还有没有办法支付小陆余款，若付不起钱……一个小陆比一千个唐棣还可怕。"

唐娇对此付之一笑，没有太多的同情，没有太多的怜悯，没打算落井下石，但也没打算出手相助。

大家都已经是成年人了，得为自己所做的事情负责，既然商九宫决定压上自己的全部身家豪赌一场，那就赢了自己笑，输了自己哭。

对他而言一切都已经结束了，但对某些人而言一切才刚开始。

门外忽然传来敲门声。

天机仍专注地剪着烛芯，头也不回地说："进来。"

房门大开，一名身上微微有些湿的锦衣卫走了进来。

“太子有令，撤销暗杀令，从今夜开始，不再对唐姑娘出手，”他朝天机拱手道，“另外，他让我传句话给您……他说，他已经不怪您了，让您赶紧回去。”

剪烛芯的手微微一顿，天机背对着他，一言不发。

摇曳的灯火照在唐娇脸上，她懒洋洋地趴在桌上，看他的眼神晦暗不明。

半晌，天机缓缓将手里的剪子放在桌上。

在剪子落下的那一瞬间，唐娇忽然面色森冷道：“你哪儿也不许去。”

“唐姑娘，”那名锦衣卫已经忍无可忍，他皱着眉头看向唐娇道，“你又不喜欢指挥使大人，为什么不肯放过他？”

“你家大人可是亲口跟我说过，不需要我喜欢他，只要能留他在我这儿削土豆，他就已经心满意足了，”唐娇一笑，“不信你问他啊。”

年轻的锦衣卫气得差点背过气去。

他哪敢真的去问天机，若天机回答一句是，他怕自己会立刻跪在地上哭死。

“你就仗着大人喜欢你，为所欲为，恃宠而骄！”锦衣卫很为自家上司的眼光担忧，“大人！世上的好女人那么多，你为什么要喜欢她呢？你看看，她身为一个女人，从来不进厨房，你若不给她做饭吃，她就出门下馆子！衣服不洗，地也不拖，娶她哪里是娶老婆，压根是给自己找个老娘啊！”

“是啊是啊，世上的好女人那么多，有的女孩子既会做饭又擅琵琶，一双手闲不下来，总想为他做些什么，一颗心也闲不下来，总在思念他恋慕他，”唐娇抚着自己的手指，垂眸笑道，“天机，你喜欢那样的女孩子，还是喜欢我？”

你喜欢的是过去的我，还是现在的我？

“够了，”天机叹了口气，转头对那锦衣卫道，“你走吧，我想跟大小姐单独说几句话。”

“……是。”那锦衣卫狠狠瞪了唐娇一眼，这才愤然离去。

“我怀疑他在回去的路上就会哭出来。”唐娇单手支着腮，目送他离开。

“大小姐，别再欺负他了。”天机有些无奈。

唐娇笑而不语地看着他，忽然朝他伸出一只手。

如果是以前，天机会以为她在向自己撒娇，然后无奈一笑，握住她的手，像抚摸小猫的爪子一样抚摸掌中的手指。可现在他却迟迟不敢伸出手，怕会错了她的意思，怕引来又一场冷战。

“你这样小心翼翼的，不累吗？”唐娇笑了，伸手过去，抓住他的手。

天机的手指微微一颤，怕她反悔，怕是转瞬即逝的梦，急忙握紧她的手指不松开。

他看着唐娇，而唐娇也看着他，对他温言软语道：“你以前是不是很喜欢我？”

“是。”过去从来不肯承认的话，今天却迫不及待地承认了下来。天机在心中补了一句，现在也是。

“我也曾经很喜欢你，”唐娇笑了笑，表情有些平静，并不像他那样激动，“这份感情改变了你，也改变了我，但说实在的，有些改变并不是好事，我变得喜欢记仇，变得尖酸刻薄，不讨人喜欢了……”

“大小姐，”天机打断她，单膝跪在她面前，握紧她的双手，虔诚又爱怜地望着她，“你没有变，你依然很讨人喜欢。”

他的手指并不温暖，但依旧有力，像刚硬的岩石，像深沉的海水。

唐娇静静看着眼前这张俊朗容颜，看着这让她一直以来难以释怀的男人。

他是她心中留恋不已的花朵，也是她心头难以割舍的毒瘤。

“要是你从来没背叛过我就好了，我就能一直喜欢你，喜欢到我白发苍苍入土为安，”唐娇叹了口气道，“或者你没回来就好了，我就能一直恨你，恨到你粉身碎骨不得好死。”

变质的苹果挖掉烂掉的部分还能继续吃，那变质的爱呢？刮掉上面那层难以回首的过去，还能继续爱吗？

唐娇将手从他手里抽出，捧着他的脸颊，盯着他的双眼。

“……我不知道自己现在是恨你，还是爱你，”她眼里燃烧着熊熊火焰，几乎要将自己和他燃烧殆尽，“但到我腻了你为止，我不许你走！”

天机慢慢抬起一只手，覆在她的手背上，脸颊贴着她的手掌，温柔笑道：“我不走。”

夜已深，太子坐在垂帘后，阴柔地问道：“天机还没回来吗？”

青姬回道：“没有。”

太子的面色更加阴沉下来。

青姬的脸色也不好看，自打知道今夜的消息，知道商九宫戏耍了太子，戏耍了她之后，她的两条腿就像灌了铅一样，沉重得连迈步都难，一张脸更是惨白如纸，敷再多的粉也掩不住那由内而发的凄苦黯淡。

之前的苦算是白吃了，失了名节，怀了野种，失了功劳，只剩苦劳，她付出一切却换来如此惨淡的结局，这指挥使的位子还保不保得住？

不，她必须保住，因为除了这地位，她已一无所有。

“殿下，天色已晚，请您早些歇息吧，不要再等天机那叛徒了，他如今沉耽美色，一时半会儿哪回得来？”青姬拼命地踩低旁人抬高自己，“您有什么事情，请吩咐我便是，天机能做到的，我一样也能做到。”

垂帘之后，太子发出一声冷笑。

“你不提，我还差点忘了，”他冷冷道，“我特地将你送到商九宫身边去，难道是为了让你在他身边混吃等死的？他几乎日日留宿你房中，你便一点端倪都没发觉？你就是这样为我办事的？”

“殿下息怒！”青姬跪在地上，满心委屈道，“若不是我发现商九宫与玉嫔有染，天机也不会这么快查出玉嫔的事来。”

“我不想再听你废话，滚出去。”太子不耐烦道。

“殿下！”青姬顿时急了，一身荣辱皆系于他，若失宠便再无翻身余地。

她忍着心中的屈辱，狗一样朝他爬去，试图求他怜悯，求他眷顾。

帘幕后却飞出一方砚台，砸在她的额头上，令她惨叫一声，匍匐在地，额上鲜血涓涓，从指缝间淌出。

“若不是你利欲熏心，离间我和天机之间的感情，我怎会命人杀他，他又怎会一去不返？”太子唯恐外人听不见自己的声音，大声责骂道，“商九宫这次也是你主动请缨，说什么一定把事办成，结果呢？却累得我们陪你一块儿吃苦！来人！把她给我丢出去！”

青姬捂着额头，鲜血温热，心中寒冷。

太子竟将所有的错都推到她身上。

她不但没有功劳，没有苦劳，最后还要当替罪羊，承担所有责任。

侍卫走进门来，将神色恍惚的青姬架起来，朝屋外拖去。拖过的地方，留下斑斑点点的血迹。

一名侍卫看着她，犹豫了一下，转头对太子道：“她小产了。”

小产让青姬获得了几天休息，却不能让她的处境好转。

相反，在她躺在床上这几天，谣言迅速传开，没过多久，几乎所有人都知道，太子和天机会闹得这么僵，全是因为这女人在其中捣鬼，而这一次导致满盘皆输的美人计，也是她自告奋勇提出来的，并非太子在犯傻。

于是偶尔会来探望青姬的那两人，也都不来了。

青姬躺在下等婢女住的屋子里，纸糊的窗户已经开了一个口子，寒风并着闲言碎语吹进来，薄薄一层被子压根挡不住那寒意。

青姬咳嗽两声，爬起身来，想倒口水喝，可摇了摇水壶，然后揭开盖子看了看，却发现里面一滴水都没了。

她只得披上衣服，头也不梳脸也不洗，扶着墙壁，艰难地往门外走去，一路敲响隔壁的婢女房，却没有一个人给她开门，开了门的，也都

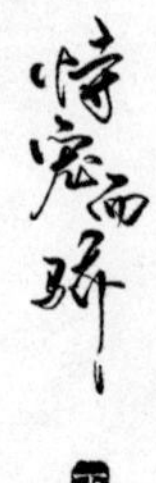

万般推脱，叫青姬忍不住感到好笑，难道给她一口水喝，就会污了太子不成?

她只得自己往井边走，九曲回廊走到一半，身后忽然传来一个男子的声音：“青姑娘?”

青姬脚步一顿，缓缓转过头去。

长廊外是个阴天，虽是下午，天色却昏暗得犹如傍晚，天上的云是灰的，落下的雨是灰的，地上的泥是灰的，而她也是灰蒙蒙的。

但温良辰不同，他站在她眼前，整个人犹如蒙了层光一样。

在所有人避她如瘟疫时，他来到她身前，用温柔的、怜悯的、愧疚的目光看着她，对她说：“你……不冷吗?”

他一边说，一边解下身上的狐裘，刚要递给她，却又想起了她的身份，想起她其实是太子的通房婢，于是手里的狐裘迟迟不能递出去，只得抱在怀里。

青姬静静看着他，长廊挂的灯笼在他头顶摇啊摇，仿佛一条星河飘在他身后，她忽然问道：“把我送给商九宫……是你跟太子提出的建议吗?”

温良辰愣了愣，摇头苦笑道：“不是。”

“那就好。”青姬松了口气，伸手接过他手里的狐裘，深深拥在胸口。

这份无法言说的爱恋，刚刚诞生的那一刻就遭逢大难，她怨着、恨着、猜疑着，直到此刻从他口中得到一个准确答复，无论是不是真的，她都选择相信。

相信她已经惨淡灰白的生命中，还有那么一处干净的地方，有那么一个干净的人，有那么一点干净的感情。

不需要爱她，只要一点点怜悯就好。

不需要太关心她，只要别像太子那样，将她用完就丢便好。

把她当成一个人，而不是随手可丢的垃圾。

“我去跟太子说说吧。”温良辰对她其实心怀愧疚，建议不是他提的，但他到底没去阻止。他又是个久经欢场的风流种，青姬对他的那点小心思，他哪会看不出来？对这种真心实意喜欢他的女子，他一向心软，如果青姬不是太子的枕边人，他定然会对她很好，如今却碍于彼此身份，即便想要照顾她，也照顾不到太多，只能道，“你这次没有功劳也有苦劳，他这样待你，实在有些欠妥，如果不想你留在身边，就把你放到外面做事吧，想来以你的能耐，打理一两家店铺，或者一两处据点是绰绰有余的……”

“温侯，”青姬忽然打断他，“我渴了，你能给我打碗水喝吗？”

温良辰顺着她的目光看去，不远处就是一口水井，他微微皱眉道：“你身子虚弱，怎能喝冷水？我去叫人送些热茶到你房里吧。”

“不用了，”青姬笑道，露出两个甜甜的小酒窝，“我只想喝你打的水。”

换了别人，温良辰理也不会理，但到底对眼前这女子有愧，便将白玉烟枪往腰上一插，撸起袖子，唉声叹气道：“好吧，谁叫我就是没办法拒绝美人呢。”

他走到井边开始打水，头上撑着一顶竹叶青色油纸伞，他原以为撑伞的是自己的侍从，回过头来，才发现是青姬。

水桶上挂着一柄木勺，温良辰舀起一勺水，没给她，自己先喝了一口，然后龇了龇牙道：“太凉了，我还是让人上些热茶吧。”

青姬笑而不语，伸手夺过他手里的木勺，递到有些发白的唇边，未饮，却道：“我爹救过太子的命。”

说完，她低头饮了一口水，又道：“他不希望我步他后尘，所以临死前将我送到太子身边，希望我能当他的女人，不要再过刀头舐血的日子。”

举起手里的木勺，将剩下的水一饮而尽，一股冷意直入肺腑，青姬丢下手里的木勺，用青色袖子擦了擦嘴，呼出一口冰冷的气道：“我伺候太子的时间比天机还要久，他是什么样的人……我已经看透了。”

抬起那双锐气消磨的眼睛，她望着温良辰道：“你要当心太子。”

温良辰目光一闪。

青姬却微微一笑，不等他开口，也不等他挽留，只身退出伞下，像一片被雨打下枝头的叶子，孤零零地飘远，将温良辰，将油纸伞，将那件温暖的狐裘，都远远丢在身后。

第二天，温良辰得到消息。

青姬已于深夜，横剑自刎。

听到这个消息时，温良辰正在牡丹楼里饮酒作乐，闻言只觉大雨倾盆，将他淋个通透，身边莺莺燕燕那样多，他眼前却只有一个孤零零的青色背影。

“我应该过去的，”他转着手里的琥珀杯，喃喃自语道，“把伞给她，把狐裘给她，或者摘朵花给她……”

“侯爷，怎么了？”身旁的歌姬柔声问道。

“我有点难过，”温良辰枕在她膝上，抬手抚摸她鲜剥鸡蛋似的脸颊，目光却透过她看向另外一个人，“有一个小姑娘跟我祈求爱……可我没给她。”

在她最痛苦、最彷徨、最绝望的时候，也许一点爱、一个吻、一朵花、一点希望就能救她，可他却吝于施舍。

太子是个浑蛋，商九宫是个浑蛋，他也是个浑蛋，将希望寄托在他们身上，注定不会有好下场。

温良辰忽然将杯子里的酒泼洒在地上。

“拿酒来！”他笑着吩咐道，随后一坛坛美酒送上来，众人狂饮三百杯，而他喝一杯，洒一杯，看似狂歌乱醉，谁又知道他其实是在祭奠一缕芳魂呢？

直至一名家丁前来，凑在他耳边，说了一则消息，他才不由得“呵”了一声，摇着杯子里的葡萄酒，似悲似嘲道：“都是心比天高命比纸薄，但这位玉嫔的做法还真是与众不同。”

同样是心比天高命比纸薄，夙愿成空之时，青姬想到了死，但玉珠却只想活，不仅要活，还要活得好。

玉液宫中，她一掌扫落盘子里的红枣汤，柳眉倒竖道：“你们怎敢给本宫吃这种东西？本宫要的鲫鱼汤呢？”

宫人有些蒙了，他们实在搞不明白，这个明显已经失宠的娘娘怎么还有这么大的脾气。

“看看清楚！”玉珠抚着自己的肚皮，笑着说，“这里面可是皇子，是皇上唯一的儿子！你们敢这样怠慢他？去，给本宫做鲫鱼汤来！”

连她身旁的侍女都看不下去了，只好咳嗽一声：“还站着干什么，还不快点给娘娘送鲫鱼汤来？”

等宫人们退下，她才忧心忡忡地回头道：“娘娘，如今不比往常，宫里都在传您这孩子来历不明，皇上那边也一直静悄悄的没个回音，这个节骨眼上，您就有什么吃什么，收敛收敛脾气吧。”

玉珠听到这里，忽然冷笑一声：“不是他的种又怎样？”

侍女一把捂住她的嘴，惊恐地左右四顾道：“娘娘，谨言慎行！”

玉珠拍开她的手，美丽的脸上露出一个自信满满的笑容：“大惊小怪个什么劲？”

她起身走到梳妆台前，拉开妆奁，将里面的珠钗凤簪一根根取出来，笑着欣赏着，细细挑选着。

“太子为什么能跟皇上争？为什么有那么多人支持太子？还不是因为皇上无后，”玉珠笑道，“本宫这个时候怀上孩子，足以左右局势，至于孩子的亲爹是谁，又有什么关系？只要皇上足够聪明，就该知道……这个时候承认他，比不承认他获利更多。”

侍女呆呆看着她。

“你还站着干什么？”玉珠解开头发，乌黑发丝披在身后，犹如一批华美的披风迤逦在地，她转头对侍女道，“还不快点过来为本宫梳妆打扮，本宫待会儿要去见皇上。”

侍女张了张嘴，却将要说的话咽了回去。

玉珠太过自信了，现在的她压根就听不见旁人的话。

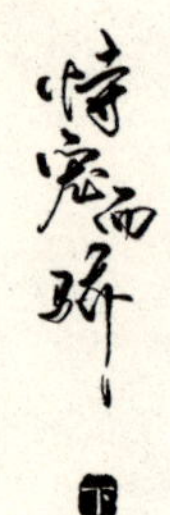

身为一名小小的宫女，她连玉珠都改变不了，又怎能改变大局？缓缓走到玉珠身后，她一边为玉珠梳头，一边在心里祈祷着……祈祷皇上真有那么好说话，祈祷玉珠的美貌真能倾国倾城到能左右那位至尊。

待梳妆打扮罢，鲫鱼汤还是没有送来，正如侍女所担忧的，宫里人已经看出来了，玉珠正在失宠，而且是那种无法挽回的失宠。

但玉珠却看不出来，她将御膳房的人臭骂一顿，然后裹上狐裘披风，让侍女搀扶着，一副弱不禁风的孕妇样朝飞霜殿走去。

守在门外的是高公公，他将胖墩墩的身体往玉珠面前一拦，笑呵呵地请她回去，玉珠见了男人立刻换上另一副嘴脸，嘤嘤哭泣着，用手里的香帕捂着嘴，哽咽道："公公，您就让我见见皇上吧。"

"娘娘，您就别难为老奴了。"高公公直摇头。

"皇上难道真的信了宫里那些闲言碎语吗？"玉珠痛哭失声，一副受尽委屈的可怜样，"皇上，臣妾是无辜的，皇子也是无辜的，求您见见我们母子俩吧！"

见她哭得直往地上坐，高公公也是头疼，这一哭二闹三上吊四赖地不起的技能，他也是醉了，只得一边扶一边道："唉！您这是做什么，快起来，快起来。"

两人在门前推推搡搡许久，玉珠拼命往里面钻，高公公拼命把她往门外挡，此情此景，叫侍女不由得想起了一个叫作老鹰抓小鸡的游戏……

高公公人又胖，年纪又不小了，哪里玩得过年轻人，不久就脚步虚浮，一身大汗，不得不喊来救兵——一群身强体壮的老嬷嬷。

嬷嬷们将玉珠扭送回去。回去之后，玉珠大发雷霆，发作完后，觉得肚子有些饿了，又让侍女去催鲫鱼汤，结果这一次莫说鲫鱼汤，便连红枣汤都没得喝了。大伙儿都晓得她已经失宠，亦觉宫中传言搞不好是真的，于是越发怠慢起来。

时间久了，玉珠也渐渐觉出不对，但她仍不信自己已经输了，一边令侍女为她梳头，一边看着镜中的自己，喃喃道："皇上也许会嫌弃这个孩子，但绝不会嫌弃本宫，这世上绝没有男人会嫌弃本宫……”

花容月貌应犹在，却不知镜中之花、水中之月，能得长久否?

又等了几日，玉珠终于无法再等下去，她挺着肚子一路横冲直撞，这一次谁敢拦她，她就捧着肚子“哎哟哎哟”大叫，指控道：“大胆奴才，你真敢杀了皇子吗？”

高公公感到恶心，急唤嬷嬷们前来助阵。

却在此时，一个小太监从里面走出，贴在他耳边说了几句话。

高公公松了口气，抬手道：“行了行了，都散开，皇上让她进去。”

说完，他又是嫌恶又是怜悯地瞪了玉珠一眼：“你好自为之吧！”

玉珠没理他，急忙整了整自己有些散乱的发髻，然后姿态婀娜地朝寝宫内走去。

有多久没走进这里了？她已经忘了，只是走得近了，就渐渐听见里面传来男人和女人的声音，他温柔地问：“好喝吗？”她羞涩地答：“好喝。”

玉珠站在门前，看着眼前那幅画面。

唐棣坐在书桌旁，腿上坐着一名青衣宫女。

他手里端着一碗鲫鱼汤，一勺一勺，喂到她唇边，态度极为温和，视她如无价之宝。

“你怎么会在这里？”玉珠惊愕地看着那名宫女。

那宫女转头看向她，并不美丽的面孔，丢进美人如云的后宫里，就像一片平凡的树叶，泯然众人。

“怎么这副表情？”唐棣摸了摸宫女的脸，对玉珠笑道，“没想到她还活着？”

玉珠望着那宫女。

那是歧雪。

那个在宫中政变时，舍命救下唐棣，然后被玉珠夺了功劳的那名小宫女。

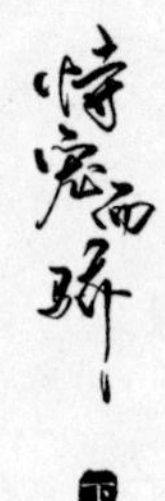

既然抢了她的功劳，怎能不防着她翻身？玉珠早已让掖庭令杀了她，因为只有死人才能保守秘密，却没想到他做事如此不干净，竟让她活着回来了。

更让她心惊的并非这点，而是唐棣看她时的温柔眷恋。

他似乎透过她在看着另一个人。

玉珠知道那人是谁，这也是她必须杀了歧雪的理由，歧雪的眉眼实在太像万贵妃了，屋里的烛光暗一些，就仿佛看见万贵妃再生。

玉珠感到阵阵心寒，她慢慢转头看向唐棣：“皇上，你……是不是在利用我？”

“怎么能说是利用呢？”唐棣笑道，“你想要荣华富贵，朕想要一个人帮歧雪挡着后妃们的明枪暗箭，谈不上利用，不过是各取所需罢了。”

玉珠沉默半晌，失笑道：“原来陛下早知道不是我。”

“你是个危急时刻连自己的亲生母亲都能推下马车的人，你怎可能会在兵荒马乱的时候舍命来救朕？”唐棣讽刺一笑，“更何况你那时才刚进宫，东西南北都分不清，就算救了朕，又怎知逃到哪里才算安全？所以朕打从一开始就知道了，救了朕的人不是你，而是歧雪。”

玉珠哈哈一笑，抬手指着歧雪道：“我看不见得吧，皇上并非因为她救了你，才对她好，而是因为她长得像万贵妃，才对她另眼相待！”

唐棣“呵”了一声，并不反驳她。

“我不明白！”玉珠激动起来，皇子计划失败，她还不觉得有什么，但是眼前的失败她却忍无可忍，“万贵妃那样一个人，究竟有什么值得你留恋的？你甚至不惜找个替身在身边？比美貌、比年轻、比气质，她哪一点比得上我，皇上……你为什么不肯看着我？”

说到这里，她嘤嘤啼哭起来。

那张莲花般无瑕的面孔沾上泪水，足以打动世上大部分男人，但这些男人里显然不包括唐棣。

“回去吧，”唐棣淡淡道，“朕暂时不打算杀你，在歧雪生下孩子之前，你要继续为她遮风挡雨。”

“皇上！”玉珠扑到他脚下，抱着他的腿哭道，“你为什么要这么偏心？你就分点爱给臣妾，分点爱给臣妾肚子里的孩子吧！他也是你的孩子啊！”

“这是不可能的，”唐棣踢开她道，目光森冷地俯视她，“你以为朕每次完事后，赐你的那碗燕窝是什么？”

玉珠低头摸着自己的肚子，脸上的表情极为扭曲。

原以为是荣宠，其实是提防。

那燕窝从未滋补她的身体，只是为了防止她怀上孩子。

“你们怎可这样对我！”她抬起头，满脸是泪地喊道，“你们怎能这样对我！”

在她的哀号声中，嬷嬷们走进来，将她提起来带走，不久之后，传来她小产的消息，而小产不久，皇上又重新赐了些滋补身体的药物和珠宝绸缎给她。后宫嫔妃们见此，心中更是妒恨，心道她做出这样的丑事竟还没失宠，果然又是一个万贵妃，于是更加针对她，叫玉珠日日活在水深火热当中。

所谓荣华富贵不过好吃的、好喝的、好看的、好用的，为此付出一辈子的清静，究竟是值还是不值？

“却是何苦来哉？”白老爷子是如此评价的。

四面墙壁，四面脸谱，喧嚣散尽，白老爷子又一个人坐在屋子里把玩脸谱，座下一只蒲团，身旁放着一碗蜜蜡，他一手拿着一张破碎的脸谱，另一只手举着毛笔，笔尖染着蜜蜡，仔仔细细扫过脸谱上的裂缝。

却是那张世上最昂贵的脸谱。

“有些人，以为自己有才华就一定能获得成功，可惜跟错了主人，就算是仙鹤最后也会沦落到盘子中充当烧鸡的，”他一边修补脸谱，一边对它道，“有些人以为自己倾国倾城，能够靠着一张脸来主宰天下男人，可惜世上男人那么多，有些人就是不好她这口；还有人……呵呵，明明是个人，却想学杜鹃，把蛋下在别家巢里，想法不错，可他的对手

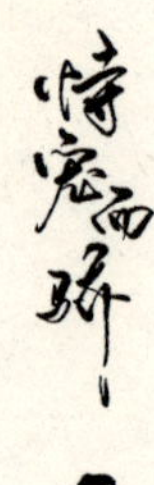

下

是人，不是傻鸟。”

因被唐棣摔过一次，那张原本璀璨夺目的脸谱如今显得惨不忍睹，上面裂了一道巨大的缝，镶嵌在上面的七颗宝石掉了一颗，原先安放公主之泪的地方如今只剩下个黑洞洞的口子，看起来就像没了眼珠子的眼眶。

“世上最昂贵的东西是梦想，但超出能力之外的梦想就是噩梦了，”白老爷子抚着那脸谱，惋惜道，“一群傻子做着千秋大梦，最后却是连累了你。”

他起身，将用蜜蜡缝补好的脸谱戴在脸上，然后转身出了屋子。

拉开房门的一瞬间，外面一列卫士整齐地朝他行礼。

“见过将军！”他们齐齐发声，如群狼聚首，仰望头狼。

白老爷子负手而立，环顾众人。他虽须发皆白，但一股彪悍勇武之气却由内而外地从骨血里散发出来。

“去两个人，告诉唐棣和唐离忧，”他道，“白家狼卫已经抵达京城，百万大军亦整装待发，问他们要还是不要！”

说到这里，他冷笑一声：“若要，就去见她，把她手里那张脸谱带来给老夫！”

第十八章 三张脸谱笑朝臣

胭脂茶铺内，唐娇正在款待一名稀客。

“小陆，你怎么还敢光着脸在街上乱走？”唐娇惊讶地看着眼前的少年。

“我不光着脸，还得在脸上套件衣服吗？”小陆坐在茶铺内，端着热茶暖手。

“至少糊层泥吧，不然被人认出来咋办？”唐娇张望四周，怕下一刻就有一群卫兵冲进来抓人，“话说今天吹什么风，你怎么会突然来我的茶铺？”

小陆沉默片刻，才道：“你家茶铺的茶水便宜咯……听说没钱的话，还可以用故事换钱。”

原来不是来看她的，是来占小便宜的！唐娇没好气地道：“我先说好，我已经听过的、烂俗的故事是换不了茶的哦。”

“呵呵，我拿商九宫的故事跟你换吧。”小陆笑道。

唐娇很感兴趣地在他面前坐下，凑过头去，小声问道：“听说他家已经被查封了，你的余款结清了吗？”

“没有。”小陆回道。

“然后呢？”唐娇问道，“你该不会是恼羞成怒之下，把他给杀了吧？”

“不，”小陆坦然道，“我把他卖了。”

唐娇：“……”

“他虽然其他方面一塌糊涂，不过赚钱的本事很厉害，”小陆一边喝茶，一边道，“我把他卖给总部了，至于总部是用他赚钱，还是转手卖给别人，那就与我无关了。”

“总部是什么，不明觉厉啊。”唐娇觉得自己就快不认识他了。

“刺客楼，杀手堂，随便乱叫吧，反正对我来说就是个赚钱的地方。”小陆伸手入怀，摸了块木牌子丢给她，“如果你要请刺客，记得来找我啊，杀人、杀鸡、毁情敌的容或者毒杀仇家的狗，只要价钱合适我都干的。”

唐娇脸儿都绿了，决定哪天跟人结仇，就把手里的木牌寄给他，倾家荡产卖身还债指日可待啊。

“请问是唐娇唐姑娘吗？”一个陌生的声音忽然响起，两人循声望去，见一名管家打扮的男子走进来，身后跟着一群婢女家丁，人人锦衣华服，个个手捧礼盒，而他则双手捧上一封信，谦卑地说，“这是我家主子给您的信。”

唐娇狐疑地接过一看，脸色立刻一冷，抬眼道：“拿回去！”

“主子他毕竟是您哥哥，亲哥哥，”对方规劝道，“血脉亲情，哪能这么轻易割舍得掉？过去他虽然做了许多错事，但谁年轻时不会犯错？如今他已知道错了，想要好好补偿你，还请给他一个机会吧。”

短暂的寂静之后，茶铺内喧嚣声起，身周尽是指指点点和窃窃私语。

“这真是人在家中坐，遗产从天上来啊。”

“放屁，人家哥哥还没死呢。”

“羡慕、嫉妒又恨哪，我也想一觉醒来，多个有钱有势的哥哥或者爸爸。”

唐娇的脸又绿了一层，身旁的小陆趁机开始揽生意：“平静的生活被人恶意打破，身旁的指指点点让你回不到过去，你是否觉得愤怒，是否觉得不甘，是否觉得痛苦不堪？别忍耐，有我在，提供各种专业服务，精通千种暗杀技术，第一次还打八折哦亲。”

唐娇斜了他一眼，转头道：“你认错人了，我爹娘就我一个孩子，我没有哥哥。”

她态度坚决而无情，一口咬定自己没哥哥，即便有，尸体也已经长出草了，管家无法，只好留下礼物离去，唐娇哪肯收下这些东西，全部丢去门外，哪怕被乞丐捡走，她也不收。

小陆见此，不禁唏嘘道：“价值五百贯的礼物你都不收？”

唐娇服了，以前小陆扫一眼就能估出东西的价值，现在他封皮都不拆就能估价，唐娇怀疑他能透视……

“天上掉下来的不一定是馅饼，也有可能是铁饼，”唐娇说，“我可不想为了一口饼，把满口牙都磕掉。”

尤其是这饼源源不断地送上门来的时候，她就更怀疑这饼里装了什么馅儿。

起初只是送些金银财宝、首饰衣服，她把这些东西都丢了，对方反而送得越来越殷勤、越来越贵，在亮出两张地契之后，连常来吃茶的茶客都忍不住劝她，跟谁生气也莫跟钱生气，如此人傻钱多的哥哥不好找，错过这村可就没这店了。

唐娇一边给大伙上炒黄豆，一边笑而不语，回头却逮着天机问：“太子是不是患了什么绝症，需要换血、换肝、换肾？”

天机也已经知道这事了，他安抚地拍了拍唐娇的手，平静道：“没有。他若真患了这样的绝症，便不会跟你讲条件。”

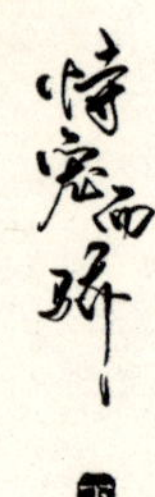

“他会直接把我抓去开刀放血，”唐娇笑着挥开他的手，“你呢？你会救他，还是救我？”

天机沉默片刻，道：“不会有那一天的。”

“是吗？”唐娇满脸嘲讽，“我倒觉得离那一天，恐怕已经不远了。”

三日后，燕来楼的说书先生病了，请她过去救救场，代他说一天书。

唐娇如今在京城也算是个小有名气的说书先生，虽大多时候都在自家茶铺说书，但偶尔也会去其他茶楼串串场。她便答应了下来，待来了燕来楼才觉不对，那茶楼老板没安排她说书，而是直接将她带到了三楼雅间。

雅间门一开，便看见里面站了一群人，而坐着的只有一个。

那唯一一个坐着的人正是太子，锦袍玉冠，面容艳丽，对她笑得温和。

唐娇想都不想，转身欲走，却发现房门早已关上，两个铁塔似的壮汉守在门前，面无表情地盯着她。

“妹妹，过来坐吧。”太子一边倒酒，一边唏嘘道，“咱们兄妹两个，有多少年没一块儿吃过饭了？”

唐娇走到饭桌旁坐下，不看他，不理他，提起筷子开始吃菜。

菜是极好的，太子从不亏待自己，过江驴肉、红烧狮子头、佛跳墙，样样都是燕来楼的招牌菜，莫说让人食指大动，足以让人食指抽筋。

太子一副宠溺模样，亲自给她夹了一筷子菜，温柔道：“从前是当哥哥的不好，一心只顾着复位的大业，忽略了你。我知道你心里难过，也知道你怨我恨我，不过你放心，从今往后，我会好好疼你，你想要的，哪怕是天上的月亮，哥哥也给你摘下来。”

唐娇舔了舔嘴道：“好啊，那你把月亮摘下来给我吧。”

太子愣了愣，然后摇摇头，苦笑道：“你这孩子，就会难为哥哥。”

说完，他还想伸出手去揉揉唐娇的头发，但被她用筷子挡住了。

“不打紧，晓得你是说说而已，不当真，”唐娇笑道，“所以我也只是说说而已，你也不必当真。”

太子的面色沉了下来，他对唐娇严厉地说：“你也是父王的孩子，身体发肤都来自于他，为了给他报仇，为了光复大业，做出一些牺牲也是应该的。有多少人为此死了，你不过做出一点小小牺牲，何必耿耿于怀，怨恨至今？”

“我没见过我亲爹，也没见过我亲娘，但就现在看来，我们同样是他的孩子，但他似乎不怎么公平，”唐娇道，“你拿到了所有人力物力，而我跟我娘在胭脂镇连活着都艰难，凭什么你不出力，却要我来牺牲？”

太子冷笑一声，激动地道：“周明月就是这样教你的？为了保全你自己，连血海深仇都不顾了，说你小肚鸡肠还是轻的，你简直是自私自利、无情无义。”

“那我该说你是贵人多忘事，还是老年痴呆？”唐娇同样冷笑道，“我娘为了光复大业已经死了，我为了你的大业坐过牢，断了手，如果不是友人接济，现在怕是要沿街讨饭，现在你还想怎样？”

世上没有无缘无故的爱，也没有无缘无故的恨。

如果太子真将她当成妹妹看，她又怎会推开他这唯一的亲人？

可惜一次一次的欺骗、一次一次的利用、一次一次的隐瞒让她看得清楚，太子根本没将她当成自己人，只把她当成一头养肥可杀的猪，如今她侥幸没死，他还不高兴，前些日子她遭遇无数杀手，若无天机，她早就作了古。

亲情也罢，友情也罢，都是越耗越少，事到如今，何必勉强彼此称兄道妹？

“说出你的来意。”唐娇已经觉得厌倦了，她搁下筷子道。

“这才是我的好妹妹。”太子笑了起来，眉宇间有些志得意满。

下

“你别搞错了，我帮你，不代表我认你，你这贱人没资格当人哥哥。”唐娇不顾太子眉间怒火，淡淡道，“我帮你，权当是做女儿的本分，当然能做的事情我会做，不能做的事情我不做，这一件事做完，咱俩一拍两散，以后再碰上，谁也不用对谁留情。”

她话语间的心灰意冷，太子视若无睹，对他而言，如今的结局就是最好的结局，待他从她手里拿到那样东西之后，她是死是活都与他无关。

但他面上还是叹了口气道：“这又是何苦？一个女孩子在外面辛辛苦苦地操持茶铺，哪里比得上在我身旁锦衣玉食，做个养尊处优的公主？”

唐娇提筷吃菜，不理会他。

见无人搭腔，太子的独角戏也就唱不下去了，索性如她所愿，进入正题道：“唉，好吧，过去种种就让它过去吧，以后的事情咱们以后再说，现在你把脸谱给哥哥吧。”

“脸谱？”唐娇愣了。

心里百般猜测，甚至猜测他可能是心、肝、脾、肺出了问题，必须找亲族换个脏器，谁知他开口居然问她要什么劳什子脸谱。

“对，脸谱，”太子直视她的双眼道，“将世上最丑的那张脸谱交给我。”

世上最丑的脸谱？

唐娇知道这东西，某个有怪异收集癖的老人向太子和皇上索要三张脸谱，报酬是一批兵马，而最丑的脸谱便是那三张价值连城的脸谱之一。

“这玩意儿怎会在我手里？”唐娇狐疑地看着对方，“你听谁说的？”

“白老爷子亲口所说，脸谱就在你手里，”太子蹙眉道，“东西放在哪儿了，你仔细想想。”

脸谱这东西，唐娇不讨厌，但也不喜欢，逢年过节逛庙会的时候，会买一两张应应景，但除此之外，不会去特意收集，且即便买，也是挑漂亮的买，想着家里那几张嫦娥、玉女、猴头脸谱，她摇摇头道：“没有，我没有这种东西。”

“白老爷子绝不会骗我。”太子眯起眼盯着她。

“我也没有骗你的必要。”唐娇朝他笑了笑，然后起身朝门外走去。

“我派人送你回去，”太子在她背后道，“你把脸谱找出来，然后交给他吧。”

“算了吧，”唐娇已经懒得跟这人说话，随意地摆摆手道，“别说我没有，就算有，我也不给你。”

“你这是在耍我吗？”太子的脸色立刻沉了下来，或因久居上位，一股不怒而威的气势迸发出来，令身旁众人都低下头去。

唐娇是光脚的不怕穿鞋的，更何况太子现在有求于她，那么在得到脸谱之前，他不会动她。

“都说了能做的做，不能做的不做，你请我一桌子酒菜，就想换一样稀世之宝，我刚刚吃的莫非是龙肝凤髓不成？”唐娇单手叉在腰上，昂着头瞥了他一眼，一点不给面子地笑道，“脸谱什么的没有，风月本子倒是有一沓，回头我让人给你送来，权当今天的饭钱。”

太子气急，指着她说不出话来。

唐娇走到门前，两名壮汉依旧拦着不让走。

可现在饭已吃完，话也已经套完，唐娇才不肯继续停留，立刻清清嗓子，大喊一声：“天机！”

大门轰然打开，门前站着一个高大男子，黑色披风从头罩到脚，看起来就像一条活过来的影子。

“天机！”太子见了那人，立刻咬牙切齿。

唐娇绕过两名守门的壮汉，慢悠悠地走到天机身前，抬起一只手，细白的手指抚摸他的下巴。

兜帽底下的眼看向她，这亲昵不是给他的，而是给旁人看的。

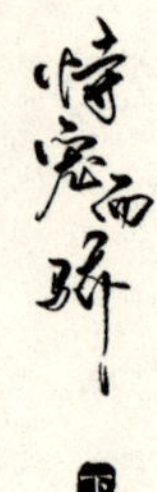

果见太子面露狐疑，目光在他们二人之间游移一番，忽然笑道：“天机，你来得正好，替我劝劝她，让她莫要再耍脾气，正事要紧。”

“殿下，”天机伸手抓住唐娇那只不安分的手，望着太子道，“她没有骗你，脸谱的确不在她手上。”

太子扫了眼他们相握的手，笑得冷淡：“脸谱不给我，想给谁？做决定之前，先想想后果。”

他拂袖而去，身后唐娇哧哧笑着，瞅着天机道：“我是故意的。”

天机淡淡道：“我知道。”

“以后你别想回太子身边了，”唐娇眼中闪过得意与狡黠，“就算回去，也只有小鞋穿。”

天机握着她的手，笔直看着她：“这样我就不必再在你们之间做选择了，对吗？”

“哼！”被戳穿了心事，唐娇愤然甩开他的手。

两人回了茶铺，日头转眼落了，客人、伙计都散了，唐娇也关了铺子准备吃饭，饭没煮熟，便有客登门，开门一看，白衣如雪，笑若春风，却是暮蟾宫。

两人之间没那么多的客套话，暮蟾宫温柔笑道：“唐姑娘，能否帮我一个忙？”

四目相接已知他的来意，唐娇点了一下头，站在门后道：“来。”

她将暮蟾宫引到屋内，然后翻箱倒柜，灰尘漫天。她一边咳嗽，一边翻出三张脸谱，一张嫦娥，一张玉女，还有一张是猴头，一一摆在桌上，有的色彩鲜艳，有的妙趣横生，但无论哪一张，都与丑扯不上联系。

唐娇朝脸谱上吹了一口气，灰尘扬起后，她掩着口鼻道：“都是些搁着不用的旧物，你要就拿去。”

暮蟾宫走上前，捡起那张猴头脸谱，用手指抚去上面的残灰，抬头道：“还有更丑一点的吗？”

“没有，”唐娇摊手道，“要不我去提把菜刀来，横劈十刀，竖劈十刀，帮它整个容？”

“嗯，好主意。”暮蟾宫想了想道。

于是两人真从厨房提了把刀来，左一刀右一刀，帮桌上那脸谱整了个容。

可怜猴头没了鼻子，却多了三张嘴巴八只眼，看起来已经面目全非，半夜挂门外足以代替门神震慑宵小了。

“好，我拿去交差了，”暮蟾宫擦了把汗，抬手抚去上面的木屑，转眼对同样气喘吁吁的唐娇道，“唐姑娘，你要不要去见白老爷子一面？”

“嗯？”唐娇疑惑地看着他。

“白老爷子说了，第三张脸谱在你手上，”暮蟾宫道，“一开始我也这么以为……可我相信你不会骗我。”

唐娇凝视他半晌，忽然将桌上剩下的那两张脸谱一起塞给他。

“我一向不喜欢收集这玩意儿，家里就这么多了，”她道，“你都拿走吧。”

“好吧，”暮蟾宫收下脸谱，却正色道，“说真的，去见见白老爷子吧，我不知道他为什么要将你拉进这摊浑水，但现在无论是太子还是皇上，所有人都相信脸谱在你手里。”

“我要是拿不出来呢？”唐娇问。

暮蟾宫想了想，苦笑道：“你会很烦。”

这事果然很烦。

那三张脸谱果然不是白老爷子要的，暮蟾宫被唐棣责骂一顿，又赶了回来，而每次回来，都见唐娇焦头烂额地跑来跟他倾诉。

“太子又送信来了，光看内容还以为是情信呢，什么‘情深意重不敢相负’的，他自己看了不会牙酸？”她将一封信拍在桌上，又转身翻了几张地契来，“还有这个，我不收礼，他就大早上将地契射在我家柱子上，我当时站在柱子边上刷牙，险些吓得晕过去。”

说完，她抬头看着暮蟾宫身后那堆礼盒，视线慢慢移回他脸上。

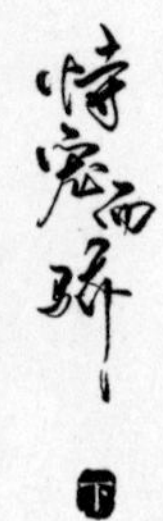

下

“皇上让我送来的礼物，”暮蟾宫从袖子里掏出一封信来，无奈地递过去，“还有他的信。”

唐娇嘴角抽搐地接过信。

抖开一看，内容简洁，一个时间，一个地点，约她宫中相见。

无论话本中多少次写到深宫内院，但这还是唐娇第一次见到真正的宫殿，见到活生生的皇上。

那是个容貌极艳的男子，消瘦身姿包裹在龙袍之内，时不时以拳掩口咳嗽两声，眼眶凹陷，面如黄纸，像盛极一时即将衰败的花。

身旁的妃子扶着他，用手帕轻轻捂着他的嘴，他将一口黄中带红的痰吐在里头，他抬头，两只枯黄的眼珠盯着唐娇，冷笑一声：“说实话，朕很想杀了你。”

唐娇看着他，一言不发。

“朕知道，你也很想杀了朕，”他换了个姿势，让自己坐得能更舒服一些，目光冷淡地落下，“朕是你的杀父仇人，你是朕斩草除根的对象，咱们之间就不要扯什么叔侄亲情了，左右都是虚情假意，言不由衷。”

暮蟾宫坐在茶几后，眼见此幕，似乎有些紧张。

身旁王渊之按住他放在桌上的手，对他轻轻摇了摇头。

“我是个手无缚鸡之力的女子，即便有心却也无力。”唐娇扫了他手里的帕子一眼，笑吟吟道，“况且就你现在的样子来看……根本用不着我动手。”

唐棣哈哈大笑，笑完将桌上的东西全部扫落在地，狠狠道：“不错，朕已经没几日好活了，但朕宁可将这宫殿烧了，也不会给你哥哥！”

说完，他抬头看向唐娇：“我们来谈一场交易。”

“什么交易？”唐娇问。

“朕可不像某人那样小家子气，听说他从牙缝里挤出两张地契给你了？真是笑死人。朕可以给你长公主的身份，听说你年纪已不小了，朕还可以给你指一门婚事，”唐棣指着席上两人道，“你看他们两个如何？”

王渊之和暮蟾宫齐齐一愣，然后一同看向唐娇。

唐娇头大如斗，对唐棣道：“我的婚事就不劳杀父仇人操心了吧？”

“反正你也是要嫁人的，为什么不嫁个好的？”唐棣阴险地笑着，“暮蟾宫，你娘和她同时掉河里，你救谁？”

暮蟾宫一口茶差点喷出来：“哪条河？”

“永河。”唐棣随口道。

“永河全长七百四十七千米，流经三州四十县，”暮蟾宫回答，“近几年干旱少雨，故下游时常处于断流状态，难以成河。去掉下游的一州二十县，剩下的两州二十县里，有十个县或偏僻或荒凉，可谓穷山恶水之地，家母和唐姑娘绝不会驾临那种地方，故再排除……”

“谁要听你说这些啊？”唐棣不耐烦地打断他，“朕只问你，你救谁？”

“微臣决不能下河，”暮蟾宫想了想，正经八百地回道，“我不会游泳，家母定会立刻抛下唐姑娘，过来救我的。”

唐棣：“……”

唐娇：“……”

王渊之咳了一声：“陛下，小孩子脸皮薄，这事我们私下讨论吧。”

唐棣从鼻子里“哼”出一声，指了指唐娇，又指了指暮蟾宫：“你们两个退下吧。”

目送二人离开，他“嗤”了一声：“想不到朕的状元郎还是个情种，就知道帮着女人敷衍朕。”

“一个人不为钱财所动，不为权势所动，不为外物所动，那就只能为情所动了，”王渊之同样望着那两人离开的方向道，“物以类聚，人以群分，微臣想，能够打动唐娇的，或许只有舍弟了。”

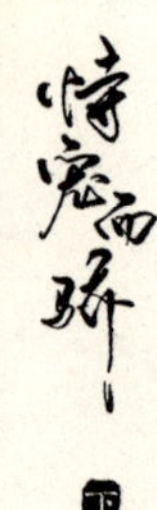

唐娇踏出宫门，深深呼吸了一口外面的空气，唏嘘短叹道：“总算是喘过气来了。”

暮蟾宫用一把檀香扇子拍拍她的肩：“走，请你吃青竹醪糟压惊。”

远近闻名的甜水铺子，门前挂着一只青葫芦，以示客人店内有酒水出售，店家是个微胖的妇人，见是常客，笑眯眯地舀了两大碗醪糟递来，江米雪白，加了许多蛋和枸杞，色彩明丽，散发一股清甜的酒味。

暮蟾宫端着黑釉碗，赞了声好，然后多付了十几文钱，叫老板娘用竹筒灌了一碗，作为礼物，带去拜见白老爷子。

久闻其名，不见其人，若非暮蟾宫带路，她又怎知这寻常至极的大门背后，住着一个足以左右天下大事的老人。

槐树花开，落花缤纷，在地上铺出一条香气四溢的道路，两人踩着落花而行，直至推开门扉，露出满屋满墙的脸谱。

白老爷子背对着他们坐着，膝上放着一张破碎的脸谱，右手提着一支毛笔，笔尖一层黄蜡，扫在裂缝间，心无旁骛地修补着。

唐娇和暮蟾宫静静地在一旁等着，等到他放下脸谱，伸了个懒腰，转头看着他们，脸上一张木制脸谱，笑声从脸谱后滚出：“你们两个倒是好耐心，哦……是甜水胡同的醪糟吗？正好老夫有些渴了，拿来！”

暮蟾宫将装醪糟的竹筒递给唐娇，唐娇接过，走到白老爷子身前，双手献了上去：“白老爷子请。”

白老爷子接过竹筒，将脸谱掀开一些，举起竹筒一口喝干，然后将竹筒丢还给她道：“行了，老夫这里不兴繁文缛节，你有什么事直说吧。”

唐娇接过竹筒，笑道：“那我就直说了……白老爷子，您还记得我吗？”

白老爷子摸了摸下巴道：“老夫见都没见过你，还谈什么记不记得？”

果然如此，唐娇叹了口气道：“您见都没见过我，怎么还到处跟人说那张脸谱在我手里？”

白老爷子盘腿坐在蒲团上，披衣抬头，哈哈大笑。

“原来是你啊！唐娇！”他摸着胡须，饶有兴致地看着唐娇，似在看一样稀罕东西，笑吟吟道，“先帝之女唐娇？唐棣的侄女唐娇？太子的妹妹唐娇？”

他问一句，唐娇点一次头。

“那就没错了，”白老爷子拍了拍大腿道，“脸谱就在你手里！”

唐娇怀疑他得了老年痴呆，急忙说：“您肯定记错了啊，能再想想吗？”

“你不必怀疑，老夫虽老，但脑子还没坏，”白老爷子看着她，精亮的目光从脸谱后射来，直盯在她脸上，他缓缓抬手指着唐娇，笑道，“脸谱在你那儿……只有你知道它在哪里。”

那目光洞彻人心，宛如一支锋利的羽箭，将唐娇盯在原地，竟发不出一丝反驳的声音。

待白老爷子送客，两人出了朱红大门，唐娇望着天上的晚霞，叹了口气道：“这老头真厉害，我竟觉得他说的是真的。”

暮蟾宫与她有同样的感受，不由得问道：“脸谱真不在你手里吗？”

唐娇转头看着他道：“若在，我一定送你。”

暮蟾宫身披晚霞，如白衣上开出灿烂的花，伸手撩了撩她耳边的碎发，目光温柔：“嗯，回去吧，我送你。”

他将唐娇送回家，便回宰相府去了。唐娇目送他离开，然后转身回家，撸起袖子，开始翻箱倒柜，灰尘漫天中，天机的身影出现在她身后，没有说话，只是静静靠在墙上看着她。

唐娇没发现他，抬手擦了把脸上的灰，反将小脸弄花，翻来翻去，渐渐烦了，便将新翻出来的册子向后丢去，那册子在空中翻转几圈，被天机抬手接住，轻轻放在桌上，然后无声离开。

他回到房里，一间极简陋的屋子，一床一桌一灯一窗，除此之外再

无他物。

油灯旁放着一碗没吃完的饭，旁边一只鸽子，正卖力地啄着饭粒。

天机走过去，从它脚上取下信，展开一看，上面只有七个字：以情动人换脸谱。

垂眸半晌，他抬手点燃油灯，然后两指夹着纸条，递向烛心。

火焰吞噬着白纸，白纸黑字，一点一点烧为灰烬，他鼓腮一吹，烟消灰散，不剩半点痕迹在人间。

第十九章 以情动人换脸谱

唐娇原以为谣言止于智者，现在她只想呵呵……

与白老爷子的见面并未让事情好转，相反，事情愈演愈烈。

唐娇翻了一夜还是没翻出另一张脸谱，而第二天，达官贵人开始一撮一撮地往茶铺跑，且每一个都是来认亲的，只三天时间，唐娇就见了三个姑姑、六个远房表姐、四个远房表哥，每一个都拉着她的手，哭得泪人似的，说她受苦了，恨不得立刻将她拖回家中喂得白白胖胖。

一来二去，茶铺的生意便没法做了。

无需进门喝茶，只需站在门外便可欣赏这一出好戏。

这样熬了几天，唐娇便受不了了，对眼前自称是她姑姑的贵妇道：“脸谱不在我这儿。”

那贵妇手里托着只五蝶捧寿铜制小手炉，对她笑眯眯道：“太子是个无情之人，好侄女，你还没吃够他的苦头吗？”

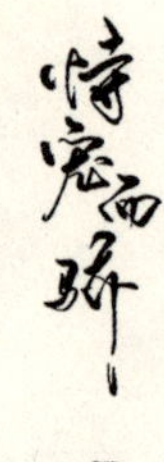

看来对方压根就不信她的话。

好说歹说，终于送走这位御史夫人，唐娇看了看外面的夕阳，又看了看空无一人的铺子，叹了口气，叫伙计帮忙收了摊，转身回了家，家门口站着个人，一见她来，便走过来。

“听说您喜欢喝鸡丝粥，这是太子特地叫燕来楼的厨子做的，还热着呢，您回头给尝尝味？”送粥的是个老人，冻得鼻子有些红，哆哆嗦嗦的，看起来有些可怜，怀里一个食盒，因怕粥凉了，故而一直抱得紧紧的，如今递到唐娇面前，带着些祈求地看她，“您就收下吧，您若不收下，小老儿回不了家。”

皇上也好，太子也罢，都精明得厉害，知道她的软肋在哪里，知道怎样才能逼她收下礼物。

唐娇抬手接过食盒，对那老人道：“天凉了，您快回家去吧。”

“好嘞！”那老人笑得开怀，临走之时，回头对她道，“公主，粥其实是太子做的，他再不好，也是你哥。”

这话的可信度是多少？唐娇回头就把粥给天机喝了，捧着脸问他：“好喝吗？”

“味道不错，”天机放下勺子道，“燕来楼买的？”

好吧，太子果然又骗了她。

第二天起床，唐娇没去茶铺，而是提着篮子出了一趟门，身后跟着十几个探子，穿过两条胡同，最后走进一个破旧的四合院，出来时，手里举着一张丑兮兮的脸谱，道：“你们不是想要脸谱吗？出来！”

两班人马，十几个探子，争先恐后地扑出来，彼此怒目而视，手按刀柄，恨不得将竞争对手立刻斩于刀下。

“把脸谱给我！”其中一个探子道，“陛下绝不会亏待你！”

“别听他的！”另一个探子道，“全国上下，谁不知道唐棣的爱好是杀亲戚！”

“都别争了，听我说话。”唐娇朝院内招招手，两个穿得破旧的小孩在门后探头探脑，犹豫了半天，才走了过来。

唐娇摸了摸他们两个的头，对眼前的探子道：“这两个孩子命苦，亲爹命丧战场，抚恤金少得可怜，全被母亲拿跑了，只能跟奶奶相依为命，为了养大他们两个，他们的奶奶一大把年纪了，还要出来倚门卖笑，陪人一夜，只要一文钱。”

那两个孩子极瘦极小，一人抱着她一条腿，偷眼打量对面的探子们。

“如今他们的奶奶病得厉害，若她死了，这两个孩子也活不成，”唐娇举起手里的脸谱，对那群探子道，“谁能治好他们的奶奶，给她一份能够养家糊口的活儿，这脸谱就归谁。”

话音刚落，两班人马就跑得没了影，一盏茶工夫之后，背了一堆大夫回来，将其赶鸭子一样赶进院子，其中一个探子则直冲到唐娇面前，掏出一份长工契，一月两贯钱，雇奶奶扫洒院子，一手交钱一手交货，换走了唐娇手里的脸谱。

唐娇反手将那长工契给了两个孩子，她摸摸他们的脑袋道：“下次来茶铺，我请你们喝茶，你们把故事结尾说给我听。”

两个孩子将长工契抱得紧紧的，泪眼婆娑，拼命点头。

唐娇对他们笑笑，提着手里的篮子走远，路过甜水胡同，买了一竹筒醪糟，提在手里回了家。

往日门庭若市，今日门可罗雀，她推开家门，去厨房里洗了两只碗，回了屋里，将竹筒里的醪糟倒进碗里，倚在桌边跷着腿，单手将碗递到唇边，清甜入口，眯起眼睛。

天机来到她身边，举起另一只碗，喝了口醪糟道：“听说你把脸谱送人了？”

唐娇没回他，一边喝着醪糟，一边对桌上的篮子抬了抬下巴。

竹编的篮子，上面盖着一层布，散发着淡淡的菜味。

天机放下碗，修长手指落在那层布上，忽地掀开。

阳光从窗外折射进来，落在篮内。

只见或大或小，或方或圆，一张张木制脸谱躺在篮内，做工粗糙，

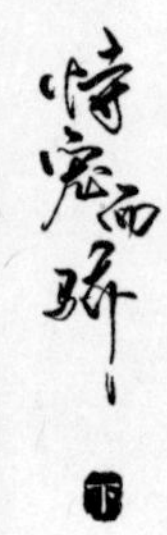

丑陋不堪，数量虽多，但加在一起怕也卖不出三文钱。

天机手里仍提着那层白布，抬眼看向唐娇。

“这是我跟李家兄妹买的，”唐娇端着碗道，“那两个孩子死了爹，跑了娘，跟奶奶相依为命，一家三口为了活命，老的出去倚门卖笑，他们两个小的就做脸谱卖，但做得太丑，卖不出去，我三文钱全给买下了。”

说到这里，她狡黠一笑：“太子和皇上会对它们感兴趣的，它们每一张都很丑。”

“你会惹上麻烦的。”天机道。

“拿不出脸谱，我照样要惹上麻烦。”唐娇斜睨着他。

天机无法反驳。

她现在的生活已经完全被太子和皇上打乱，一群八竿子打不着的亲戚纷纷前来拜访，拜访的同时还要让人清场，待到茶铺入不敷出，便假惺惺地送她吃的喝的，然后劝她关了这赚不到钱的铺子，跟他们回家享福。

前方是福是祸？是龙潭是虎穴？唐娇不打算去闯。

嘴上的亲情并不是真的亲情，脸上在笑并不代表心里在笑，在她看来，眼前这群人压根就不是人，而是一张张脸谱，或刻怜悯或刻笑意，掩去了真实的表情。

唐娇不打算跟他们虚与委蛇，更不打算戴上同样的脸谱。

她直接从两个苦孩子手里，买来了三十张丑陋脸谱。

“你打算用它们换什么？”天机问。

“我在茶铺里听了很多故事，很多真实的故事，”唐娇放下手里的碗，从篮子里捡起一张脸谱看着，“皇上和太子争夺天下，下等人争的只是一碗饱饭，有不少人用自己的故事跟我换一口茶水喝，我只能听着，但改变不了什么……不过现在嘛……”

她抬手拍了拍身旁的篮子，笑嘻嘻道：“我可以给他们的故事换个结局。”

一篮三十张脸谱，足以拯救三十条性命。

被不孝子赶出家门，有家不可归，大冬天只能坐在家门口乞讨的老婆婆得到了接济，两个不孝子被官府中人带去教训了一顿，回来就将老母亲接回家里赡养，让她可以睡在可以遮风挡雨的屋子里，不必每夜每夜在家门前哭号。

事后，唐棣得到了一张脸谱。

在港口卸了三十年货，临到老了，生了场重病，结果三十年的积蓄化为流水，却还不够药钱，只得躺在床上等死的老刘得到了免费治疗，大夫救活的不是他，而是他一家四口，老刘不必死，老妻不必卖身换药，孩子不必变成孤儿，老母也不必为了给家里节省粮食而去上吊。

事后，太子得到了一张脸谱。

三十张脸谱用不了多久，这世上的可怜人实在太多，当最后一张脸谱用完，唐娇提着篮子，又出门一趟，回来时，篮子里又多了三十张脸谱，依然做工粗糙，形容丑陋。

可这样丑陋的脸谱，在快要活不下去的下等人眼里，却成了救命的宝物。

有不少得了风声的人，日日守在唐娇门前，只等她开门，就拖家带口地走上前去，可怜兮兮地看着她，希望她能赏下一张脸谱，给他们一条活路。

只是苦了唐棣与太子派来的探子，来来回回跑断腿，却没半点收获。

张张脸谱献上去，却张张打回来。

白老爷子可不肯收这种孩童之作。

唐棣与太子自觉受了愚弄，不好当面骂唐娇，怕将她骂到敌方阵营去，就只能迁怒于探子，将他们一个个骂得狗血淋头。

探子们也是血泪往肚里流，往日他们走在路上，威风八面，行人退避。如今不用躲了，人人看他们如看青天大老爷，连街头的癞皮狗见了他们都会摇着尾巴露齿而笑，仿佛他们是特意过来给它丢肉骨头似的。

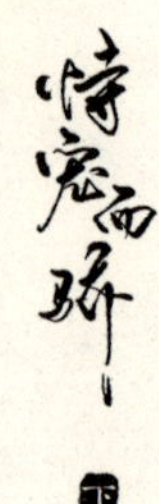

这日子简直没法过了。

最后是太子先沉不住气，星夜之时前来拜访，身旁侍从解下他身上的千金裘，抱在怀中退到一旁，他袖中笼着一只盘龙手炉，慢慢踱到唐娇身前，面色不悦道："这样的事情，做个一两次就算了，次数太多，就会使人生厌。"

唐娇扬了扬手里的丑脸谱，笑着说："这怎么行？还剩二十张呢。"

太子摇了摇头，语气沉重："你只顾着帮这些下贱人，却忘了父母大仇了吗？"

唐娇将脸谱丢回篮子里，笔直看着他道："你还没看明白吗？"

太子蹙了蹙眉，冷淡道："你指什么？"

唐娇对他莞尔一笑，发髻上的一支步摇微微颤着，发出清脆声响，在那响声中，她拍了一下手边脸谱，对他说："我已经在报仇了。"

烛火"噼啪"一声，打破屋内寂静。

"我上次见唐棣，就发现他面色很差，后来我问了天机，才知道他何止是身体差，他根本是半边身体躺进棺材了。"唐娇扫了身后的天机一眼道。

"可这跟你到处送人脸谱有什么关系？"太子仍觉不解。

"你还不明白吗？只要他还活着一天，他就要为了这堆东西疲于奔命，"唐娇指着那篮子脸谱道，"而他真正想要的东西，他到死都得不到。"

太子总算是明白过来了，他看着桌上的竹篮，拊掌而笑道："原来如此，不但求而不得，还得给你做牛做马，以唐棣的脾气，他就算不病死，也得给你气死……然后呢？"

"关我屁事？"唐娇支着脑袋，一脸懒怠道。

太子愣了愣："你不帮我？就这么半途而废？"

"什么半途而废？跟我有仇的是皇上，他死了，我的仇就报完了，"唐娇厌烦地挥挥手，如同赶苍蝇似的对他道，"接下来就是你的事了，你想干吗就干吗，别拉上我就行。”

“我对你很失望，”太子语气深沉，“也罢，将脸谱给我，然后我们就分道扬镳吧。”

唐娇抱起篮子递过去：“你想要圆的、方的还是五角形的？自己选吧，别客气。”

太子险些被她气死，恨不得抓起脸谱掷她脸上，又怕她挨打以后，一怒之下投奔唐棣，只得暂时按捺了怒火，勉强挤出个笑容道：“天色不早，我先回去了，妹妹，相信下次见面，你能给我一个满意的答复。”

说完，他深深看了天机一眼，拂袖而去。

唐娇脑袋往椅子上一靠，自下而上面无表情地看着天机，道：“你要开始欺骗我了吗？”

天机自上而下俯视她，两缕鬓发从他的鬓角处落下，扫在唐娇脸上，他道：“不。”

“我以为你会劝我把脸谱交给太子，”唐娇哧哧笑起来，抬手拽住脸上的一缕鬓发，“你不是一直希望我们两个能和平共处吗？”

“如果脸谱真的在你手里，我会劝你这么做。”天机平静道。

“就算有，我也不给他，”唐娇紧了紧手指，眼中闪过一片冷意，“对他有用的人，他就和颜悦色，对他没用的人，他就弃如敝屣。在他眼里人分两种——他自己和其他人……这种人太可怕了，他心里根本就没有感情，只有利用。天机，你不是很擅长看人的吗，为什么看不出他是个什么样的人？”

天机沉默半晌，道：“人是会变的。”

唐娇冷笑：“就像你一样？”

“别这么剑拔弩张。”天机忽然扯了扯她的脸，叫她脸上的冷笑登时变得滑稽起来。

唐娇大怒，伸手拽住他的两缕鬓发，狠狠扯着。

岂料天机竟顺势俯下身来，脸颊靠得很紧，呼吸近在咫尺，漆黑的

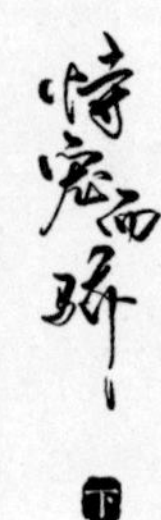

眼眸直直看进她眼里，碰了碰她的嘴唇，对她说："别跟所有人为敌，给自己留条退路。"

唐娇的脑子"嗡"地一响，面如火烧，哪里还听得进他的话，一把将他推开，又在他胸口狠狠捶打了几下，结果将自己打疼了，改用脚狠狠踢了他几下，然后一瘸一拐地扶墙而走："出去！我不想听你说话！"

天机深深看她一眼，将身体隐入昏暗中。

唐娇叹了口气，脚步沉重地踱到床边，抱着被子蜷成一团，摸了摸自己的嘴唇，然后默默流泪。

世事洞明皆学问，人情练达即文章。

她的心思比过去通透了许多，但却再也不能像以前那样开心了。有时候她着实羡慕过去的自己，什么都不知道，只一味地爱着天机，并且觉得自己被他爱着，无忧无虑，每一天都很快乐。想着想着，她不禁小声呜咽起来，怕被人听见，连忙将自己藏进被子里。

窗棂上倒映着一个人影，无声地叹了口气，抬头看着天上的星星，静静在窗外站了一夜。

第二天，两人都装得像没事人一样，洗了脸，吃了饭，然后各忙各的。

唐娇继续送脸谱，二十张脸谱送完，留了一张送给暮蟾宫："你不是一直想清理贪官污吏吗？要不要拿去皇上那儿试试？"

"免了，"暮蟾宫苦笑摇头，"吏治这样的大事，不是一两张脸谱能决定的，别白白浪费了脸谱，趁着皇上还没翻脸，把脸谱留给用得着的人吧。"

唐娇"哦"了一声，有些失望地收回脸谱。

这脸谱，她最想送的是暮蟾宫，最想帮的也是暮蟾宫。

"更何况，皇上现在一看见这样的脸谱，就眼冒血丝，头发无风自动，手边有什么丢什么，上次献上脸谱的人就被砸了满脸仙人球，"暮蟾宫朝她眨眨眼笑道，"你不会想见到满脸带刺的我吧？"

唐娇这才展颜一笑。

天气越来越冷，风吹在脸上如刀割一样，有钱买衣服的人纷纷把自己裹成球，没钱的就只好穿着单薄的衣衫，你挤着我，我挤着你，蹲在唐娇家门口，一边搓着手，一边等她回家，远远见了她的影子，一群人就簇拥上去，一只又一只手伸向她，眼睛里燃着祈求、痛苦、贪婪、狡猾。

暮蟾宫的侍从将他们拦下，场面一时间变得有些混乱。

唐娇冷静地看着他们，知道赠送脸谱这件事，怕是要到此为止了。

眼前这群人里，有可怜人，有到处混吃混喝的懒汉，有浑水摸鱼想捞一把的人，还有想要借机发大财的人，鱼龙混杂，难以分辨……至少唐娇是分辨不清了。

“送完这批脸谱，就不要再送了，”暮蟾宫也皱起了眉头，“抚恤百姓本就是官府的事，更何况……这里面混了很多不好的人。”

话音刚落，一名中年汉子忽然如游鱼般，从侍卫臂下滑出，闷不作声地朝他们两个跑来，右手从怀里抽出一柄寒光闪闪的匕首。

“铛”的一声，匕首被人挡下。

黑色披风被风拂起，那人站在唐娇面前，三两下将对方斩于剑下，然后回身护着唐娇逃跑。

在一片尖叫声中，几个陌生男子立刻追了过去，人数不少，且在陆续增加。

“天机！”暮蟾宫已认出对方，刚要追过去，却被侍卫拦了下来。

“表少爷别去！他们是冲着唐姑娘来的！”侍卫不肯让他涉险，出手将他拦了下来，顿了顿，压低声音道，“他们手里有军弩，是官府的人。”

暮蟾宫悚然一惊，心中闪过唐棣那张越来越不耐烦的脸，以及一日比一日阴鸷的眼神。

满脸挣扎地看了看两人逃跑的方向，他咬牙切齿地吐出一个字：“走！”

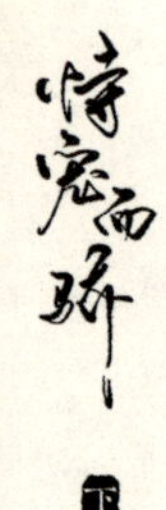

马夫驱车而来，他上了马车，令马车立刻赶往宫中，他要面圣！

天寒欲雪，就在唐娇与天机生死存亡之际，就在暮蟾宫心焦似火之际，太极殿中，唐棣正斜躺在歧雪怀里，地暖烧得很热，铺在两人身下的波斯地毯细软如棉，躺在上面，令人如躺云端，浑身上下，每一条筋脉都松软下来。

“朕要杀了她。”唐棣闭着双眼，语似梦呓。

“为什么？”歧雪手里拿着一个鱼纹掏耳勺，一边给他掏着耳朵，一边柔声道，“她不是坏孩子，她换的那些东西，没有一样是用在自己身上的，都给了旁人。”

“可她让朕很不痛快。”唐棣冷声道。

“陛下为何要这么想？”歧雪年龄渐长，模样越发像万贵妃了，但眉宇间的温柔却与之完全不同，那由内而发的慈悲像一条极其明显的分割线，将她与万贵妃彻底分隔开来，她道，“您付出很少很少的钱，三两五两银子的，还不够买一碗燕窝，却换来了百姓的感激涕零，拔一毛而利天下，这样的买卖并不亏，不是吗？”

“谁敢拔朕的毛，朕就放谁的血。”唐棣冷笑着。

歧雪放下耳勺，牵起他的手，放在自己的腹上，让他感受自己腹中的胎动：“就当是为孩子积德，少些杀戮吧。”

“朕的孩子，就注定要走朕的老路，”唐棣摸着她的肚子，眼底浮过一层血光，“他的亲人就是他的敌人，他身边所有人都想利用他、背叛他、害他，他若见不得血，造不得杀戮，怎么活得下来？”

歧雪抚了抚他的脸颊，道：“陛下，你在这儿等等。”

她起身离去，不久提着一只鸟笼回来，里面一只翠绿鹦鹉正用喙梳着羽毛。

唐棣眼中闪过一丝厌恶：“你带它来做什么？”

两人间横着一张矮几，歧雪将笼子放在上面，鹦鹉抬头看着她，眼睛又大又圆，左右脸颊一团红色绒毛，看起来犹如点了胭脂似的，极为俏皮可爱，可是一张嘴，却像吃了毒药似的，骂道：“小贱人还不快给朕喂食，这点小事都不肯做，真当自己是金枝玉叶吗？”

歧雪拿了只苹果来，用筷子挖出果肉，伸进笼里喂它，一边喂，一边道：“这些话是陛下教它的，对吗？”

唐棣冷笑一声。

“鹦鹉只会学舌，主人教什么，它就说什么，”歧雪转过头，簪子上的流苏在空中画了个弧，“陛下您一边宠着万贵妃，一边在背地里埋怨她，对吗？”

“是又怎样？”唐棣一脚蹬翻身前的矮几，笼子滚落在地上，鹦鹉在里面狼狈地乱飞乱叫，他低低笑着，“她背叛了朕，辜负了朕，差点杀了朕，还不许朕在背后说她一句吗？”

歧雪从地上捡起笼子，抱在手里，柔声细语地安慰那鹦鹉，那鹦鹉受惊之下，变成话痨，骂人的话一句连着一句，听得唐棣冷笑连连。

“穿上凤袍仍透着一股猥琐，说的就是你这种人。”

不错，这话是他私下对鹦鹉说的。

“明明就想杀了所有人，还装什么大度婆。”

他原本想讥她装大度，一不小心多说了一个字，鹦鹉就是鹦鹉，辨不出病句，只会一味地学舌。

“我觉得我们是亲戚，我不会下蛋，你也不会下蛋。”

他不是圣人，相反，他是个弑兄夺位的卑鄙小人，万贵妃自己生不出孩子，就杀了其他宫妃的孩子，他表面不说，其实心里是怨着她的，但那时他太过在乎她，不忍当面责骂她，便只能私下对这鸟儿倾诉，然后借着它的嘴来出气，如今出气的对象没了，这鸟儿留着也没什么用处了。

“对不起。”

唐棣愣了愣，看着它。

他从未教过它这样的话，而此时此刻，那鹦鹉却一句又一句地重复着：“对不起，对不起，对不起，对不起……”

歧雪捧起笼子，朝他递去。

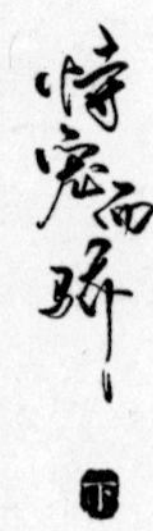

鹦鹉在里面缩了缩脖子，有些怕他发火的样子：“对不起，对不起，我只是怕被你丢下。”

它不停重复着这句话，就像曾有人将这话对它说了千遍百遍。

“万贵妃她……一直很后悔，”歧雪将笼子放在他怀里，隔着笼子看着他，眼睛明亮而又清澈，“她做了很多对不起您的事，可归根究底，是害怕失去您。”

唐棣慢慢抬头看着她，微红的眼圈，微愣的眼神，似乎正透过她看着另外一个人。

歧雪抚着他的脸颊道：“陛下，您并不孤独，至少万贵妃是真心爱着您的……到死都是如此。”

“是吗？”唐棣抱着怀里的笼子，俯首看着里面的鹦鹉。

“是真的，”歧雪道，“太子夜袭那晚，是万贵妃引开了追兵，是她救了您。”

唐棣忽然将笼子丢到一边，伸手将她拉进怀里，抱着她，低声唤她楚楚。

歧雪的身子在他怀里僵了僵，然后渐渐软了下来，环住他日渐消瘦的身体，闭上眼睛：“我在。”

她幼年进宫，听着万贵妃和唐棣的故事长大，日复一日年复一年，深深为那故事里的两人着迷，当其他小宫娥描眉画唇，希望自己能长成貂蝉西施时，她却希望自己能长得像万贵妃，如此皇上偶尔路过御花园时，兴许能多看她一眼。

自古君王多薄情，谁能像唐棣这样，岁岁年年爱着同一个人?

如今能够取代万贵妃，依偎在他怀中，被他所钟情着，歧雪只觉得满心满肺的幸福，哪里还会有半分不满?

只要他爱她，她愿意当他的万贵妃。

大门忽然被人推开，暮蟾宫风尘仆仆地冲进来，几个侍卫追在他身旁，似要将他拉出去，他索性直接跪在地上，朝唐棣喊道：“皇上！请您高抬贵手，给唐姑娘一条活路吧！”

唐棣被他打扰，心情极不愉快，冷哼一声，不耐烦地对他道：“朕早晚要杀了她，但不是现在！”

暮蟾宫愣了，抬头看着他：“陛下，您没派人去杀唐娇？”

“废话！”唐棣吼完，忽然眉头一皱，“怎么，她被人杀了？”

暮蟾宫摇了摇头，然后冷汗忽然流下来。

“是太子，”他道，“太子在嫁祸于您！”

第一刀砍下时，天机就知道对方不是唐棣派来的。

那一刀本该劈向唐娇的脑袋，中途却偏移了方向，朝她脸上划去，对方不是来杀唐娇的，而是来结怨的，所以那一刀并不取她性命，而是要毁她容貌。

天机眼神森冷。

当着他的面起这样的心思，对方真当他是死人不成？

天机把他的手砍了下来。

手臂落地，那人跪在地上哀号，而天机则甩去剑上的血，一手提着剑，一手抱着唐娇，穿过眼前的刀林剑雨，迅速逃逸。

生死之前，唐娇顾不得其他，直接化作一条八爪鱼，死死缠在他身上，牙齿打着战，不住地呢喃着：“我不想死，我不想死，我不想死……”

天机没说话，将她抱得更紧了一些。

巷弄前一排军弩对准了他们，菱形箭头闪着冰冷的光。

天机伏低身体，论近身短打的功夫，他独步天下，但面对这样多的军弩，他也许能够活下来，却不知要如何护住唐娇的周全。

却在此时，巷弄旁的民居忽然打开窗户，里面伸出一个盆来，十指一倾，一盆猪血倒下来，直接将一名刺客淋成血人。

那刺客猝不及防遭此厄运，转头与同伴面面相觑，然后吐出一口猪血，溅了同伴满脸。

好机会！趁着刺客们走神之际，天机犹如飞鸟般平地而起，带着唐娇跃上身旁屋檐，几个纵跃便落进另一条巷弄。

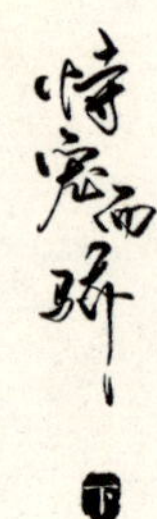

刺客们急忙追了过去，而楼上的窗户急忙关上，张屠户坐在地上，擦了把汗道："唐姑娘，我只能帮你到这儿了。"

且战且退，且战且躲，天机开始绕着巷弄打游击。

有些人害怕地关上门，有些人为他们打开门。

破旧的民居里忽然丢出一张渔网，网住一个落单的刺客，曾被唐娇赠以脸谱，换来大夫无偿治病的老刘一家把人拖进屋，一家四口齐上阵，拳打脚踢总算将人打晕，老刘擦了把头上的汗，道："唐姑娘，俺们只能帮你到这儿了。"

同样是受赠脸谱，换来官府插手，使其老有所依的崔老婆子拄着拐杖走出家门，她使唤不动几个不孝子，只能自己站在街头，佝偻着驼背，一双瞎眼翻着眼白，朝那群人怒骂道："瞎了你们的眼！唐姑娘这么好的人，你们也下得了手？你们良心被狗吃了吗？想让这世上最后一个好人都死绝吗？"

刺客风尘仆仆地从她身旁跑过，没人停留，没人停手，她拄着拐杖一路走，一路喊："我们是群苦命人，唐姑娘如果死了，这世上还有谁会可怜我们？你们现在不帮她，以后谁来帮你们？"

她骂着骂着，将一扇扇门、一扇扇窗骂开，里面渐渐丢下些香蕉皮、仙人掌、月经带来，要不了刺客们的命，却能让他们摔一跤，停一停。

有个刺客受不了，回头刺了她一剑。

拐杖掉在地上，崔老婆子捂着胸口倒在地上，血流一地，打开的窗户反而越来越多，围上来的行人越来越多。

"官府的人在哪儿？"有人尖叫起来。

"杀人偿命！"有人愤怒了。

"打死他们！打死他们！"几个杀猪汉提起了刀。

唐娇咬着天机的肩膀，远远看着地上躺着的崔老太婆，眼中盈了一层泪光。

她赠人脸谱的初衷并不单纯，与其说是为人，倒不如说是为己，实在不值得崔老婆子这样做。

她张了张嘴，想让天机带着她跑远一些，离开这条巷弄，离开这群拼命想报答她的人，但看着他背上的箭，他面无血色的脸，他脚下一路蜿蜒的血，嘴里一句话都说不出来，只能发出凄厉的哽咽。

“要是害怕，就闭上眼睛。”他低声道。

“不，”唐娇抱着他，哽咽道，“不，不。”

如果她足够聪明，就该煽动那群受过她恩惠的人，让他们用自己的躯体来保护她；如果她足够自私，就该闭上眼睛，让他替她挡箭，替她流血，拼尽最后一口气保护她。可惜她既不聪明也不够自私，在本来应该对他温言软语、求他庇护的时候，她却语气蛮横道：“我不信他们真会杀我！你放我下来，我要跟他们谈判！”

他们的确不会杀了她，天机心想，也许会划花她的脸，也许会砍掉她一条胳膊，也许会打断她的腿，然后在她最绝望的时候，告诉她，他们其实是唐棣派来的人。

忽然闷声一哼，天机停下脚步，一根羽箭没入他的背中，箭上的尾羽还在微微颤抖，他转过头，看着对面那群人。

几个蒙面人或提军弩，或提长刀，远远看着他，眼神颇为复杂。

天机看着他们，一起相处了那么多年，别说只是蒙面，就算他们换了张皮，他也认得出他们。

“惹怒了陛下，还想跑到哪儿去？”为首的中年人将一把小刀丢过来，对唐娇说，“割下脸皮，留下脸谱，皇上还能给你留条生路。”

他说话的时候，眼睛却看着天机。

天机笑了起来。

“太子果然还是没变，”他道，“每个人都是可以利用的，每个人都是可以牺牲的，这时候我是不是有两个选择，指认唐棣或者说出真相？”

中年人愣了愣，继而大怒：“天机，你！”

唐娇立刻明白了过来。

“你们是太子的人，”她冷冷道，“你们在嫁祸皇上？”

中年人看也不看，盯着天机道：“为什么？这个女人值得你这么做？就算你以前骗过她，但你前前后后为她做了那么多，已经足够偿还了！”

“从前我太过计较得失，唯恐付出得不到回报，现在想想，真是蠢得令人发笑。”天机平静笑道，“何必算计得失，何必斤斤计较，何必一定要有回报？我爱着她，保护她，那是我自己的事，与她无关，也与你们无关。”

他将唐娇推到身后，提剑朝过去的同僚走去，头也不回地说：“自己跑。”

唐娇看着他的背影，他身上到处是伤，到处是血，唐娇不知道这些血是他的，还是敌人的，不知道他留下是因为要挡住敌人，还是因为已经伤重得跑不动了，她刚要开口，就听到他大吼一声：“跑啊！”

唐娇吓了一跳，反射性地朝巷弄外跑去。

身后传来短兵相接的声音，她捂着嘴，“呜呜呜”地哭起来，一边哭，一边朝皇宫跑。

她要向唐棣低头。

别说是脸谱了，只要他肯派人来救天机，要什么给什么。

“唐姐姐！唐姐姐！”

身旁忽然传来孩子的喊声，她转头，看见烟尘滚滚，大批兵马朝这边跑来，一匹白马跑在最前头，上面坐着暮蟾宫和一个瘦弱小孩，却是为她制作了一堆丑脸谱的李家老大。

勒紧缰绳，暮蟾宫翻身下马，快步走来，眼中满是担忧，上上下下地打量唐娇：“你没事吧？”

唐娇擦了把眼泪，但更多的眼泪流了下来：“暮少爷，帮我救救他。”

说完，怕他不肯答应，她转身就跑。

暮蟾宫愣了愣，急忙率着人马追过去。

沿途的刺客都被他们铲除，余下的见势不妙，立刻遁逃，最后唐娇停在巷弄口，巷弄里寂静无声，她手脚一起发抖，不敢进去，不敢看，怕映入眼帘的是一具冰冷尸体。

最后她好不容易才迈出步子，走进那条细巷。

两边都是灰白墙壁，一面墙上爬满爬山虎，枯黄的叶子一片一片落下来，盖在天机身上，他单手杵着剑，背靠墙壁坐着，身旁全是尸体，每一张都是熟悉的面孔，他将头垂得很低，黑发掩去面孔，看起来很累很累，累到没了气息。

唐娇心里一阵抽痛，跑过去，跪在他身旁，伸手抱住他。

他的身体很冷，她努力抱紧他，却温暖不了他。

以前她一直以为人生至苦是坐牢，被人夹断手的时候，她觉得这世上再也不会有比那更痛苦的事了，直到今天，直到他再也不肯睁眼看她，她才发现人生至苦爱离别，她愿意再断十次手，换他睁开双眼。

“跟我说说话吧，”泪水模糊了视线，唐娇抱紧天机，贴着他冰冷的面颊道，“只要你肯再跟我说一句话，我就原谅你……以前的事就让它过去吧，我们重新开始。”

天机犹如睡着了似的，靠在她怀中，一言不发。

唐娇等了一会儿，脸上渐渐绽出一个极丑的哭容，原来一个人难过到极致的时候，根本没有办法像书上写的那样梨花带雨，脸上的每一寸皮肤，每一块肉都不受她控制，她扯着嘴号啕大哭起来。

“起来！起来！”她边哭边喊，“我不会原谅你的，我永远也不会原谅你的！”

暮蟾宫与李家老大跑过来，焦急地对她说着些什么，但究竟在说什么呢？唐娇一句也听不见，只一个劲儿对天机嘶吼，似乎觉得只要自己声音够大，就能将他唤醒似的。

直到嗓子喊得嘶哑，身后一声叹息，然后一只手掌劈在她脖子上，唐娇这才眼前一黑，晕了过去。

再醒来时，花卉虫鱼纹的帐幔映入眼帘。

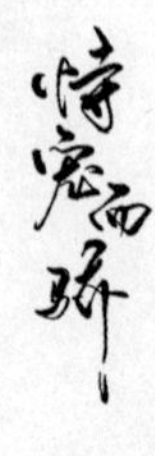

唐娇希望刚刚的噩梦真的只是梦，可当她转过头，却看见天机躺在她身边。

身下是柔软床铺，绣着鸳鸯纹的锦被上，两人十指交缠，她将他的手握得很紧，以至于没人能将他们分开。

帐幔外，传来暮蟾宫的声音。

“大夫，他真的没救了吗？”

“药医不死人，他已是个死人，老夫拿什么救他？”

唐娇一言不发，侧首看着他。

他俊美的脸上，双目紧闭，没有表情，也没有呼吸。

唐娇看着他，眼睛黑洞洞的，里面什么都没有。

第二十章 寻他灯火阑珊处

黄纸钱在铜盆里静静烧着，将人的思念和寄托化作一缕缕轻烟，飘散在空中。

灵堂里放着一口柏木棺材，唐娇一身白衣，伏在棺材上，抚着棺材上的木纹道：“我真是贱骨头，你活着的时候，我觉得你什么都不好；你死了以后，我就觉得你什么都好。”

那过往的一切，他对她说过的每一句话，为她做的每一件事，突然历久弥新，清晰地浮现在她眼前。

“你说得对，何必算计得失，何必斤斤计较？”她笑了笑道，“茫茫人海中能够遇见已经很不容易了，能够在我未嫁你未娶时遇上就更不容易了，我娘就是晚三年遇上我干爹，结果遗憾一辈子。”

她又将一把纸钱丢进盆里，看着火焰一点一点吞噬上去，将纸边烧得焦黑弯曲，她眼神空空地说：“有什么不能原谅的呢？只要人活着，

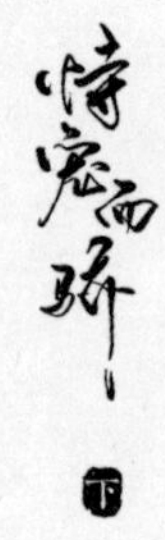

难过的事总会过去，受过的伤总能治好，做错的事情……总有一天能够弥补。”

一只官靴跨进灵堂。

暮蟾宫白衣如雪，站在她身后，眼睛看向灵堂上的牌位，不由得心中发苦。

“天机，你赢了，”他心想，“活人怎么赢得了死人……你不该这么做，你不该死，一死百了，痛苦的是活着的人。”

“暮少爷，”唐娇的声音响起，打断他的思绪，“能请你帮个忙吗？”

暮蟾宫回过神来，怜惜地看着她：“你说。”

唐娇伏在棺材上，慢慢转过头来，双十年华，脸上最后一点娃娃肥已被岁月咬去，标致的美人脸，增一点太肥，减一点太瘦，如今正是最好的模样，哪怕一身素白，无钗无环，不施粉黛，依然艳色惊人、风华绝代。

那双涟漪横波的眸子凝着暮蟾宫，里面盈的不知是泪水还是火光，她道：“替我向皇上和太子传句话。”

“什么话？”暮蟾宫疑惑道。

“他们不是很想要我手里的脸谱吗？”烛火摇曳，火光跳跃在唐娇脸上，使她的笑容看起来颇为诡异，“我给他们。”

棺材入土的第二天，唐娇来到白老爷子府上。

傍晚时分，唐棣与太子一前一后，登门造访。

双方入席之后，唐棣不耐烦道：“拖拖拉拉，打算把脸谱给谁，你说句话！”

“你还不明白吗？”太子面无表情，瞥了眼唐娇道，“她手里压根就没有脸谱，只会拿一堆赝品耍人。”

“脸谱的确不在我手上，”唐娇没有落座，她站在屋子正中央，浑身缟素，慢慢抬头望向蒲团上坐着的白老爷子，平静道，“但我知道它在哪儿。”

白老爷子单手支着脸颊，对她微微一笑。

而唐棣和太子则异口同声道：“它在哪儿？”

唐娇脸上闪过一丝嘲讽，她望向唐棣道：“你杀了你的兄弟姐妹，现在又想杀了侄子侄女，皇位真的那么重要吗？”

“过去的事情总提它干吗？”唐棣不耐烦地摆摆手，“说正事！”

唐娇本也无意与他多说，她慢慢转过头，盯着太子。

她身后挂满脸谱，哭的笑的喜的怒的，而她脸上没有表情，只是用那张与他有七八分相似的面孔，沉默不语地望着他，几乎像一面镜子。

太子背上渐渐出了汗，他皱起眉头道：“你为何看着我？”

“我想知道，你跟我们究竟有什么不同，”唐娇冷漠地看着他，“结果我看来看去，都是一个鼻子两只眼，并没什么不一样的，为什么你却能视我们如蝼蚁，随随便便地毁掉我们的人生？”

“我们当然是不一样的，我是太子啊，”太子笑了笑，然后正色道，“我肩负着伟大的使命，注定要君临天下，成为万民之主宰，你们两个，一个是我妹妹，一个是我的臣子，理应辅佐我成就大业，无论我让你们做什么，你们都不该有怨言。”

“我是你的妹妹，他是你的臣子，我们原本应该是你最亲近的人，”唐娇摇摇头道，“但你把我们都牺牲掉了。”

“如果你们不起异心，乖乖听我的话，我又怎么会牺牲你们？”太子叹了口气道，“天机落得如今下场，是他咎由自取，你可不要步他后尘。”

唐娇静静望着他的面孔，良久，才轻轻吐出两个字：“好丑。”

太子皱眉：“你说什么？”

唐娇环顾四周，目光从唐棣幸灾乐祸的脸上，移到太子傲慢的脸上，四面墙壁，无数脸谱，喜怒哀乐，环绕四周，他们的脸混在当中，又有什么不同呢？

“自以为自己高高在上，轻贱他人，把别人的牺牲当成理所当然的事情，我只想问你，你自己呢？”她慢慢偏过头，乌黑的发与白色的发

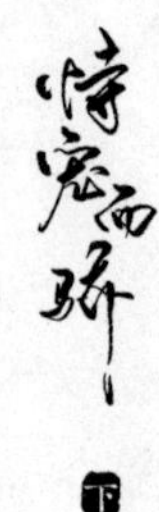

带，一起顺着肩膀流淌下来，目光幽幽地望着太子道，“为了你口中的大业，你能牺牲吗？你能牺牲多少？”

“千金之子，坐不垂堂，”太子微微一笑，“我即国家，怎能轻言牺牲？”

唐娇也笑了起来，她抬起一根纤纤玉指，指着他的脸道：“不就在这吗？这世上最丑陋的脸谱。”

被那根手指指着，太子有些惊疑。

“你也一样，”那根指头换了个方向，指向唐棣，“别人的命就不是命，随随便便践踏他人，你们二人的嘴脸……就是这世上极丑陋的脸谱。”

说到这里，她冷酷一笑，那笑容被烛火一照，森冷得可怕，几乎是一张怒目而瞪的明王脸谱。

“轮到你们了！”笑声越来越大，她几乎是疯了一样笑道，“牺牲一下，把你们的面皮剥下来，制成脸谱送给白老爷子！”

“你在胡扯什么！”太子已经怒了，他转头看向白老爷子，正要说些什么，便见他胡须抖了抖，肩膀抖了抖，然后自那尤带裂缝的脸谱后，传出哈哈大笑声。

“有趣，有趣，”他拊掌道，“这样的解释，实在是有趣。”

太子又惊又怒，急忙道：“白爷爷，你可别跟着她胡闹啊。”

“什么胡闹？”白老爷子用极温和的目光看着他，“一张面皮换我白家百万大军，你不觉得自己赚了吗？”

太子只觉毛骨悚然，白老爷子从不拿正眼看他，如今看他的眼神这般温和，却是他平日看脸谱的眼神。

他可以眼都不眨地牺牲他人，却不能牺牲自己，见白老爷子心意已决，他只得转过眼去，用求助的目光看向唐棣，心道若是他们两个都极力反对，兴许白老爷子会改变主意。

岂料，唐棣扫了他一眼，却拢了拢衣襟，淡淡道：“行，这事就这么定了。”

“你疯了吗？”太子不敢相信地看着他，他觉得唐棣疯了，唐娇疯了，白老爷子也疯了，这个屋子里正常的人就只剩下他自己了。

唐棣应承了此事之后，便起身离开，与唐娇擦肩而过时，别有深意地看了她一眼。

“慢着！”太子气急败坏的声音从他身后传来，“这个条件不公平！我的命还很长，你却已经半边身子都躺进了棺材了！你是不是想等自己死了以后，将面皮剥下来换取兵马？”

唐棣转头看他，对他冷笑一声：“你不服，你也去死啊！”

太子抖着手指着他，又指了指唐娇，气得说不出话来。

唐棣哈哈大笑，笑完，点了几个侍卫给唐娇，有些凹陷的眼眶内，两颗淡黄色的眼珠子盯着她道：“放心，朕不会让他杀了你，作为今日的回报，朕会让你活到他兵败如山倒后被五马分尸的那天！只不过那一天，同样是你的死期！”

唐娇微微一笑，对他道：“多谢。”

人生在世，草木一秋，她可以选择浑浑噩噩地活，也可以选择痛痛快快地死，能够拉着这两人陪葬，她也没什么可说的了。

在唐棣的笑声中，在太子的咆哮声中，她离了白家老宅，回了自己的住处，唐棣的人马将她的院子围得严严实实，名为保护，实为软禁，她并不在乎，给伙计结算了工钱，关了茶铺之后，她让李家的两个孩子继续给她送脸谱。

人生的最后一段日子，陪伴她的是一个又一个穷苦百姓，她听他们的故事，然后将手里的脸谱赠给他们，有人用这脸谱换了一次免费看病的机会，有人换了一袋救命的粮食，只有一个人登门拜访时，拿起脸谱就问：“这个能换多少钱？”

青衣小厮，眉眼细长，来者正是小陆。

唐娇没好气地瞪他一眼：“通常来说，跟我要饭的人，我会给他钱；跟我要钱的人，我会给他饭！”

“行啊，”小陆放下脸谱道，“晚饭我要吃宫保鸡丁、红烧鲫鱼、

豆腐花、土豆烧肉……”

他一口气说了二十道菜，唐娇急忙喝了口茶压压惊，抚着心脏道：“合着你是来蹭饭的吧？蹭饭之前，你是不是先把自己饿了十天？”

“没那么久，也就三天而已。”小陆摸了摸肚子。

“家里就一盘清蒸鱼、一盘花生米，还一个蛋花汤，厨房里有半只鸡，你想吃宫保鸡丁就自己做。”唐娇无奈地对他道。

小陆还真不跟她客气，径自跑去厨房，做了盘宫保鸡丁来。

将盘子端上桌，他将叼在嘴里的筷子取下，夹了一筷子鸡肉丢嘴里：“我也不白吃你的饭，你不是喜欢听故事吗？我说个你感兴趣的事给你听吧。”

“啥？”唐娇问。

“太子最近略苦。”小陆嚼着肉道。

太子最近的日子可不大好过。

他觉得自己即齐国，但其他人可不这么认为，近日依附他的大小家族、文官武将，催命一样催他剥了自己的面皮，好换得白家支援。

起先众人好言相劝。

他的未婚妻——裘将军之女裘凤头一个登门造访，将门之女英姿飒爽，直截了当地对他道：“男儿在世，最重要的是手里的权利，而不是一张脸皮，殿下您觉得呢？”

待到唐棣忽然立歧雪为妃，并将她怀有身孕的消息宣布出来，这群人便张牙舞爪、群魔乱舞起来。

“裘凤上回登门，是直接提着刀子过去的，”小陆往嘴里丢了一粒花生米，“那架势哪里是要割他的面皮，分明是要割他的头。”

唐娇拊掌，叹了口气道：“这可真是一出年度大戏。”

“可不是嘛！”小陆笑道，“我怀疑皇帝根本是故意的，他明明有孩子却瞒着不说，等到怀有异心的人都跳到太子的阵营里，他才跳出来说话。”

是故意还是天意，唐娇也说不清楚，只是感到有些遗憾：“可惜这样的好戏，我是看不见咯。”

细长眉眼瞅着她，小陆的语气颇为深沉：“被人软禁于方寸之地，日复一日地在院子里等死，你是否觉得愤怒，是否觉得不甘，是否觉得痛苦不堪？别忍耐，有我在，提供各种专业服务，精通千种暗杀技术，第一次还打八折哦亲。”

唐娇哑然看他。

“我提供各种专业服务，”小陆重复了一声，然后走到她面前，用手比了比彼此的身高，淡淡笑道，“包括狸猫换太子。”

唐娇的面色严肃起来。

如果能活，谁又会想死？周明月好不容易才将她养这么大，天机以命换命才救下她，她怎么可以随随便便死在这方寸之地？

她立刻转身进屋，抱了一只盒子出来，里面放着地契和银子。

“这些够吗？”她问。

小陆扫了眼盒子，然后偏着头瞅着她，目光落在她的耳垂上，他道：“加上这对耳坠，这活儿我就接了。”

唐娇抬手摸了摸耳垂。

娘留给她的东西不多，大部分首饰都被玉珠拿去了，之后天机给她追回了一些，但不多，一对耳坠并着其他几样零碎首饰，在辗转颠沛中丢失了大半，只有这对耳环留了下来。

摸着坠在耳下的明珠，唐娇实在不舍：“我能打个欠条吗？”

“可以，”小陆伸手摘下她右耳上的耳环，握在手心道，“人在江湖飘，哪能不挨刀，万一有天我被刀砍死了，你负责给我收尸，顺便帮我养孩子。”

“你有孩子了？”唐娇心想高手在民间……啊不，是真人不露相，她还以为小陆这死抠门的一辈子都娶不到老婆，想不到他不动声色间已经领先她两步了。

“现在没，但不代表以后没。”小陆抛了抛手里的耳环，道，“这个就是信物了，我要是侥幸没死，孩子就不用你养了，你把女儿嫁过

来，我帮你养吧。”

“我不会嫁人，也不会生孩子，”唐娇淡淡笑道，“找我当亲家，你亏大了。”

“呵呵，这可真不好说，”小陆扯开衣襟，“好了，脱吧。”

两人迅速对调了外面的衣服，若是只看身形，他们两个差距不大，从远处看已有三分相似，等到互相换了发型，便有四五分相似，这时小陆又从怀里掏出一个妆盒，用里头的胭脂水粉等物为唐娇涂涂抹抹，先是改变她的眉形，又描长了她的眼，渐渐将她变成了另外一副模样。

“马车就在外面，”小陆收起盒子，认真嘱咐道，“待我弄出些动静，你就速度离开。”

“那你呢？”唐娇问。

“我可是专业的，”小陆毫不掩饰眼中的鄙夷，“你院子里的这群乌合之众怎可能拦下我？”

见他一副“业余的走开，让专业的来”的模样，唐娇还有什么话可说，对他点点头道：“行，那就开始吧。”

小陆做女子打扮，自怀中抽出一只火折子，掩在唇前对她笑了一下，便转过身去，施施然进了里屋。

不一会儿，浓烟从窗口冒出，唐娇大喊一声走水了，便往门外跑。

守在院中的侍卫立刻冲进去，急匆匆地从她身旁跑过，将她当成登门求脸谱的客人，不加理会，眼睛只盯着那个浓烟中若隐若现的身影。

唐娇趁机跑出门去。

门外果然停了辆马车，她急不可耐地爬上车，对车夫喊道：“快快，快点出城！”

车夫扬起鞭子，车轮滚滚而动。

车子跑了一会儿，唐娇忽然觉得不对，她掀开帘子朝车夫喊道：“怎么回事，这不是出城的路！”

车夫身上罩着一件灰扑扑的披风，兜帽落得很低，平静的声音从帽檐下传来：“小陆一跑，城门就会锁上，我们现在赶过去，无异于自投罗网。”

那声音太过熟悉，叫唐娇愣在原地，一句话也说不出来。

马车在一家客栈前停下，他下了马车，打开车门，仰头看着车内的唐娇，抬起右手，慢慢掀起一点帽檐，唇向两边弯起。

唐娇看着他，泪水渐渐盈满眼眶。

他竖起一根指头，贴在唇前，无声地“嘘”了一下。

她会意，急忙擦了把眼泪，扶着他的手下了马车，走进客栈，一前一后走上木质楼梯，鞋子将脚下陈旧的楼梯踩得“吱呀”作响，终于走进客房，强忍着的泪水立刻流下来，唐娇几步走上前去，从身后抱住他。

他侧过脸，拉下头上的兜帽，露出那张英俊坚毅的面孔。

天机伸手揽住唐娇，什么都不做，什么都不说，只是静静抱着哽咽不止的她，用身体的温度，用有力的怀抱，告诉她，他还活着，他就在她身边。

“你又骗了我，”唐娇又愤怒又委屈，又欣喜又难过，控诉道，“你骗得我好苦。”

“不，我没有骗你，”天机道，“我只是在两个月前找上小陆，给了他一笔钱，让他帮我做一件事……但我自己也没想到，这件事竟然真的发生了。”

“什么事？”唐娇泪眼涟涟地抬起头。

“我让他帮我监视太子的动向，”天机淡淡道，“如果太子要出动大批人手对付你或者我，他就要站在我这边，不然你以为那天我们怎么在军弩底下逃生的？是因为小陆躲在暗处，将使弩的人都给杀了。”

想起那血淋淋的一天，唐娇就觉得身上发寒。

“那时候你身子都凉了，我怎么喊，你都不醒，”她心有余悸道，“对了，你是怎么活过来的？我……我明明亲手把你埋了的。”

天机沉默半晌，才缓缓道：“棺材质地太硬，我差点没能爬出来，下次选口薄些的棺材。”

唐娇满眼惊悚地看着他，犹豫了一下，小声问道："你究竟是人是鬼……"

天机抓住她的一只手，放到唇边哈了口气，热气吹在她掌心里，仿佛收拢手指就能握住那团热气。

"我只是诈死罢了，"天机道，"若不这么做，我就不能跳出局外，更无法看清事情真相。"

"什么真相？"唐娇问。

天机拉着她走到床边，床上放了一个蓝布包袱，他将包袱递给她道："剩下的话我们路上说，先换衣服，我带你去见个人。"

包袱里是件老妇人穿的衣裳，甚至还有一顶斑白的假发。

扮作老妇人之后，她随天机走出客栈，走到半路，突然蹿出许多衙役，四处捉拿青衣小厮，沿途的少年少女都受到了盘问，看到她时，匆匆扫了眼便放过了。

她松了口气，继续跟着天机走，直至来到一个意想不到的地方。

石狮红门，门上悬挂一方牌匾，上书白府。

一切都在变，但白老爷子似乎永远不会变。

他总是坐在房间内，坐在蒲团上，脸上一张脸谱，手里一张脸谱，身周无数脸谱。

门扉"吱呀"一声打开，他回过头来，脸谱狰狞可怕，眼神锐利地望着来人，笑道："这可真是稀客。"

唐娇摘下头上的假发，与天机一同走进屋，看了看他，又转头看着天机。

她实在不明白，这节骨眼上不去逃命，跑来找这玩物丧志的老头子做什么？

天机走到墙边，拿下一张脸谱，菩萨低眉，慈眉善目，他略一用力，脸谱上便出现了一道裂缝，惊得唐娇冲过去，夺过他手里的脸谱，向白老爷子连连道歉道："不好意思，他手劲有点大，我赔，我一定赔。"

白老爷子一言不发地看着他们，面孔藏在脸谱后，看不出喜怒哀乐。

天机笔直地看着他，平静道：“都说白老爷子爱脸谱成痴……但事实真是如此吗？”

唐娇愣了愣，这才觉出不对来。

白老爷子盘腿坐在蒲团上，对她手里那张破裂的脸谱看也不看，一双眼睛直盯着天机，笑道：“说下去。”

天机抬头，环顾四周，或佛或人，或妖或魔，或喜或怒，一张张脸谱挂满四壁，仿佛在看着他，而他也同样看着它们：“任谁见了这样一间屋子，想必都会认为屋子主人是个痴迷脸谱的人，太子如此，唐棣如此，我也如此，从踏进这屋子的那一刻起，我们就走入了一个误区……”

他的目光落回白老爷子脸上，平静道：“或者说，是你故意误导我们。”

第二十一章 孤帆远影碧空尽

一张张脸谱俯视下来，似乎在倾听天机说话。

“回头想想，我们究竟在做什么？”他淡淡道，“耗费了无数人力、物力，浪费了无数时间、精力，只为了争夺几张毫无用处的脸谱。”

白老爷子身上披着一件朴素的黑袍，单手支着下巴，坐在蒲团上，饶有兴致地看着他，也不知是不是自己眼花，唐娇竟觉得他在笑。

“为了这三张脸谱，双方都死了很多人，用两败俱伤来形容并不为过，”天机看着他道，“他们恐怕没想到，这间屋子里的脸谱是你用三年时间收集来的，有些还是从地摊上买来凑数的，压根就不是什么稀有货色。”

听了这话，唐娇立刻转头看向身旁的脸谱。

一直以来，屋子里的光线都很暗，哪怕是白天也点着蜡烛，她以为是白老爷子的个人喜好，如今想来，会不会是为了掩饰那些凑数用的脸谱？

“三张脸谱的主人，只有石娘子是你见过的，你选她，是因为知道她性子不好，软硬不吃，仇视官吏，憎恨世人，绝不会轻易将手里的脸谱交出去，”天机道，“选择商九宫也是同样的道理，身为一名贪得无厌的商人，他不会轻易将手里的货物卖出，一定会将双方的油水都榨干净，追求利益的最大化。”

他转头看着唐娇，微微一笑：“至于大小姐，她手里压根就没有脸谱，你选择她的理由再明显不过，你要让皇上和太子永无止境地争斗下去，为了那张莫须有的脸谱，消耗掉手中拥有的一切……我说得对吗？”

他一边笑，一边随手取下一张脸谱，朝白老爷子丢过去。

白老爷子哈哈大笑，接过他丢来的脸谱，随手掰成两半，细微粉末从断口落下，他看着天机道：“不错！”

身在局中不自知，听了他这话，唐娇冷不丁打了个寒战。

仿佛窗户纸被人戳开，冷风吹了进来，一口一口咬着她的肉、啃着她的骨。

“只是我不大明白，这么做，对你有什么好处呢？”天机问他，“内斗会使齐国衰弱，国家衰弱，对白家有什么好处？若是秦、楚趁机来犯，举国上下都要遭殃，白家同样不能幸免。”

“若有这天，老夫又怎会坐视不理？”白老爷子抚须道，“若皇上和太子无法守护天下，老夫自会代劳。”

“原来如此，”天机笑了，“你想当英雄吗？”

“天下已经太平太久，也已经太久没有出过英雄了，”白老爷子笑道，“就像没有官员，锦衣卫就没有存在的价值，没有战争，我们白家也会一代一代衰弱下去，几代之后，或许只会犁地，连怎么握刀都忘了。”

“这可不行，”他喃喃了一声，缓缓转头看向唐娇，“唐娇，你想

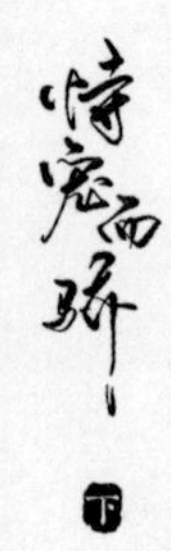

当公主吗？”

唐娇愣了愣，不知道他为什么要问她这个问题。

“回想起来，你父王曾经找过老夫，要老夫当托孤之臣，”白老爷子笑道，“当然，你我如今都知道，他是在戏耍我们，你不过是个吸引追兵的幌子，他要保护的人是太子……不过今天，老夫不介意真的给你当这托孤之臣。”

唐娇可不信他是良心发现，立刻道：“条件是什么？”

“老夫的长子玉山，年岁与你相近，且能文能武，品行端正，实为良配，”白老爷子声音放缓，带着丝诱惑道，“若公主肯下嫁于他，白家百万大军就是公主的兵，愿为公主扫清宇内，拿下窃取王位的叛逆，和性情残忍、倒行逆施的前太子，还齐国一个朗朗乾坤，还公主富贵荣华。”

唐娇恍然大悟，将军已老，却不肯服老，渴望用一场战争让自己再次回到众人眼前，渴望再次成为万民称颂的英雄，她转头看着天机：“天机，你怎么看？”

“荣华富贵，唾手可得，你动心了吗？”天机问她。

“烦得很。”唐娇朝他翻了个俏皮的白眼。

两人相视一笑，她为他拉上兜帽，他为她戴上假发，两人如一对老夫老妻，手牵着手朝门外走去。

“慢着！”白老爷子在他们身后唤道，“不单单是荣华富贵，还有名垂千古的机会，你们真的一点不心动吗？”

两人将门推开，一道笔直的白光照进昏暗的屋子，从他们脚下一路铺到白老爷子脚下。

门外一群侍卫，手提兵器，面无表情，将屋子围了起来。

“拿下他们。”白老爷子沉声下令。

“嗖”的一声，弩箭射出。

一名侍卫闷哼一声，倒在地上。

小陆坐在屋瓦上，手里端着一支短弩，脸上蒙着一块黑布，正在给弩上箭。

“锵”的一声，拔剑出鞘。

一名侍卫连闷哼声都来不及发出，就被天机一剑刺倒。

抱起唐娇，天机犹如飞鸟般拔地而起，跃上屋檐，伸手入怀，掏出一大把银票递给小陆。

小陆收了尾款，这才将手掩在唇前，吹了一记口哨，宛若夜莺唱响天空，伴着这口哨声，大街小巷里钻出许多对男女，无一例外，都打扮成天机和唐娇的模样，若不走近看，一时半会还真分不清。

亲眼目睹这样大手笔的交易，唐娇忍不住“啧”了一声：“真是千金散尽穷光蛋啊。”

“你既不惜千金之位，我又何惜这千金之资？”天机对她一笑，抱着她几个起落，便落进人群，恍如落叶飘进树林，水滴落进海中，顿时便没了踪迹。

小陆阻了侍卫一会儿，眼见人一多，便立刻抽身离去，带着心爱的银票跑得无影无踪，待白老爷子冲出家门，放眼望去，便见满街都是“唐娇”和“天机”，登时瞪大了两只老眼，气得跺脚道：“以为这样就能逃出老夫的手掌心？休想！”

之后他命身旁侍卫出去抓人。

侍卫们每天出门，回来时能带回一百对“唐娇”和“天机”来……

穿得和那两人一样，打扮得和那两人一样，白老爷子每天光是认人就快认吐了，又不能把这事交给别人，那天机找了刺客帮忙，刺客多多少少都有些易容的本事，谁知道他们两个下一刻是老是少、是男是女？

就在白老爷子纠结老少、性别时，两口棺材走水路离了京城。

小陆身穿白衣，暂时客串孝子，用染着大蒜汁的袖子擦了把眼，泪水顿时决堤，直到赶着马车到达渡口，将棺材运上了船，他才一脚踢开棺材盖道：“死鬼爹，死鬼娘，起来吃饭了。”

打扮成尸体的唐娇睁开眼，从棺材里坐起来：“儿啊，晚饭吃什么？”

小陆提了根钓鱼竿丢给她。

孤帆远影碧空尽，唯见长江天际流。

此去天高海阔、策马难追，待白老爷子醒悟过来，派人来追时，只能看见白茫茫一片江上，一张白帆渐渐漂远。

之后很长一段时间里，这三人杳无音信。

直至来年三月，桃花遍开之时，唐棣驾崩，指歧雪腹中孩子为太子，并封前太子唐离忧为静安王。唐离忧不服，退居扬州自立为帝，与之分庭抗争，自此齐国裂分南北，未出生的太子被称为北王，前太子被称为南王。

而就在唐棣驾崩的这一天，一部《脸谱话本》悄然问世，并被送到暮蟾宫和温良辰手里。

第二十二章 没入荷花人不见

“听说了吗？南王和北王和好了。”

“怎么可能……哦，我明白了，贵妃生了个女儿？一山容不得二虎，除非一公一母？”

“你睡傻了吧？你以为你是怎么从牢里出来的？还不是因为贵妃生了太子，大赦天下才把你给放出来的？”

“唉，总之不打就好，如果他们要打，我就去街上打劫，然后继续回牢里吃牢饭，至少没有性命之忧啊！”

街头巷尾都是类似的谈话，老百姓可不管南王是谁，北王是否还在流口水，他们只知道不用打仗，不用死人，不用提心吊胆地过日子了，如此便已心满意足。

不高兴的人只有白老爷子。

他们两个不打了，联合起来对付他了。

“这两根搅屎棍！”白老爷子愤怒地将手里的《脸谱话本》摔在地上。

南方和北方密谈之后，便开始发行这部话本。据说南王试图篡改里面的情节，以便让自己显得更加英明神武一些，但被某人拒绝，并委婉地暗示他，不用怕，你不是最惨的那一个，还有人给你垫底。

这人就是白老爷子。

他不但不英明神武，反而显得有些老年痴呆，不但自己痴还要旁人同他一起痴，其痴傻程度只有南王能跟他一比，只不过前者痴迷名留千古英雄梦，后者痴迷着锦绣河山帝王梦。

既然这么害怕被世人遗忘，那就换一种方式让世人记得你。

茶楼里的百姓津津有味地听着他的算计、他的报复、他的梦想，然后付之一笑：“这老头吃饱了撑着了，关起来饿几天！”

一名戴着锥帽的红衣少女走进茶楼，听了这话，不由得一愣，继而对身旁的男子笑道：“他们说得好对，温饱思淫欲，有些人还是饿几天好。”

那男子披一件灰扑扑的短披风，帽檐拉得很低，虽然穿得朴素，却有一种令人难以言喻的气质，如渊如海，深不可测，却在转头看着那少女时，微微一笑，宛若被春风吹化的坚冰，流露出淡淡暖意。

二人在茶楼里坐定，伙计给他们送上茶水和瓜子，少女显是渴了，急忙满上一杯，刚刚递到嘴边，便微微一愣，两眼透过锥帽下落着的薄纱，望向一个方向。

只见熙熙攘攘的茶客中，坐着商九宫。

他坐在人群中，身子发福得厉害，脑袋也秃得厉害，前额向后的一块已经空了，剩下的被他精心打理得又黑又亮，但仍显得老，手里握着一只青瓷茶杯，笑着看着台上的女说书人。

那女说书人怀抱琵琶，正是豆蔻年华，明眸爱笑，发上斜插一支牡丹纹金步摇，一摇一晃，点点碎光。

一话说完，一名女童抱着托盘走过来，从茶客手里接赏钱，他从怀里摸出好大一锭银子，刻意向上一抛，丢在盘里，发出好大一声响，引得那女说书人转头看他，相视一笑，却不等他们说上话，一只手就从他身后伸出，将盘里的银子拿了回去。

商九宫一转头，顿时脸如苦瓜。

“你还欠着楼里二十八万赎身费呢。”小陆一边说，一边将银子塞进袖里，也不知道是要帮他交给上司，还是直接吞下。

“不是十万吗？”商九宫搓着手问，“怎么越还越多了呢？”

“你老婆还有那一百零八房小妾不要了？”小陆淡淡道，“加上你那堆女儿儿子、叔叔婶婶的，给你抹去零头算作三十万，你该感谢楼主的恩德。”

商九宫急忙摇头：“不要了，不要了。”

若他真的在意妻子，就不会娶那么多的妾，如果他真在乎妾，就不会铤而走险，连累她们统统去了教坊司，日日垂泪弹琵琶，亲情、爱情、友情他全不在乎，他只要自己快活。

况且没了旧的，还有新的，不是吗？

小陆望了望他身后的女说书人，淡淡一笑。

身为局外人，他比唐娇更早看出来，商九宫并不是喜欢她，而是喜欢她这种类型的女人，故而便是没了唐娇，他还可以找到李娇、刘娇、王娇。

转过头去寻那两人，却只见了桌上两杯热茶，热气袅袅，那二人却已经没了踪影。

重湖叠巘清嘉，有三秋桂子，十里荷花。羌管弄晴，菱歌泛夜，嬉嬉钓叟莲娃。

唐娇气喘吁吁地站在湖畔，抬手唤来一叶扁舟。

“你跑什么？”身后，天机缓缓走来，“你欠他钱了？”

说起这事唐娇就五味杂陈，叹着气将自己与他定下娃娃亲的事情说了，然后抱着脑袋忧愁道：“不行，有个这么抠门的公公，我的女儿嫁过去肯定要吃苦。”

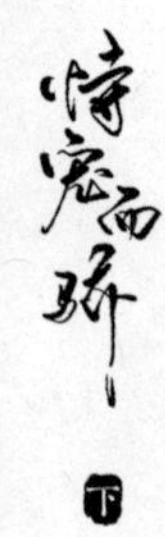

天机站在她身旁，披风被湖畔的微风吹起：“那要反悔吗？”

扁舟靠岸，两人互相扶持着上了船。

船桨一划，轻舟漂过数丈远。

唐娇抬手摘下一朵荷花，拈花低眉道：“我不想当个背信弃义的小人，也不想女儿嫁过去做牛做马……哈，我想到一个一劳永逸的办法，天机！”

“嗯？”天机坐在她身旁，应了一声。

“我们生个儿子吧。”唐娇严肃道。

“嗯，”天机严肃回复，“我努力。”

此时小陆来到岸边，抬眼望去，却见接天莲叶无穷碧，映日荷花别样红，轻舟漂远，没入荷花深处，欲寻人无踪。

恨不得四处张贴寻人启事的不只是他，还有南王。

南王与温良辰的矛盾越来越深，而温良辰不是天机，天机遭受猜忌陷害，不过抽身而去。温良辰遭受猜忌陷害，却立刻发作起来，与众人联手架空了太子，自己当起实际上的掌权者来。

如今温良辰要他穿红的，柜子里就找不出一件绿的；温良辰要他吃荤的，桌子上就十天半个月寻不到一根菜叶子；温良辰要他笑，他就不许哭，旁人哪怕七手八脚扯他的脸，也要扯出一个笑容来。

太子这才觉出天机的好来。

他将为数不多的锦衣卫叫来：“将天机给我找回来。”

锦衣卫领命而去，不见天机，却见天下歌舞升平。

待寻到唐娇故里胭脂镇，推门而入，却见桌上躺着一封信，拆开一看，里面是一张银票、一封书信，信上的字迹极为熟悉，写道：世代寻我。

“指挥使是什么意思？”一个年轻些的锦衣卫问。

“意思是说，咱们找不到他就不必回去了，”年长些的扬了扬手里的银票，“用这些钱娶妻生子、隐姓埋名过日子吧。”

年轻些的急忙抢过银票看了看，见了上面的数字立刻大喜，开心道："早想这么干了，跟着南王前途无'亮'，还不如生个孩子，让他参加科举，若是考中了，那才叫光宗耀祖呢。"

年长些的敲着他的脑袋大骂，两人合计了一会儿，当夜就发了封急件回去，说天机这厮反跟踪能力越发精进，希望南王能再派些人来帮忙，又特地在信里点出十几个名字，都是心向天机的那班人。

太子不疑有他，派人出去，如此一来二去，忠于天机的，有心脱下锦衣卫衣服的，便都离开了他，随天机一起消失在茫茫人海里，待太子反应过来，身旁就只留下仍然忠于他的锦衣卫，这群人真的很少很少，而且越来越少……

除却太子，白老爷子也在寻他们。

一册《脸谱话本》被宰相府出来的那班文人丢上风尖浪口，甚至成了这一次的科举考题，同一个人，两部话本，先后成为科举考题，仅凭此事，作者就已经可以名留青史了，同时名留青史的还有万贵妃和白老爷子。

可他一点也不想跟那愚妇相提并论！

捏紧手中的话本，白老爷子怒吼道："把人找回来！给老夫改剧情！"

已贵为西宫太后的歧雪也在找他们，孩子已经一岁大，会喊她娘了，她让孩子认了东宫太后做干娘，两个女人一块儿养他，东宫太后没有孩子，拿他几乎当自己的孩子疼，玉珠偷偷摸摸地跑来，想亲近亲近那孩子，结果东宫太后二话不说，让嬷嬷们将她赶走，并语重心长地嘱咐歧雪："这女人脑子有些毛病，觉得下到五岁、上至五十岁的男人都逃不出她的手掌心，为了这孩子，你这当娘的必须狠一些……对了，若是觉得宫中冷清，想找人陪这孩子玩耍，你可以找唐娇。"

歧雪也很想见见那位长公主殿下。

若不是她放了手，白家如今只怕早已兴兵，天下若是乱了，他们母子哪能像现在这样安安稳稳地待在宫里？

她派人去找，可找不着，天下之大，杳无踪影，只有一部部话本

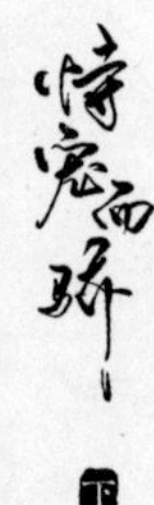

陆续流出，写尽人间喜怒哀乐，书尽世间悲欢离合，日复一日，年复一年，渐渐名传四海，成为一代话本大家。

百年后，有话本先生提笔写下了他们的故事。

一灯如豆，湖笔一管，白纸黑字，书道："水墨字画白绫帐子里，传出剧烈的咳嗽声。好半晌，对方才止住咳，一只苍白枯瘦的手从帐子里伸出来，然后迅速被一双女人的手握紧……"

待写完，掩上青卷，在卷上提笔落下四个字——红线话本。

番外 百年石桥

暮蟾宫正在收拾王渊之的遗物。

他走得太突然，病榻前握住暮蟾宫的手，低哑道：“烧给我……”

却没说清楚究竟要烧什么。

“宰相大人风光了半辈子，也寂寞了半辈子，”他的老仆领着暮蟾宫进了门，嘴里絮絮叨叨道，“没老婆，没孩子，甚至连个暖床的侍妾都没有，陪伴他的就只有这一屋子旧物。”

屋子收拾得很干净，可谓纤尘不染，但也许是因为收拾得太过干净，反而少了丝人味。

暮蟾宫走到书桌旁，见上面累着书卷，笔架山上放着十几支样式不一的毛笔，砚台是古董，书是百年前的书法大家留下来的孤本，都是表哥的心爱之物，莫非要烧的就是它们？

不，以表哥的性子，若真是心头之物，定会珍而重之地收好，绝不

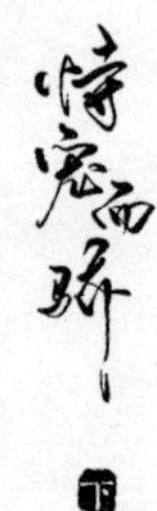

会随随便便丢在桌上，交给侍女来收拾。

他的目光又落在八宝阁上。

位高权重，身边怎会没有稀罕宝物？

八宝阁内放着天然生成的玉石琵琶，放着珐琅玳瑁的妆奁盒，放着一对绿玉镯……暮蟾宫忽然发现，这儿放的大多数都是女人喜欢的东西，他转头问老仆：“表哥是不是有喜欢的人？”

老仆陪伴了王渊之数十年，有些事王渊之即便不说，他也知道一二。

叹了口气，他道：“虽然宰相大人没说，但应该是有的。”

“那人是谁？”暮蟾宫突然有些好奇。

“那不是人。”老仆却道。

暮蟾宫略感吃惊：“不是人，那是什么？”

老仆用混浊的老眼看了他一眼，慢吞吞答道：“那是一幅画。”

王渊之不近女色，长年累月，对着一幅画卷贪杯，这件事，老仆原先是想带进棺材里去的，如今不小心说出了口，便只能偷偷打了一下自己的脸，然后唉声叹气地同暮蟾宫翻找那幅画。

屋里有许多画，或挂在墙上，或卷放箱里，多是前人所做的山水画卷，最后天色暗了下来，暮蟾宫擦了把汗，伸手去摸桌上的烛台，却发现那烛台是铸在桌上的，随手一拧，墙壁分开，露出里面的暗门来。

一灯如豆，一张蒲团。

石室简陋，宛若高僧禅定之地。

老仆递来一盏宫灯，暮蟾宫自他手里接过，一路走进石室，直至墙边，高高举起手里的莲花宫灯，照亮墙壁上的那幅画卷。

如梦如幻，如露如电，他瞪大眼睛，愣在原地，声为之夺，神为之夺。

画上是一飞天，身披璎珞，手拈莲花，语笑晏晏，一曲婆娑。

那眉眼，那面容，那笑容，分明是唐娇。

对这年轻时爱慕的女子，暮蟾宫曾经怪她不辞而别，曾经怨她弃自己心意不顾，曾经思她若狂，曾以为自己这辈子不会原谅她，不会忘记她。

直到他娶妻生子，忙碌于公事，那份心思便渐渐淡了下来。

待到中年迟暮，他才猛然发觉，自己已经很久没想过她了。

如今想起，竟留下美好的回忆。

那不顾一切的付出，那不需要任何回报，只求她微微一笑的痴慕，宛若最美的鲜花开在他心中，他忽然懂了唐娇的抉择，也就不再怪她。

他已经放下，却没想到有人一辈子放不下。

莲花宫灯照亮画卷，暮蟾宫伸手抚摸画上的人，画上的六个字——我愿化身石桥。

“我愿化身石桥，受五百年风吹、五百年日晒、五百年雨打，但求她从桥上走过。”暮蟾宫接着念道，念到最后，不仅潸然泪下。

阿难尊者见了心爱女子，于是化身石桥，受五百年风吹，五百年日晒，五百年雨打，只求她从桥上走过。

难怪他放过唐娇，难怪他放过天机，难怪在所有人都在寻找他们的时候，只有他派人掩饰他们的行踪。

唐娇也许永远都不会知道，有一个人度了她，就像那佛经中的女子不曾低头看看脚下的石桥。

暮蟾宫将灯笼递给老仆，让他帮忙提着，然后取出灯笼内的白烛，慢慢移向那幅画。

“表少爷……”老仆想要拦他。

“这是表哥的秘密，”火光明灭跳跃在暮蟾宫脸上，他道，“就让它永远成为秘密吧。”

火焰舔上画卷，她的裙裾化为灰烬，她的璎珞化为灰烬，她手中的莲花化为灰烬，一点一点飘散在空中，最后火光舔上她的笑容，那明灭不定的火光将她的笑容照得栩栩如生，仿佛她就站在他面前，面容不改，妙丽如初，对他狡黠地眨眨眼，然后，化为天地间的一片飞灰。

从此这秘密，就永远成了秘密。

后人提起王渊之此人，毁誉参半，有人觉得他是国之蛀虫，有人说他是国之柱石，只有一点毫无争议，那就是——他这一生，从未爱过任何一个女人。